HERMANN EHMANN

PIZZA, PASTA, MORD!

HERMANN EHMANN

PIZZA, PASTA, MORD!

ITALIEN-KRIMI

Immer informiert

Spannung pur – mit unserem Newsletter informieren wir Sie
regelmäßig über Wissenswertes aus unserer Bücherwelt.

Gefällt mir!

Facebook: @Gmeiner.Verlag
Instagram: @gmeinerverlag

Besuchen Sie uns im Internet:
www.gmeiner-verlag.de

© 2023 – Gmeiner-Verlag GmbH
Im Ehnried 5, 88605 Meßkirch
Telefon 0 75 75 / 20 95 - 0
info@gmeiner-verlag.de
Alle Rechte vorbehalten
2. Auflage 2023

Lektorat: Claudia Senghaas, Kirchardt
Herstellung: Julia Franze
Umschlaggestaltung: U.O.R.G. Lutz Eberle, Stuttgart
unter Verwendung eines Fotos von: © Ray Tango / istockphoto.com
Druck: GGP Media GmbH, Pößneck
Printed in Germany
ISBN 978-3-8392-0402-3

»Hier, wo das Meer funkelt und der Wind stark weht,
auf einer alten Terrasse …«

Lucio Dalla (1943 – 2012),
italienische Sänger-Ikone

»Wenn ein schönes Lied genügen würde,
um Liebe regnen zu lassen,
könnte man es eine Million Mal singen.«
Eros Ramazzotti, italienischer Poptitan

1

Duna Verde, ein Strandabschnitt zwischen Caorle und Lido di Jesolo ... eine Traumvilla mit großflächigem Gartengrundstück um die Mittagszeit

Die letzten Tage waren unerträglich heiß gewesen. Kein Lüftchen wehte. Abkühlung war weit und breit nicht in Sicht. Die digitale Temperatursäule auf dem Rio Terrà delle Botthege in Caorle-Centro zeigte 38 Grad Celsius. Ungewöhnlich für Ende Juni.

Beherzt schritt Carina Moretti über den mit Zypressen, Lavendel und Oleander bestandenen, leicht verdorrten Frühsommerrasen der Nobelresidenz unweit des stark frequentierten Spiaggia di Ponente mit seinen Schwimmplattformen, auf denen sich zahllose Badegäste, vor allem Deutsche, Italiener und Österreicher unterschiedlichen Alters, amüsierten. Wie immer näherte sich die schwarzhaarige Schönheit von hinten der hortensienumstandenen Terrassentür des Anwesens. Die rassige Fitnesstrainerin des ambulanten Gesundheitsdienstes *Servizio infermie-*

ristico ambulatoriale Vita Cura klopfte an die bodentiefe Fensterscheibe der mediterranen Villa.

»Ciao, Ricci! Ich bin's, Carina … Physio!« Sie pochte erneut, spähte durch die im Sonnenlicht glitzernde Fensterscheibe. Gespenstische Nachmittagsruhe lag über dem Grundstück, das durch eine gepflegte, zweieinhalb Meter hohe Thujenhecke vor neugierigen Blicken geschützt war. Lediglich einzelne Weißkopfmöwen, die sich aufs Land verirrt hatten, durchstießen mit rhythmischem Keckern die mittägliche Stille.

Nanu, warum macht er denn nicht auf?, wunderte sie sich. Normalerweise öffnete er doch immer sofort. War er ausgegangen? Kaum. Hoffentlich war da alles in Ordnung!

Sie ging zu ihrem weißen Smart mit der *Healthcare*-Beschriftung zurück und suchte im Handschuhfach nach dem Haustürschlüssel. In einer Ledermappe lagerten, fein säuberlich alphabetisch sortiert, die Wohnungsschlüssel aller Klienten. Einige waren nach Schlaganfällen oder Operationen nicht der Lage, ihr Bett zu verlassen, geschweige denn selbst zu öffnen. Bei Ricci Bianco war das anders. Der Ex-Kultsänger – inzwischen Privatier – war nach seiner schweren Hüftoperation vor vier Wochen schon wieder halbwegs auf dem Damm. Allerdings musste er sich noch schonen und täglich zu beschwerlichen Muskelaufbauübungen zwingen. Wegen verschiedener Teppich-Stolperfallen bewegte er sich im Haus nur mit Gehhilfen. Er benötigte Spritzen zur Thromboseprophylaxe sowie ein Medikament gegen Multiple Sklerose; letztere hatte sich nach der mehrstündigen Narkose verschlechtert. Zudem wies er seit der OP kleinere Erinnerungslücken auf, worunter er am meisten litt. Laut Auskunft des Chefarztes sollten diese jedoch vorübergehender Natur sein. Für ihn, der noch vor wenigen Jahren auf den angesagtesten Mittelmeer-Freiluftbühnen vor Tausenden kreischender Fans aufgetreten war und die Stimmung zum Kochen gebracht hatte, ein No-Go. Äußerlich nahm er es mit Humor, er scherzte wie eh und je, flirtete sogar mit ihr. Aber in ihm brodelte es. Carina wusste Bescheid, die beiden waren inzwischen recht vertraut miteinander.

Ricci Bianco lebte allein in der Strandvilla. Die Einsamkeit machte ihm schwer zu schaffen, das wusste sie. Familie hatte der 59-Jährige keine. Besuch bekam er so gut wie nie. Schon gar nicht aus München, seiner eigentlichen Heimat. Die Adria-Nobelresidenz, die er vor 20 Jahren auf dem Höhepunkt seiner Sängerkarriere gekauft und extravagant nach seinen Vorstellungen umgebaut hatte, entpuppte sich zunehmend als goldener Käfig. Künstlerschicksal?

Carina steckte den Schlüssel in den Zylinder, drehte ihn leicht nach links. Die mit stabilen Holzverstrebungen gesicherte Haustüre sprang auf. Gewohnheitsgemäß streifte sie ihre hellbraunen Sneakers ab und schritt leichtfüßig über die kühlen Marmorfliesen im Eingangsbereich. Süßlicher Blumenduft und abgestandene, stickige Luft drangen ihr aus der Diele entgegen. Alles wirkte vertraut. Seit etwa einem halben Jahr betreute sie Ricci als Personal Trainerin, sie bildeten ein eingespieltes Team.

Die 25-Jährige stellte ihre Tasche auf den Schuhschrank, prüfte im Spiegel den Sitz ihrer hochgesteckten Frisur. Alles bestens. Sie blies sich ein paar vorwitzige Locken aus dem Gesicht und schaltete die Klimaanlage ein. Was für eine Affenhitze! Ihr Blick fiel auf den Kalenderspruch neben dem Schlüsselbrett, über den sie immer wieder schmunzeln musste: »Ein Mann ohne Frau ist ledig. Ein Mann mit Frau erledigt.« Ricci hatte Humor. Eine Gemeinsamkeit zwischen ihnen.

»Huhu!? Carina hier. Wo bist du, Ricci? … Ist alles okay? Training! Avanti!«

Nichts. Sie trat ins Wohnzimmer, aus dem TV-Stimmen drangen. Ah, da war er ja: Ricci lümmelte leicht schräg im Sessel der sündteuren Markenpolstergarnitur, im Fernsehen lief die Zeichentrickserie *Käpt'n Balu* auf Italienisch – seine aktuelle Lieblingssendung. Im Innersten seines Herzens war er ein Kind geblieben, wie so viele Schöngeister. Ein sympathischer Zug, fand sie.

»Da bist du ja. Alles klar?« Das klang erleichtert, aber auch ein wenig vorwurfsvoll.

Sie stand in seinem Rücken. Wieso antwortete er nicht? Wie konnte ein Erwachsener nur derart in ein Kinderprogramm vertieft sein?

Seitlich trat sie von der Fensterfront an ihren Klienten heran, um ihn nicht zu erschrecken, vermutlich war er kurz eingenickt. »Warum machst du denn nicht auf? Ich habe dir doch vormittags gesagt, dass ich noch mal … Ricci? Passt alles?«

Schwungvoll streckte sie zur Begrüßung die rechte Hand aus, bereit, ihren Schützling hochzuziehen. In diesem Moment bekam sie den Schreck ihres Lebens. Sie erstarrte mitten in der Bewegung, eiskalt lief es ihr den Rücken runter. Nichts passte. Gar nichts. Seitlich neben Riccis Mund hatte sich eine mehrere Zentimeter lange Speichelspur gebildet. Der Blick des Mannes wirkte seltsam starr, seine Arme hingen schlaff herab wie der Perpendikel einer lange stillstehenden Uhr. Er konnte ihre

Hand nicht nehmen, denn er atmete nicht mehr. Ricci Bianco war tot.

Kurz nach 17 Uhr – ein paar 100 Meter weiter in den Sanddünen

Autsch! – Isabelle Martin schreckte hoch. Was war das gewesen? Ein leichter stechender Schmerz am Hinterkopf. Sie tastete nach der Stelle, mit einem Mal hatte sie eine weiß-blaue Frisbeescheibe mit dem *FC Bayern*-Logo und dem schwarzen 60er-Löwen in der Hand. Den ganzen Nachmittag hatte sie unter ihrem Sonnenschirm gelegen und in einem Zug den Miss Marple-Klassiker *16:50 ab Paddington* ihrer Lieblingsautorin Agatha Christie verschlungen. Satte acht Euro Tagesgebühr wollte der unverschämt gut aussehende Strandwächter für den Liegestuhl im bewachten Bereich haben, dagegen war die Taschenbuch-Extraausgabe mit fünf Euro ein Schnäppchen gewesen. Ein stolzer Preis für eine wackelige Liege, wie sie fand. Aber alternativlos, wenn man nicht von aufdringlichen Papagalli von der Seite angequatscht werden wollte. Irgendwann war sie eingedöst, trotz der Vielzahl plärrender Kinder um sie herum. Jetzt hatte sie das Hartplastikteil am Kopf getroffen und unsanft geweckt.

»Sorry«, sagte eine Männerstimme links neben ihr, sonderlich bedauernd klang es nicht, eher beiläufig. »Alles im grünen Bereich, Lady?«

Lady – ging's noch? Die Kommissarin der KPI Chiemgau-Traun blinzelte verschlafen und wandte sich um. Die Stimme gehörte einem hoch aufgeschossenen blonden

Typen. Schlanke, durchtrainierte Figur, kaum älter als sie. Sie schätzte ihn auf Mitte 30. Strohblond mit leichtem Sonnenbrand an Schultern und im Gesicht. Vermutlich Deutscher.

»Naja«, hörte sie sich noch immer leicht benommen sagen, »zumindest bin ich jetzt wach. Immerhin.«

»Sorry.« Er verzog das Gesicht zu einem breiten, leicht vorwitzigen Grinsen, sodass sie seine blitzblanke vordere Zahnreihe sehen konnte. Lausbubenhaft, das traf es. Nicht unnett. Zwei Sekunden später war er schon wieder weg, schleuderte die Scheibe wenige Meter entfernt mit einer knackig-kurvigen, braun gebrannten Italo-Beauty im schneeweißen Bikini hin und her. Die beiden kicherten albern wie frisch Verliebte, jedoch stand die Sprachbarriere unüberhörbar zwischen ihnen.

Isabelle setzte sich auf, schüttelte ihr hellbrünettes Haar, das durch die Salzluft total verfilzt war, und massierte die touchierte Kopfpartie. Strecken. Seit drei Tagen machte sie hier Anti-Burn-out-Ferien. Sie allein. Entspannung pur. Ein leichtes Hungergefühl meldete sich, zum Abendessen war es jedoch noch zu früh. Das Selbstbedienungsbüfett in ihrem Dreisternehotel *Rafaele* öffnete erst um 18.30 Uhr, man konnte die Uhr danach stellen. Eigentlich war es mehr eine Pension. Isabelle kannte die Eigentümer seit vielen Jahren – ein gemütliches Ehepaar um die 60 mit ihren Zwillingstöchtern Chiara und Lara, die etwa so alt wie sie waren und eines Tages das Lebenswerk ihrer Eltern fortführen würden. Als Kinder hatte sie oft miteinander gespielt, später hatten sie Caorle und die Nachbarorte unsicher gemacht.

Bis zum Abendessen könnte ich einen kleinen Shoppingbummel durch Caorle-Downtown oder Lido di Jesolo machen oder mir in einem hübschen Straßencafé einen gepflegten Nachmittagsespresso genehmigen und einen flotten Sonnenhut kaufen, wie sie hier gerade Mode sind, überlegte sie. Zum ersten Mal war sie in den 1990er-Jahren mit Dad hier gewesen, danach immer wieder. In den letzten Jahren hatte sie ihre Sommerfreizeit stets an anderen Touri-Hotspots verbracht. Wieso eigentlich? Sie wusste es selber nicht so genau. Nirgendwo war ihr das Ambiente so vertraut wie hier. Alles fühlte sich nach Homecoming an. Die ungezwungene Atmosphäre im *Rafaele* behagte ihr. Schon immer. Die Entscheidung, ganz allein hierher zu kommen, hatte sie lange abgewogen. Doch sie war goldrichtig gewesen – von der vorwitzigen Frisbeescheibe mal abgesehen. Ja, es tat gut, mal wieder jenes unverwechselbare Adria-Flair in sich aufzusaugen. Das meiste schien völlig unverändert, jedoch hatte die Stadt einwohner- und lautstärkemäßig enorm zugelegt. Vom ausufernden Verkehr gar nicht zu reden. Im Zeitlupentempo stand sie auf, zog sich an.

Das letzte Jahr hatte es in sich gehabt. Zuerst war bei Dad kurz vor seinem 70. Geburtstag ein walnussgroßer Gehirntumor festgestellt worden, der sich gottlob als gutartig herausgestellt hatte und in einer siebenstündigen Operation weitgehend folgenlos entfernt werden konnte – allerdings hatte er anschließend Hilfe im Haushalt gebraucht. Immer war er für sie da gewesen, seitdem ihre Mutter, die wie sie Polizistin gewesen war, vor 23 Jahren bei einem Einsatz ums Leben gekommen war. Damals war sie noch ein Kind und sie lebten an der französischen Atlantikküste. Danach war Dad mit ihr an den Chiemsee gezogen, wo sie bis vor Kurzem zusammen in einem Dreigenerationenhaushalt mit den Großeltern väterlicherseits wohnten. Seit zwei Jahren hatte sie ein eigenes kleines Mietapartment im grenznahen Freilassing vor den Toren Salzburgs.

Auch im Job lief es zuletzt alles andere als glatt. Mehr als einmal hatte sie im vergangenen halben Jahr ihren einstigen Traumberuf verflucht, seit bei einem nächtlichen Einsatz im Rotlichtmilieu ein Gangster auf sie gefeuert hatte und sie wochenlang dienstunfähig geschrieben war. Gottlob hatte die Kugel ihren linken Oberschenkel nur gestreift, und das Bein war rasch wieder voll belastbar – dennoch war eine deutlich sichtbare Narbe geblieben. Viel schlimmer aber war die unsichtbare seelische Narbe. Immer wieder litt sie seither unter Panikattacken, nachts lag sie oft stundenlag wach und grübelte. In den letzten Wochen war sie mehrfach drauf und dran gewesen, den Dienst zu quittieren. Wie gut tat es da, jetzt für ein paar Tage frei zu sein! Laufen, flanieren, schwimmen, gut essen, ausspannen. Doch Pustekuchen! Das Kopfkarussell war mitgereist, Loslassen fiel immer noch schwer. Immerhin waren die Angstanfälle etwas seltener geworden. Ein flaues Gefühl in der Magengegend begleitete sie dennoch auf Schritt und Tritt. Wie oft hatte sie sich in letzter Zeit gefragt, ob sie als Ermittlerin richtig war … und keine endgültige Antwort gefunden. Einer Miss Marple oder einem Hercule Poirot wäre dieser völlig überflüssige Streifschuss nie passiert. Natürlich nicht. In solche Grenzsituationen begaben die sich erst gar nicht. Von der windigen Frisbeescheibe mal ganz abgesehen.

Bedächtig klappte sie Liegestuhl und Schirm zusammen, warf sich die Badetasche über. Was für Mördertemperaturen! Die Sonne knallte herunter, die digitale

Beach-Anzeige bei *Bagni Bellavista* zeigte noch immer erbarmungslose 36 Grad. Der puderzuckerfeine goldgelbe Sand brannte ihr brühheiß auf den Fußsohlen. Für heute reichte es mit Strand. Um sie herum wuselte lautstark eine Kindergruppe, die mit ihren Riesenschaufeln ein beeindruckendes Sandtunnelsystem gebaut hatte. Jetzt hatten sie Sorge, sie könnte es zertreten. In einem Kauderwelsch aus Bayerisch, Österreichisch, Slowenisch und Italienisch plärrten sie durcheinander, Motto: der Lauteste hat recht. Isabelle Martin blinzelte partnerschaftlich und machte einen Bogen um die internationale Sandburg, die Bautruppe wirkte erleichtert.

»Alles nur psycho«, hatte ihr Hausarzt abgewiegelt, als er sie krankgeschrieben hatte. »Fahren Sie Ihr System runter, machen Sie Urlaub an einem netten Ort ... andernfalls brennen Sie aus. Gegen die Unruhe und die Verstimmung schreibe ich Ihnen was Pflanzliches auf. Wenn es nichts bringt, hilft nur ein hartes Antidepressivum. Am besten wäre freilich eine Reha in einer Spezialklinik.« Der hatte leicht reden. Die Baldrian-Hopfen-Johanniskrautmischung half null, doch Sanatorium-Atmosphäre war das Letzte, worauf sie Lust hatte. Eine Psychoklinik *für sie*? Sie war doch nicht bekloppt! Oder? Seit den ekligen Panikanfällen war sie sich da nicht mehr so sicher. Früh-Burn-out mit Anfang 30, na toll! Wenigstens ließ es sich hier am Meer gut aushalten, wenngleich sich die Stresssymptome einfach nicht abschütteln ließen. Vermutlich eine Zeitfrage.

Die temperamentvolle Italienerin hatte sich inzwischen mit einer impulsiven Umarmung von ihrem Frisbeepartner verabschiedet und packte wenige Meter neben ihr fieberhaft zusammen. Der Blonde stand unschlüssig da, wie bestellt und nicht abgeholt. Isabelle stutzte. Hoffentlich kommt der nicht auf die Idee, mich … oh nein, bitte nicht! Zielsicher schielte er zu ihr herüber. Sie starrte angestrengt auf den Sandboden, als suche sie dort einen Ring oder etwas Ähnliches.

»Eine Runde Scheibenwurf, bella Signorina? … Oder Speedminton?«

Hat sich was mit »bella Signorina«! – Isabelle kämpfte kurz mit sich. Unter normalen Umständen wäre der drahtig-schlaksige Kerl durchaus ihr Typ gewesen, andererseits hatte der gerade noch mit der Italienerin geturtelt. Weil die jetzt ging, wollte er mit ihr … nein, so billig wollte sie sich dann doch nicht hergeben, die schnelle Strandnummer war mit ihr nicht zu machen. Was glaubte der eigentlich?

Sie zwang sich zu einem unverbindlichen Lächeln. »Vielleicht ein anderes Mal«, gab sie leicht spitz, aber dennoch eine Spur kokett zurück, »für heute habe ich genug Bräune aufgelegt. Finito spiaggia.«

»Schade.« Die Klappe fiel ihm runter, offenbar bekam er selten eine Abfuhr. »Nochmals Entschuldigung für vorhin übrigens«, schob er deutlich leiser nach. Zögerlich drehte er sich um, stapfte durch den Sand wie ein begossener Pudel.

»Wird schon kein bleibender Schaden zurückbleiben«, flachste Isabelle. Sie erschrak fast ein wenig über ihre Schlagfertigkeit. Einen kurzen Moment fühlte sie sich versucht, ihn zurückzurufen, entschied sich aber dagegen. Aktuell war einfach nicht der richtige Zeitpunkt für eine Romanze, sie hatte genug mit sich selber zu tun. In diesem Urlaub wollte sie sich über einiges klar werden, das ging besser solo.

War sie wirklich zu sensibel für ihren Job? Gar allgemein zu dünnhäutig? Weshalb war sie überhaupt Fahnderin geworden? Aus Abenteuerlust? Gerechtigkeitsfanatismus? Oder hatte sie unbewusst das Werk ihrer geliebten Mom fortsetzen wollen, die sie so früh verloren hatte? Jedenfalls hätte sie es nie für möglich gehalten, dass gerade sie eines Tages Opfer von Kollegenmobbing werden würde – oft hatte sie davon gehört oder darüber gelesen. Aber dass es ihr selber passieren würde, das war ein ganz schlechter Witz. Gerade bei Nachteinsätzen und Razzien in Nachtklubs betrachteten einige ältere Kollegen die aparte Halbfranzösin als Freiwild. Mal hatte sie eine Hand an der Hüfte, mal eine am Po, die sie scheinbar zufällig berührten, einmal sogar von einem verheirateten Kollegen, dessen Frau sie kannte. Ihr Chef, der kurz vor seiner Pensionierung kein Fass mehr aufmachen wollte, hatte alles heruntergespielt. Irgendwann hatte ihr Organismus rebelliert, und sie hatte sich nicht mehr anders zu helfen gewusst, als sich dienstunfähig zu melden. Als sie danach wieder mal auf einem Nachteinsatz war, war die Schussverletzung passiert … sicher auch, weil sie nicht voll bei der Sache gewesen war. Einer hochkonzentrierten Isabelle wäre das nie und nimmer passiert. Damit hatte sie zwar einen Freifahrtschein für eine längere Krankschreibung, doch sie wusste nur zu gut, dass dies keine Dauerlösung sein konnte. Anhaltende Dienstunfähigkeit in ihrem Alter … Wo würde das enden?

Inzwischen hatte sie die begrünte Sanddüne *Bagni Bellavista*, die Pagode bei *Bagni Onda Azzurra* sowie den Caorle-typischen Dünen-Schutzwall hinter sich gelassen und die Via Veglia erreicht – ein niedliches Verbindungsgässchen mit malerischen Limonenbäumen und mediterranen Oleandersträuchern, die einen lieblichen Duft verströmten; von hier zweigten mehrere kleinere Nebenwege ab, die alle zur zentralen Rundstraße hinstrebten. Dort dominierte ein Gemisch aus Öl- und Benzingestank. Auf der Via Portorose kam sie an beeindruckenden Sommerresidenzen mit ansehnlich gepflegten Gärten vorbei, die fein säuberlich aneinandergereiht in Reih und Glied um die Wette glänzten. Zikaden zirpten, Blindschleichen verkrochen sich im Gestrüpp, als Isabelle sich näherte. Vor der Nummer 24 lehnte eine junge Frau mit schulterlangen pechschwarzen Haaren an der Mauer. Sie weinte.

»Kann ich helfen?« Isabelle blieb stehen, musterte das Mädchen. Sie schätzte sie auf Anfang bis Mitte 20, eine schlanke Gestalt im weißen Crop Top mit der Aufschrift »Vita cura« und eng sitzender kurzer Jeanshose. Dazu ein rundes Gesicht mit vollen Lippen. Flott-feminin, aber nicht billig. Wie viele junge Einheimische hier.

»È … è stato ucciso«, schluchzte sie aufgelöst. »Lo so esattamente. Ucciso, sì!«

»Wie bitte?« Isabelle stutzte, legte ihre Hand tröstend auf die Schulter des Mädchens. Diese wechselte sofort ins Deutsche. »Umgebracht wurde er. Jawohl. Ich … ich weiß es genau.«

»Von wem reden Sie, um Gottes willen? Wer wurde umgebracht? Von wem? Und wo?« Sie fixierte ihr Gegenüber scharf. War die junge Frau eine Psychopathin? Eher nicht. Die üppigen Jasminhecken im Hintergrund verbreiteten einen betörenden Duft. Oder war das das Parfüm der Schwarzhaarigen?

»Il mio paziente. Mein Patient. Ricci Bianco. Der Sänger.« Sie zeigte auf die Villa hinter sich. »In seinem eigenen Haus. Hier ... hinter mir.«

Isabelle verstand nur Bahnhof. Doch nicht *der* Ricci Bianco? Sie hatte es nicht so mit der Schlagerpopszene, aber den Namen kannte sie: Bianco war ein deutscher Schlagertitan mit Kultstatus, um den es die letzten Jahre ruhiger geworden war, nachdem er eine gefühlte Ewigkeit durch die angesagtesten Urlaubsmetropolen getingelt war und überall für Partystimmung gesorgt hatte – nicht jedermanns Geschmack, jedenfalls nicht ihrer. Sie stand eher auf gediegeneren Pop vom Schlage eines *Simply red, Lionel Richie* oder *Bruce Springsteen*. War in der Regenbogenpresse nicht auch kolportiert worden, dass Bianco ein Alkoholproblem habe, seit sein Stern am Untergehen war? Dass der Promi-Privatier sich ausgerechnet hier zwischen Jesolo und Caorle niedergelassen haben sollte, war ihr neu. »Nochmals ganz langsam zum Mitschreiben: Wer sind Sie? Was genau ist passiert?«

»Ich heiße Carina, ich bin ... war seine Fitnessbetreuerin«, erklärte die junge Frau, noch immer schluchzend. »Ich komme vom Healthcare-Service, wollte ihm seine tägliche Nachmittagsspritze geben und Gymnastik mit ihm machen. Aber ... er war mausetot, als ich ...«

Isabelle schluckte. Das hörte sich verdammt nach Arbeit an. Ausgerechnet. »Sie sprechen sehr gut Deutsch.«

»Grazie.«

»Wollen wir uns nicht setzen?« Isabelle deutete auf eine ein paar Meter entfernte Steinbank und stellte sich vor. Als sie ihren Beruf nannte, fielen der anderen die Augen förmlich aus dem Gesicht.

»Squadra Omicidi? Mordkommission? Hui!« Das Schluchzen endete abrupt. »Dann ... dann bin ich bei Ihnen ja genau richtig. Das nenne ich einen Glückszufall.«

»Kommt darauf an.« Isabelles Begeisterung hielt sich in Grenzen, sich ausgerechnet in ihrem dringend benötigten, lange geplanten Wellnessurlaub in einen undurchsichtigen Kriminalfall verwickeln zu lassen. Falls überhaupt, so war dies Sache der italienischen Kollegen. Andererseits tat ihr die junge Frau leid, sie wirkte völlig aufgelöst.

»Haben Sie die Polizia di Stato alarmiert? Oder einen Arzt?«

»Certo, certo.« Sie blies Luft aus, wischte sich unsicher über die Stirn. »Ma ... aber das ist alles nicht so einfach.« Erneutes Schluchzen. »Ich bin ja nicht wirklich sicher, ob ...«, ruderte sie zurück, »aber als ich vorhin die Villa betrat, lag er leblos im Wohnzimmer. Alles sollte ganz normal aussehen, aber das war es nicht. Ich kenne mich aus, denn ich ...«, sie schluckte, »... ich habe ihn doch jeden Tag besucht.«

»Hm«, machte Isabelle, »hatte er irgendwelche sichtbaren Verletzungen?«

»Nichts Äußerliches. Sospetto veleno. Ich vermute Gift. Oder etwas Ähnliches.«

Puh! Die Ermittlerin schluckte. Damit hatte sie bislang null Erfahrung. »Wie alt war denn Herr Bianco?« Eher eine Verlegenheitsfrage.

»Ancora sessant'anni. Knapp 60. Ricci war lebens-froh. Vormittags habe ich ihn noch versorgt, da gab es nicht die geringsten Anzeichen, alle Werte waren hervor-ragend. Aber am Nachmittag war er mausetot, das passt nicht zusammen.«

Das war in der Tat ungewöhnlich. »Wann genau haben Sie ihn gefunden?«

Sie drehte schwungvoll ihre modische *Apple*-Watch. »Vor knapp drei Stunden ... ungefähr.« Immerhin schluchzte sie nicht mehr.

Die Kommissarin schwieg. Menschen verstarben schon mal ganz unerwartet, ohne dass es vorher Anzeichen gege-ben haben musste. Andererseits ...

»Drogen? Medikamentenmissbrauch?«

»Dove stai pensando? Wo denken Sie hin? Jedenfalls nichts Hartes ... das ist lange her.«

»Irgendwelche Krankheiten?«

»Nichts Tödliches.« Zögern. »Naja, vor ein paar Jahren hatte er eine attacco di cuore, einen leichten Herzinfarkt. Aber davon ist fast nichts zurückgeblieben. Er war abso-lut auf dem aufsteigenden Ast.«

Isabelle überlegte fieberhaft. »Hat der Arzt denn keine Leichenschau vorgenommen?«

»Dottore Vanni? In realtà già. Schon. Für ihn war es ganz normales Herzversagen. Wie 100 andere. Doch was heißt das schon?«

»Hm. Haben Sie Ihre Zweifel geäußert?«

»Sì, naturalmente. Aber er hat mich ausgelacht.« Sie schob die Unterlippe nach vorne wie ein bockiges Klein-kind, schüttelte ihr dichtes Haar vor und zurück. ›Bam-bina, mischen Sie sich nicht in meine Arbeit ein!‹, hat er gesagt. Quello scioccio. Dieser ... Schnösel. Sagt man ›Schnösel‹?«

Die Fahnderin ging nicht darauf ein. »Hat er denn Ihrer Meinung nach geschlampt?«

Sie lachte gequält. »Was heißt ›geschlampt‹? Era stressato. Er war im Stress, musste sofort wieder weiter. Zweimal klingelte während der Begutachtung sein Telefon. Und die Polizia will jetzt nicht ermitteln, die medica di Polizia hat sich ihrem Kollegen angeschlossen. Finito. Aus die Maus. Für die war die Sache klar. Causa naturale di infarto.«

Isabelle hielt den Kopf schief. Schon oft hatte sie es mit skurrilen Aufschneidern zu tun gehabt, die behaupteten, sie wüssten von Anschlagsplänen auf einen Chiemsee-Vergnügungsdampfer oder das Traunsteiner Sommerfest ... und jedes Mal hatte es sich als Luftnummer herausgestellt. Nur: Wie eine Profilneurotikerin sah diese junge Frau nicht aus. Vielmehr vertrauenswürdig, vielleicht war sie für ihren Beruf eine Spur zu leger gekleidet, doch das konnte auch an den heißen Temperaturen oder ihrem jugendlichen Alter liegen ...

»Wo ist der Tote jetzt?«, hakte sie nach. »Gibt es keine Angehörigen?«

»Er wurde vorhin von einem Bestattungsunternehmen abgeholt. Sie bringen ihn nach Germania. Seine Managerin hat das direkt telefonisch veranlasst, ich konnte mich kaum richtig verabschieden. Die Beisetzung soll in München stattfinden, dort hat er lange gelebt. Das war immer sein Wunsch gewesen. Angehörige hat er meines Wissens keine.«

»Verstehe. Tja ...«

Die Kommissarin zerbrach sich angestrengt den Kopf, wie sie weiter vorgehen sollte. Dass sie ihren geplanten Stadtbummel knicken konnte, war ihr klar. Der logischste Schritt war fraglos, nochmals mit den italienischen Polizeikollegen Kontakt aufzunehmen. Vielleicht …

»Bitte, *wer* soll in München beigesetzt werden?«, vernahm sie eine kräftige Stimme hinter ihnen. Beide Frauen fuhren herum … und staunten nicht schlecht. Breitbeinig baute sich der gut gelaunte Frisbee-Typ von vorhin neben der Steinbank auf, sein Grinsen war einem ernsten Blick gewichen. Sie hatten ihn gar nicht kommen hören. Isabelle rollte die Augen – na bravo, der hatte gerade noch gefehlt! War der ihr etwa nachgegangen?

»Worum geht es?«, erkundigte er sich eine Spur zu aufdringlich, »eventuell kann ich helfen!«

»Nee, alles gut«, log Isabelle und wandte sich demonstrativ ab. Carina warf ihr einen bittenden Blick zu.

Der smarte Blondschopf zögerte, blieb aber hartnäckig. »Ich will mich gewiss nicht aufdrängen, aber anscheinend ist etwas vorgefallen …« Er zögerte. Jetzt klang es eher besorgt. »Darf ich mich kurz vorstellen: Siegfried Schwaiger, Kommissar bei der KPI Fünfseenland in Bayern. Meinen Ausweis habe ich leider nicht greifbar.« Er zeigte scherzhaft auf sein Beach-Outfit. »Also – was ist los?«

Bei Isabelle fiel die Klappe. Ein Polizeikollege. Auch das noch! Das hätte sie vorhin am Strand am allerwenigsten vermutet. Konnte sie denn nicht mal hier …? Falls es denn überhaupt stimmte und dieser Typ kein Hochstapler war! Unaufgefordert quetschte Schwaiger sich neben sie, dabei war die Bank eigentlich nur für zwei Personen ausgelegt. Carina berichtete kurz, was vorgefallen war. Isabelle stellte sich ebenfalls vor.

»Klingt ja nach einem hoch interessanten Urlaubsfall ... und das noch mit einer so reizenden Kollegin.« Er blinzelte Isabelle keck zu, die instinktiv weiterrutschte, sie saß jetzt fast auf Carinas Schoß. »Und ich befürchtete schon, ich würde mich hier langweilen.«

Die Kommissarin rollte die Augen. Sie stand auf. Hat sich was mit »reizender Kollegin« – war das ironisch gemeint? Hölzerne Anmache? Oder war sie schon wieder mimosenhaft drauf?

»Keine Sorge, wir kümmern uns.« Jetzt reichte es aber. Flirtete der hyperaktive Herr Kollege allen Ernstes mit der Betreuerin des toten Künstlers?

Isabelle Martin stupste Carina an und flüsterte: »Wir müssen nicht mit ihm zusammen ...«

»Sì, sicuramente. Doch, unbedingt!« Die Italienerin schien heilfroh, dass Schwaiger – im Gegensatz zu Isabelle – auch körpersprachlich lebhaft Interesse signalisierte. Die Kommissarin zuckte resigniert die Schultern.

»Was sagen die italienischen Kollegen?«, bohrte er nach.

»Soll ich mich nochmals mit denen kurzschließen?« Isabelle wackelte mit dem Kopf. Großspuriger ging es kaum.

»Das ist ja genau das Problem. Sie weigern sich zu ermitteln.« Carina stand jetzt ebenfalls auf und zwirbelte ihre Haarpracht.

»Das wollen wir doch mal sehen.« Williwichtigmäßig zückte er sein Handy – Isabelle glaubte ein fettes *iPhone* zu erkennen – aus der wasserblauen Turnhosentasche, tippte zügig eine Nummer ein. Was für ein Protz!, ärgerte sie sich. Mir bleibt auch nichts erspart. Wäre ich doch besser nach Schweden gefahren und hätte mich wochenlang auf irgendeiner gottverlassenen Schäreninsel gelangweilt!

Er parlierte fließend Italienisch, ließ sich zweimal weiterverbinden. Immer mehr verzogen sich seine Mundwinkel nach unten, schließlich verfinsterte sich seine Miene. Kurzzeitig wurde er prononcierter, um dann ganz kleinlaut zu nicken ... schließlich drückte er resigniert die Stopp-Taste, zögernd steckte er den teuren Wichtigknochen in seine Turnhose. Offenbar war er abgeblitzt.

»Ignoranten, diese Azzurro-Columbos!«, entfuhr es ihm, jetzt deutlich weniger lautstark als vorhin. »Solche Pseudo-Ermittler! Jeder potenzielle Fall verkürzt ihren Büroschlaf. Das fuchst mich.« Er beäugte die beiden Frauen schräg von der Seite und stand auf. »Müssen wir uns eben selber der Sache annehmen.« Isabelle konnte sich des Eindrucks nicht erwehren, dass ihm das sowieso am liebsten war.

»Könnten wir vielleicht den Ort des Geschehens inspizieren?«

Inspizieren! Isabelle schnaufte tief durch. Gestelzter konnte er das wohl nicht sagen? Dieser gekünstelte Beamtenslang und sie würden nie Freunde fürs Leben werden.

Carina schüttelte den Kopf. »Geht nicht mehr, meine Superiora hat die Hausschlüssel mitgenommen. Ich habe sie natürlich informiert, sie kam her und leitete alles Weitere in die Wege.« Nesteln in der Jeanstasche. »Hier sind ihre dettagli del contatto, vielleicht könnten Sie ...«

Leise fluchend steckte Schwaiger die Visitenkarte des Gesundheitsstudios ein. »Wenn es auch nur den kleinsten Verdacht auf eine *nicht* natürliche Todesursache gibt, lasse ich die Leiche beschlagnahmen und in München obduzieren, das kostet mich nur einen Anruf bei der zuständigen Staatsanwältin.« Damit es nicht zu großkotzig klang, setzte er hinzu: »Es sei denn, Frau Kollegin, dass Sie lieber ... immerhin waren Sie ja zuerst ...« Anscheinend traute er sich noch nicht, sie beim Vornamen zu nennen.

»Alles gut. Für mich ist das fein«, gab Isabelle betont lässig zurück. Sie war vollends überrollt von so viel Tatendrang im Urlaub. Insbesondere hatte sie nicht die geringste Lust auf den unweigerlichen Paragrafendschungel mit Blick auf eine grenzüberschreitende Leichenbeschlagnahmung und allem Pipapo. Doch zweifellos hatte der Herr Kollege recht. Eine professionelle Leichenschau in Deutschland war die einzige Möglichkeit, der Sache auf den Grund zu gehen. Und dass er das proaktiv übernehmen wollte, war ihr nur recht. Wenn diese Carina sich so sicher war ...

»Fürs Erste brauchen wir ein Protokoll, ab dann ermitteln wir offiziell.« Schwaiger öffnete die entsprechende App-Maske auf seinem Handy, füllte flink Textfelder aus. »Sie müssten uns das Ganze noch per Mail bestätigen und sich ausweisen, dann sind wir aktiv.«

Wohl eher hyperaktiv!, dachte Isabelle leicht angespitzt. Schon witzig, wie selbstverständlich er die ganze Zeit von *wir* sprach. Für sie stand noch gar nicht fest, ob sie überhaupt mit im Boot war. Ihr schoss der Gedanke durch den Kopf, ob man wohl vom Venedig-Airport kurzfristig einen Flug nach Lappland bekommen konnte?

Die junge Frau fummelte ihren Pass aus der fransigen Jeanshose, Schwaiger notierte: Carina Moretti, geboren am 12. Mai 1997 in Venezia. Italienische Staatsbürgerin.

»Ve-ne-dig … die Stadt der Liebe«, murmelte Schwaiger. Isabelle rollte mit den Augen.

»Ich bin nur hier geboren, aufgewachsen bin ich in Sizilien.«

Ade, Erholung, das war's dann wohl!, stöhnte die Kommissarin innerlich. Und alles nur, weil ein junges Mädel Gespenster sah. Idealerweise klärte sich alles schnell auf, und sie hatte schnell wieder ihre Ruhe!

Die Italienerin hatte erfasst, dass ihre Begeisterung sich sehr in Grenzen hielt. »Entschuldigen Sie bitte die ganze Aufregung, Frau Kommissarin, es ist mir sehr unangenehm. Aber soll ich zuschauen, wenn so was passiert? Ich bin so erzogen, dass ich meinem Gewissen folge. Deswegen arbeite ich ja auch mit Menschen.«

Isabelle machte eine großzügige Handbewegung. Vor zehn Jahren hatte sie selbst mal mit sich gerungen, ob sie Fitnesstrainerin oder lieber Beamtin werden sollte. Sie tätschelte die andere am Arm. »Wird sich alles finden … gewiss nur Fehlalarm!« Doch eigentlich glaubte sie das selber nicht wirklich.

Nervös ließ Carina ihren Blick umherschweifen. »Wie geht es weiter?«

Schwaiger antwortete: »Wie gesagt, Herr Bianco wird in Bayern obduziert. Sollte sich dabei herausstellen, dass … hoffentlich ist das nach so vielen Stunden überhaupt noch gut möglich!« Er machte eine Pause. »Ihnen ist aber auch klar, dass Sie sich unter Umständen selber belasten? Sollten sich tatsächlich giftige Substanzen oder irgendeine Überdosis finden, wird von Amts wegen als Erstes ein EU-Ermittlungsverfahren eingeleitet, das ist der übliche Lauf. Sie haben schließlich auch Arzneien verabreicht, wenn ich das vorhin richtig verstanden habe. Frage: Durften Sie das überhaupt? Als Fitnessbetreuerin? Ich meine, ist das nicht …?«

Sie nickte eifrig. »Das geht schon in Ordnung, ich habe eine formazione inferieristica e una biglietto di iniezione, das ist eine pflegerische Ausbildung mit Spritzenschein.«

»Verstehe. Ihre Fingerabdrücke sind gewiss überall im Haus zu finden. In diesem Fall wären Sie vermutlich mit einem Anwalt gut beraten, falls es zu Ermittlungen kommt!«

»Oh caro, in was bin ich da bloß hineingeraten? Ich … ich will Menschen helfen, und jetzt so was.« Sie schluchzte. »Das hätte ich doch nie … ausgerechnet bei Ricci.«

»Dann kann Ihnen auch nichts passieren«, besänftigte Isabelle sie erneut. »Mein Kollege wollte nur das weitere Prozedere erklären. Noch steht ja überhaupt nicht fest, ob …«

»Der arme Ricci … er hat keinem was getan, für mich war er wie ein Vater. Er ist immer Mensch geblieben in diesem scheinheiligen Showbusiness. Dafür war er zu sensibel.« Sie wischte sich Tränen ab, Kajal und Wimperntusche verliefen zu einem gräulichen Gemisch.

Schwaiger räusperte sich. »Alles gut, wir wären dann fertig – halten Sie sich bitte zur Verfügung, Carina!«

»Ich habe aber noch drei Patienten heute, die versorgt werden müssen.«

»Vielleicht sollten Sie sich besser ausruhen … nach all der Aufregung!«

»Geht nicht. Einer wartet drüben in Cavallino auf mich und ein Ehepaar im Campingresort *Union Lido*«, erklärte

Carina leise. »Tausende deutsche und österreichische Rentner verbringen hier ihren Lebensabend. Für einige wandelt sich der Traum vom unbeschwerten Ruhestand an der Adria zum Albtraum, gesundheitlich gesehen.«

»Umso wichtiger, dass es so engagierte Engel wie Sie gibt.« Isabelle hielt ihr zum Abschied die Hand hin. »Hoffen wir, dass Sie sich geirrt haben, was Herrn Bianco angeht – Ihr Instinkt in allen Ehren!«

Als die Therapeutin mit ihrem Smart davongebraust war, standen sich die beiden Ermittler alleine auf dem Gehweg gegenüber. Sie schnupperte. Noch immer lag süßlicher Parfümgeruch in der Luft … das war beileibe nicht nur von den Pflanzen und der Hitze.

»Dürfte ich Sie auf einen großen Nachmittagskaffee oder vorabendliche Pasta einladen, verehrte Frau Kollegin?«, bot Schwaiger kumpelhaft an. Aha, von der »Signorina« über die »reizende Kollegin« waren sie jetzt bei der »verehrten Kollegin« – ein Fortschritt immerhin. Als er ihr Zögern bemerkte, schob er schalkhaft hinterher: »Einen klitzekleinen?« Blinzeln. Noch immer keine Reaktion. »Sie machen es einem aber wirklich nicht leicht. Nur ein paar Meter von hier kenne ich eine charmante Kaffeebar. Gleich hinter dem Dünengürtel.«

Sie musste schmunzeln. Eigentlich hatte sie ja tatsächlich einen Espresso trinken gehen wollen, aber jetzt war es zu spät dafür, das Abendbuffet wartete. »Eventuell später einen lauen Nachtbummel zum weiteren Besprechen des Prozederes durch Caorle-Downtown oder Eraclea Mare. Nach dem Dinner.«

»Auch recht.« Kurze Pause. »Nur dass es in Eraclea kein Downtown gibt …«

Meine Güte – was für eine Haarspalterei! »Dann eben Caorle, okay?«

»Sollten wir uns nicht lieber ganz pragmatisch duzen? So ermittelt sich's leichter.«

Sie stockte. Ging das nicht gerade viel zu fix? Andererseits … Sie rang sich ein Lächeln ab. »Meinetwegen. Ich heiße Isabelle.«

»Ups. Klingt französisch.«

»Oui. Ursprünglich komme ich aus La Rochelle, einer alten Seeräuberhochburg an der Atlantikküste, seit über zwei Jahrzehnten lebe ich aber am Chiemsee.«

»Kann passieren«, scherzte Schwaiger einigermaßen distanzlos. »Im Ernst: Bretagne ist super, Chiemsee nicht weniger. Der Starnberger See kann aber durchaus konkurrieren. Mein Nachbar in Tutzing ist übrigens Michael Schanze, falls Ihnen der ein Begriff ist. Der kannte Bianco garantiert persönlich, ich werde direkt mal meine Fühler ausstrecken.«

Was hatte das jetzt mit dem Fall zu tun? War dieser Neu-Kollege ein schräger Kauz? Litt er an Komplexen? Isabelle kniff ein Auge zusammen.

»Wie hat es dich als Französin hierher verschlagen, wenn ich fragen darf?« Sie schlenderten über ein Pinienwäldchen in Richtung *Baia Blu Beach*, wo sie ihren Renault Clio geparkt hatte.

»Längere Geschichte.« Sie wollte ihm nicht gleich ihre ganze Lebensgeschichte auf die Nase binden. »Halbfranzösin übrigens nur. Mein Vater ist Deutscher.«

»Wir haben doch genug Zeit zum Reden, schließlich machen wir hier Ferien.«

Eben!, dachte Isabelle. Ihr Hunger meldete sich. »Mein Büfett wartet.«

Er wirkte enttäuscht. »Na, dann guten Appetit.« Kurze Pause. »Wie lange bleibst du an der Adria?«

»Zehn Tage. Fürs Erste.« Skandinavien war noch nicht komplett abgehakt.

Verschwörerisches Grinsen. »Wenig Zeit für eine Tätersuche. Aber wenn wir uns ranhalten …«

»Wir?« Sie verdrehte erneut die Augen. »Eigentlich hatte ich vorgehabt, tutto completto abzuschalten: sole, spa, spiaggia.«

Er wischte sich den Schweiß von der Stirn. Schon wieder falscher Fuß! »Das eine schließt ja das andere nicht aus. Jedenfalls würde ich gern mit dir kooperieren, vier geschulte Augen sehen einfach mehr. Meine Nase sagt mir, dass diese Carina nicht so einfach der Kategorie ›Schaumschläger‹ zuzuordnen ist.«

»Ich wusste gar nicht, dass Nasen sprechen können.« Wenn es optisch an ihrem Kollegen überhaupt etwas auszusetzen gab, dann war es allenfalls seine Nase, die etwas größer als beim Durchschnitt war.

»Wie bitte?«

»War nur Spaß.« Sie nickte seufzend. »Diese Carina ist definitiv keine Hochstaplerin. Allenfalls eine Spur zu stark parfümiert.«

»Wo erreiche ich dich?«

»Im *San Rafaele* in Porto Santa Margherita, etwas westlich außerhalb der Altstadt. Nettes Kleinstadthotel mit Pool und eigenem idyllischen Strandabschnitt. Wär ich bloß dort geblieben!« Nicht ohne Neid dachte sie an Chiara und Lara. Deren Zukunft als Hotelerbinnen war vorgezeichnet. Die mussten nicht zeitlebens Gangster jagen und sich mit dem Bösen herumschlagen. Wobei …

ein Leben lang eine Urlaubspension mit anspruchsvollem Publikum zu führen, war sicher auch nicht immer ein Zuckerschlecken.

Schwaiger zog eine Augenbraue hoch. Für ihn gab es nichts Spannenderes als ungelöste neue Fälle – auch nach 15 Kripojahren brannte er noch immer für seinen Beruf. »Wie sehr ich dich um dein Hotel beneide, Isabelle. Ich schlage mich aktuell in einem abgerissenen winzigen Wohnklo hier um die Ecke in *Duna Azzurra* durch, das sich ›Luxury Apartment‹ nennt.« Er zog die Stirn kraus. »Klassische Internet-Fehlbuchung, als ob ich ein Adria-Frischling wäre. Dabei hätte ich es wirklich besser wissen können. Hier wimmelt es nur so von erstklassigen Hotels und Pensionen, wenn auch nicht immer ganz billig. Doch ich Esel wollte mal wieder was Neues testen. Tja, Künstlerpech. Sehen wir uns nachher noch?«

»Ja. Aber keinen Absacker. Und ich zahle selber. Klar?«

»Ich hole dich ab. Um 20 Uhr bei *Rafaele.*«

2

Nachdem sie sich getrennt hatten, ging Schwaiger an den Strand, der sich zunehmend leerte, und setzte sich auf einen der vielen Steine. Er beobachtete ein paar einheimische Angler und inhalierte einige Minuten lang die würzige Salzluft. Herrlich.

Dann rief er seinen Kommissariatsleiter Johannes Baptist in Starnberg an, der sich umgehend mit der Staatsanwaltschaft kurzschloss. Von seinem Tutzinger Nachbar Michael Schanze, der Bianco in besseren Zeiten mehrmals über den Weg gelaufen war, erfuhr er, dass der Sänger in den letzten Jahren sehr zurückgezogen lebte und so gut wie keine Kontakte mehr pflegte. Anschließend veranlasste Schwaiger bei dem Münchener Bestattungsinstitut, dessen Firmennamen ihm Biancos Betreuerin auf den Notizzettel gekritzelt hatte, die Umleitung des Leichentransportes mit höchster Prio-Stufe ins Gerichtsmedizinische Institut der Ludwig-Maximilians-Universität München. Zum Schluss wählte er die Nummer einer langjährigen guten Bekannten, der Pathologin Doktor Carola Faltermeier. Die leicht skurrile, weit über die weiß-blauen Landesgrenzen hinaus geschätzte Pharmakologie-Expertin hatte sich im Kellergeschoss des Uni-Instituts am Englischen Garten ein One-woman-Analyselabor eingerichtet. Sie meldete sich sofort – dem Tonfall nach zu urteilen, hielt sich ihre Arbeitslaune kurz vor Feierabend in Grenzen.

»Sie schon wieder, hochgeschätzter Sherlock Holmes-Nachfolger! Können Sie nicht einfach mal in aller Ruhe Urlaub machen ... oder sich wenigstens von der holden Weiblichkeit am Ferienort ablenken lassen?« Gereiztes Schnaufen. »Was gibt's denn so Durchschlagendes am Teutonengrill?«

Teutonengrill! Schwaiger kannte das Faible der Ärztin für spitze Bemerkungen. Deshalb versuchte er, ihren flapsigen Ton zu adaptieren, das hatte er mal bei einem Fortbildungsseminar eingetrichtert bekommen. »Einen pickelnden Auftrag für Sie. Ein Promi-Privatier, frisch vom Strand importiert. Lacht da nicht Ihr Koryphäen-Herz?«

»Prickelnd?«, wiederholte sie herablassend-süffisant. »Da kann ich mir lebhaft Reizvolleres vorstellen. Was hat er denn ausgefressen?«

Schwaiger, dessen Füße im angenehm lauwarmen Meerwasser baumelten, versuchte sich vorstellen, wie sie in ihrem Multifunktions-Drehstuhl auf einem Kugelschreiber mit weiß-blauem Rautenmuster kaute und sehnsüchtig auf den Feierabend wartete, den sie mit Vorliebe joggend im nahe gelegenen Englischen Garten und im Biergarten beim *Chinesischen Turm* zubrachte. Die renommierte Chefpathologin, die schon diversen Abwerbeversuchen renommierter Privatkliniken standgehalten hatte, galt als überaus korrekt, war aber auch für ihren Hang zum Zynismus bekannt. Berufskrankheit?

»Er nichts. Aber ein anderer. Oder eine andere. Eventuell.«

»Geht's etwas genauer?«

»Giftmord ... möglicherweise.«

»Beachtlich, beachtlich.« Sie pfiff durch die Zähne.

»Zaubertrank? Oder Schlummerspritze?«

»Hierfür bräuchte ich ja gerade Ihre geschätzte Expertise.« Er versuchte, ihren Tonfall zu kopieren.

Rhythmisches Schnaufen. »Okay. Liefert ihn halt schnellstmöglich an, bei Gift zählt jede Minute. Bis die Analysen fertig sind, vergeht aber eine Winzigkeit Zeit, Sie kennen das ja. War's das?«

Schwaiger grinste in sich hinein. So war sie eben, die Frau Doktor. Immer eine forsche Bemerkung auf den üppig geschminkten Lippen. Mit einem Auge linste er zu der knackigen italienischen Strandschönheit im knallgelben Bikini hinüber, die ein paar Meter neben ihm dem Wasser entstieg wie ein Nymphe. Hatte sie nicht sogar sein Lächeln erwidert? Lass sie, Sigi! Lass sie!, meldete sich sein Gewissen. Jetzt war nicht der richtige Zeitpunkt für einen Urlaubsflirt.

»Was würde ich nur ohne Sie machen, Frau Doktor!? Auf jeden Fall schon mal vorab allerbesten Dank für die zeitnahe Expertise!«

»Bleibt mir was anderes übrig?«

»Nicht wirklich.«

»Dann schwafeln Sie auch nicht so gestelzt, Schwaiger! Ich melde mich.«

Die Bikinischönheit hatte sich inzwischen auf einem Badetuch neben ihrem Begleiter niedergelassen und zeigte mit dem Finger zu ihm herüber. Der Beschützer runzelte die Stirn. So weit, so unangenehm. Höchste Zeit für Schwaiger, die Segel zu streichen, mit einem eifersüchtigen Südländer wollte er sich besser nicht anlegen. Er schlüpfte in seine Turnschuhe und machte sich auf den

Weg zu seinem Apartment. Unterwegs kaufte er sich bei einer Pasticceria, aus der es verführerisch süßlich roch, eine Tüte *Ricciarelli* – italienische Mandelkekse. Hm, wie die dufteten!

Wenige Stunden später landete Ricci Biancos Leichnam auf dem Seziertisch der schrulligen, aber hochprofessionellen Pathologin. Für sie wurde es eine lange Nacht.

3

Die glutrote Sonne war inzwischen hinter dem Horizont im Meer versunken. Isabelle Martin und Sigi Schwaiger bummelten durch die denkmalgeschützte Altstadt von Caorle-Centro und genossen in einem stark frequentierten Straßencafé an der Viale Guglielmo Marconi zwei kapriziöse Eisbecher.

»Was machst du eigentlich, wenn du nicht im Dienst oder im Urlaub bist?«, erkundigte sich Schwaiger.

Das werde ich dir gerade auf die Nase binden!, dachte

sie. Sollte sie ihm von ihrem Faible für Flohmärkte erzählen? Oder dass sie in jeder freien Minute nach Salzburg rüberfuhr, um in der Getreidegasse die internationale Atmosphäre zu genießen und sich in die herrlichen Barockkirchen zu setzen, um zur Ruhe zu kommen? Oder dass sie für ihr Leben leidenschaftlich gern Winterpullis für ein rumänisches Kinderdorfprojekt strickte und Dutzende *Blinkist*-Ratgeber über Gesundheit und Ernährung verschlang? Nein, das alles brauchte der Herr Kollege nicht zu wissen.

Sie zuckte die Schultern. »Mal dies, mal das.«

Schwaiger war anzusehen, dass ihn diese Antwort nicht befriedigte. Doch weiterbohren wollte er auch nicht.

Sie überquerten die zentrale Meerpromenade und ließen sich nahe dem Chiosco ginganotto, vor dem einheimische Rentner lautstark Tagesneuigkeiten austauschten, auf einem Felsvorsprung nieder. Auf dem nächtlichen Meer funkelten Lichter von Fischerbooten. Es roch ein wenig nach Fisch.

»An manchen Tagen kannst du hier bis nach Kroatien rübersehen, wenn die Luft ganz klar ist.«

Die Kommissarin musste lachen. Dasselbe hatte ihr Vater früher auch immer gesagt, als sie drüben in Bibione Pineda ihre Zelte aufgeschlagen hatten. Als Kind hatte sie stundenlang am Strand des Campingplatzes gestanden und mit ihrem Minifernrohr übers Meer gestarrt. Aber nie hatte sie Spuren eines Festlandes am anderen Ufer entdecken können.

Sigi Schwaiger berichtete offenherzig über seine Ermittlungsarbeit bei der KPI Fünfseenland, Isabelle hingegen blieb reserviert – die ungelöste Frage über ihre berufliche

Zukunft behielt sie lieber für sich, sie wollte den Kollegen erst besser kennenlernen. Sie zwang sich, ihre Gedanken auf den konkreten Fall zu fokussieren, immerhin war sie so abgelenkt, und ihre Fantasie konnte nicht mehr ungeordnet umherschweifen und sie verrückt machen. Das hatte durchaus etwas.

»Vorhin habe ich mit unserer Giftfachfrau in München telefoniert, einer der besten in ganz Deutschland. In den nächsten Stunden wird unsere Leiche bei ihr eintreffen«, setzte er sie in Kenntnis.

»Giftfachfrau! Unsere Leiche« – wie sich das anhörte! Ihr grauste es bei solchen Ausdrücken, dabei hatte es sich aus dem Mund des Kollegen keineswegs gefühlskalt angehört. Vielleicht hatte ihr Arzt zu Hause doch recht und sie war viel zu zart besaitet … Ob diese Carina wirklich alles gesagt hatte, was sie wusste? Da steckte doch garantiert mehr dahinter als die bloße dunkle Ahnung eines Physio-Mädels!

Weit draußen auf dem Meer sahen sie einen gigantischen Öltanker – oder war es ein überdimensionaler Kreuzfahrtdampfer? – im Superzeitlupentempo in den rund 80 Kilometer entfernten Hafen von Venedig einlaufen. Sie betrachtete den Kollegen unauffällig von der Seite – er war sicher kein schlechter Typ. Allerdings redete er für ihren Geschmack zu viel und zu schnell.

Nachdem sie sich gegen 23 Uhr verabschiedet hatten, ließ Isabelle ihn zuerst wegfahren. Dann steuerte sie, einem spontanen Impuls folgend, ihren Renault noch einmal zu Ricci Biancos Villa hinüber nach Duna Verde. Nicht, dass sie sich einbildete, etwas zu finden, was sie vorhin übersehen haben könnten. Es ging ihr lediglich darum, ein Gefühl für die Örtlichkeit aufzubauen. Eine Marotte von ihr.

100 Meter von der Villa Bianco entfernt stellte sie das Auto unter einer Laterne ab und schritt achtsam das schmale, um diese Uhrzeit fast ausgestorben wirkende Sträßchen ab, das nur durch wenige Straßenlampen beleuchtet war. Kaum jemand war zu dieser Uhrzeit in der Nebengasse unterwegs, der Ferientrubel orientierte sich in Richtung der Flaniermeilen in der Altstadt. Irgendwo roch es nach verbrannter Pizza. Sie hielt konzentriert inne, lauschte. Außer den Zikaden, dem gelegentlichen Bellen eines Hundes und dem Schlafgezwitscher vereinzelter Vögel war alles ruhig. Kurz darauf gaben auch der Hund und die Vögel Ruhe. Totenstille.

Sie blieb einige Minuten stehen, ließ die Umgebung auf sich wirken. Nichts, aber auch gar nichts deutete darauf hin, dass hier vor wenigen Stunden ein Mensch gewaltsam ums Leben gekommen sein könnte. Sie hatte das schon öfters gemacht, Tatorte nachträglich aufzusuchen – ursprünglich aus Neugier, später wurde aus dieser spontanen Laune eine Gewohnheit. Aber war das hier überhaupt ein Tatort? Vielleicht war dieser Bianco doch eines ganz natürlichen …

Villa und Garten lagen friedlich, geradezu jungfräulich vor ihr. Sie überschlug grob: Alles zusammen war in dieser Lage mindestens eineinhalb bis zwei Millionen Euro wert. Wer das wohl erben würde? Carina würde das wissen. Sie mussten sowieso noch mal ausführlich mit ihr sprechen, falls sich herausstellen sollte, dass an ihrem Verdacht was dran war.

Plötzlich zuckte ein schwaches flackerndes Licht im

Haus auf. Im ersten Stock aus einem der Seitenfenster. Ein TV-Simulator? Oder da war doch jemand mit einer starken Taschenlampe zugange. Jemand, der dort nichts zu suchen hatte und kein normales Licht benutzen wollte? Sie war sich absolut sicher, dass das Geflacker vor zwei Minuten noch nicht da war – höchst seltsam. Wenn es wirklich ein TV-Simulator war, so hätte der doch vorhin auch schon durchscheinen müssen, immerhin war es schon seit einer Stunde stockdunkel. Es sei denn, er war an eine Zeitschaltuhr gekoppelt, die erst jetzt ansprang. Was spielte sich da drinnen ab?

Isabelle atmete tief in den Unterbauch. Trotz der immer noch warmen Temperaturen fröstelte sie plötzlich. Ob sie Sigi anrufen sollte? Der wäre zweifellos sofort hier, länger als fünf Minuten würde er kaum brauchen. Andererseits hatte sie für heute eigentlich genug von ihm. Bei ihrer Konversation vorhin hatte sie den Eindruck gewonnen, dass er ziemlich übereifrig war. Also nicht anrufen!

Da! Jetzt hatte sie für eine Sekunde lang eindeutig eine Silhouette hinter dem Vorhang bemerkt. Kein Zweifel: Da bewegte sich ein Mensch im Haus? Warum, zum Kuckuck, benutzte der kein Licht? Der Besitzer konnte es jedenfalls nicht sein. Ricci Bianco war mausetot, sein Leichnam befand sich längst in München beziehungsweise auf dem Weg dorthin …

Sie kniff die Augen zusammen, versuchte, ihren Sichtplatz zu verbessern. Sie musste näher ran. Kein Zweifel, da war jemand im Haus, der etwas suchte. Ob sie über das Gartentor klettern sollte? Genau genommen wäre das Hausfriedensbruch, schließlich konnte es eine ganz harmlose Erklärung geben. Zudem: Wenn wirklich eine

Person im Haus war, die da nicht hingehörte, konnte das gefährlich werden, schließlich war sie unbewaffnet. Sofern es sich um den Mörder handelte, der zurückgekommen war und sich gestört fühlte, würde der kaum lange fackeln, wenn er sie bemerkte. Also erst mal weiter beobachten.

Die Fahnderin bemerkte einen Passanten, der mit seinem schwarzen Labrador die Straße entlangspazierte. Das Tier schnüffelte hier und da, wirkte für die fortgeschrittene Tageszeit noch recht unternehmungslustig. Isabelle erwog, ob sie vielleicht den Mann ... Nein, rasch verwarf sie den Gedanken wieder. Sie durfte keinen Unbeteiligten in Gefahr bringen. Auch hatte sie keine Lust, sich bis auf die Knochen zu blamieren oder als hysterisch zu gelten. Seltsam war freilich, dass der Hund auffällig lange am Gartentor schnüffelte, er musste regelrecht weitergezogen werden. Was hatte das Tier gerochen?

Als die beiden verschwunden waren, ging kurz darauf das Flackerlicht im Haus aus – höchste Zeit, sich ein Versteck zu suchen. Der ganze Spuk hatte bis jetzt zehn, höchstens 15 Minuten gedauert. Isabelle kauerte sich hinter einen Restmüllcontainer, aus dem es bestialisch stank. Mehrere abgemagerte Katzen streunten neben ihr auf der Suche nach Essensresten herum und miauten herzzerreißend, aber sie konnte jetzt nichts für sie tun. Sie nahm sich fest vor, gleich am nächsten Morgen mehrere Dosen Katzenfutter zu kaufen und hierherzubringen.

Hier konnte sie alles optimal beobachten, ohne selbst gesehen zu werden. Falls jemand aus dem Grundstück kam, würde sie unauffällig zu folgen versuchen ...

Da! Sie vernahm das leise Klacken einer Tür, anschließend gedämpfte Schritte im Garten. Die Person, die sich dort bewegte, trug vermutlich Schuhe mit weichen Sohlen.

Doch was war das? Die Schritte wurden nicht lauter, sondern leiser, bis Isabelle sie gar nicht mehr vernehmen konnte. Die Person bewegte sich in die entgegengesetzte Richtung. Hatte das Grundstück einen Hinterausgang? Krampfhaft versuchte sie, sich zu erinnern. Rasch richtete sie sich auf, dabei krachte sie mit dem Kopf gegen den Eisenbügel des Müllcontainers. Verdammt! Eine endlos lange Sekunde sah sie nur Sterne, es schmerzte höllisch. Sie fluchte – aber sie ignorierte den Schmerz. Mit der Hand fuhr sie über die Stelle. Nein, da blutete nichts. Sie rannte los, so schnell sie konnte. Bis zur Ecke brauchte sie nur wenige Sekunden, aber es kam ihr vor wie eine halbe Ewigkeit. Sie gab jetzt alle Deckung auf, sprintete voran. Selbst ein spitzes Stechen in ihrem schussverletzten Oberschenkel hielt sie nicht davon ab, das Letzte aus sich herauszuholen. Noch eine Biegung, dann war sie auf der Grundstücksrückseite. In einiger Entfernung glaubte sie, schemenhaft die Umrisse einer Person zu erkennen.

»Halt! Sie haben was verloren!«, schrie sie aus Leibeskräften in die Dunkelheit hinein. Sie hasste sich dafür, dass ihr nichts Besseres einfiel und sie kein Wort Italienisch sprach. »Bleiben Sie stehen! Hören Sie! Attenzione!«

Die Schattenfigur drehte sich kurz um. Der Kommissarin kam sie relativ klein vor. Als sie die Verfolgerin entdeckte, flitzte sie los wie von der Tarantel gestochen. Wenige Sekunden später startete ein Auto. Mit heulendem

Motor und quietschenden Reifen jagte der Wagen davon, rasch war er hinter einer Straßenbiegung verschwunden. Ein dunkler Kleinwagen.

Isabelle hatte das Nachsehen. Abrupt blieb sie stehen, schimpfte mit sich selbst. Verflucht! Also doch! Da hatte jemand ein extrem schlechtes Gewissen gehabt, sonst hätte er oder sie nicht so überstürzt verschwinden müssen! Es wurmte sie höllisch, dass sie die Person verloren hatte – dies wäre nicht passiert, wenn sie Sigi rechtzeitig informiert hätte. Hätte ... Shit und noch mal Shit!

Auf dem Rückweg fiel ihr ein blaues Armband auf dem Gehweg auf. Hatte das vorhin schon dagelegen? Oder hatte die Person es bei ihrer überstürzten Flucht verloren? Vielleicht war sie im Eifer des Gefechts irgendwo hängen geblieben, die Sträucher aus dem Garten ragten hier teilweise weit auf den Gehweg heraus ...

Sie bückte sich, hob es auf. Eines jener azurblauen elastischen Gummiarmbändchen mit gelbem Sonnenemblem und weißem »Adria azzurra«-Schriftzug, die einem überall für ein paar Cent nachgeworfen wurden. Nichts Auffälliges. Sie stopfte das Teil in die Hosentasche, vielleicht konnte es noch einmal wichtig werden.

Wieder zurück im Hotel, kühlte sie ihren Hinterkopf mit einem nassen Handtuch. Da der Schmerz kaum nachließ, besorgte sie sich in der Hotelbar bei einem verdutzt dreinblickenden Jungkellner einen großen Stoffbeutel mit Eiswürfeln. Das tat gut. Es hatte sich bereits ein deutlich fühlbares Hörnchen an der Stelle gebildet. Sie legte sich voll angezogen ins Bett und schlief entgegen ihren sonstigen Gewohnheiten rasch ein. Und das, obwohl in der Bar unter ihrem Zimmer jede Menge gut gelaunte Urlaubsgäste bis spät in die Nacht hinein lautstark feierten. Sie bekam nichts davon mit.

4

Carina fand keine Ruhe. Seit sie sich vor einigen Wochen aus ihrem kleinen Mietapartment in der Via Vittorio Veneto in Lido di Jesolo ausgesperrt hatte und mitten in der Nacht einen Abzocke-Schlüsseldienst engagieren musste, wurde sie von einer permanenten Unruhe gequält. Lag es daran, dass sie seinerzeit mit ansehen musste, wie flink und mit welch filigraner Leichtigkeit der schmierige polnische Handwerker ihre Wohnungstür öffnete ... und hinterher unverschämt meinte, so ein hübsches Mädel wie sie könne seine Dienste doch bequem in Naturalien bezahlen? Seitdem bekam sie immer wieder nächtliche Anrufe, ohne dass sich jemand meldete. Lediglich ein unterdrücktes Stöhnen war zu vernehmen, so, als ob es sich jemand selber besorgte.

Oder kam es daher, dass sie sich bei *Vita cura* nicht mehr

wohlfühlte? Von den Kollegen fühlte sie sich seit Wochen geschnitten, weil die Chefin, Signora Ruffini, bei einem Teammeeting moniert hatte, sie, Carina, würde zu wenig Distanz gegenüber Ricci Bianco an den Tag legen. Eine bodenlose Frechheit! Und wieso war Ricci neuerdings so seltsam verändert? Nervös. Verunsichert. Ja, das traf es. Er war beileibe nicht ihr erster verstorbener Patient. Aber mit Abstand ihr angenehmster. Innerhalb kürzester Zeit war eine tiefe Verbindung zwischen ihnen entstanden, was sie selbst verwunderte. Mit ihm hatte sie einen Menschen verloren, den sie lieb gewonnen hatte. Nie hatte sie in ihm den alternden Schlagertitanen gesehen, sondern den Menschen Ricci. Der vom Leben gezeichnet war und von vielen ausgenutzt wurde. Doch wer war Ricci Bianco wirklich? Was wusste sie über ihn? Außer, dass sie sich aus einem Grund zu ihm hingezogen fühlte, den sie sich selber nicht wirklich erklären konnte.

Sie überlegte: War es richtig gewesen, ihre sizilianische Heimat zu verlassen und nach Oberitalien zu kommen, um hier Geld zu verdienen, so wie vor drei Jahrzehnten schon ihre Mutter. Fernab von ihrer Familie? Wie würde es jetzt weitergehen? Sollte sie bleiben? Weiterziehen? In ihrem Beruf würde sie überall Arbeit finden. Vielleicht waren Österreich, Slowenien oder Deutschland bessere Alternativen!

Zu allem Überfluss wurde sie das Gefühl nicht los, dass zuletzt jemand in ihrer Wohnung gewesen war. Zwar fehlte nichts, aber da war diese unbestimmte Ahnung, die sich nicht näher beschreiben ließ. Ein Geruch, der ihr fremd vorkam? Was war schon rational erklärbar in diesen Tagen?

Was, zum Teufel, war in Riccis Strandvilla vorgefallen? Am Vormittag war er noch bestens gelaunt gewesen. Quietschfidel hatte er seine alten Hits in Dauerschleife gesungen, während sie ihm die *Cladribin*-Injektion gegen seine Multiple Sklerose in den Unterbauch gesetzt hatte – ein neues Medikament, auf das er große Hoffnungen setzte. Klar, er war herzkrank. Aber dennoch …

Sie grübelte. War es richtig gewesen, gegenüber den beiden Polizisten nichts von der verschwundenen Goldmünzensammlung zu erwähnen, die Ricci wie seinen Augapfel gehütet hatte? Zweifellos wäre diese Information für sie von Bedeutung gewesen. Andererseits wäre der Verdacht unweigerlich auf sie selbst gefallen, dass sie sich die rund 200.000 Euro wertvolle Schatulle unter den Nagel gerissen hätte – wer außer ihr hätte sonst Zugriff gehabt? Fakt war: Das Kästchen war weg, als sie gestern auf die Schnelle das ganze Haus auf den Kopf gestellt hatte, ehe die Chefin den Hausschlüssel einbehalten hatte. Sie wusste genau, wo Ricci die Schatulle aufbewahrt hatte – mehr als einmal hatte er sie ihr stolz gezeigt und gesagt: »Meine Versicherung, unser beider Geheimnis! Die ist für dich, wenn ich irgendwann mal nicht mehr bin … für deine Dienste, Carina. Ich will, dass du sie an dich nimmst, falls ich mal durch einen blöden Zufall …«

Wo, um alles in der Welt, war das Ding nur abgeblieben? Hatte sich der Mörder oder die Mörderin direkt bedient? Das Gold war doch für *sie* bestimmt gewesen, das war Riccis eindeutiger Wunsch gewesen. Wie hätte er auch ahnen sollen, dass er so plötzlich … Hatte er sich irgendwo verplaudert und sich damit sein eigenes Grab geschaufelt? Es sah fast danach aus, denn Neider gab es hier zuhauf.

Und dann war da noch diese seltsame Person. Die Person, die gestern urplötzlich wie aus dem Nichts vor ihr stand, ehe sie Riccis Grundstück betreten wollte. Während sie aus ihrem Smart gestiegen war und ihre Tasche vom Beifahrersitz genommen hatte, hatten sich ihre Blicke eine endlos lange Sekunde gekreuzt. Unverfroren, geradezu eiskalt hatte diese Person sie angelächelt.

»Na, mal wieder auf Hausbesuch bei deinem Patienten?« Carina waren buchstäblich die Augen aus dem Kopf gefallen. Wie sie »Patienten« betont hatte! Geradezu lasziv.

»Wie … wie meinen Sie das?«, konnte sie noch zurückfragen. Doch da war die Person schon wieder in der Menschenmenge verschwunden, genauso plötzlich, wie sie gekommen war – welch groteske Situation! Und das Unfassbare: Carina war diese Person bestens bekannt. Was hatte ausgerechnet die vor Riccis Haus zu suchen? Das hatte doch garantiert einen Grund!

Je länger sie darüber nachdachte, desto mehr war sie überzeugt, dass die Polizei das wissen musste. Die würden sicher schnell klären können, ob … Gleich nachher würde sie diesen deutschen Kommissar in Kenntnis setzen, der war ein richtiger Profi. Sie konnte sich nicht erklären, warum sie das nicht sofort berichtet hatte. Hm, vermutlich hatte sie es im ersten Schock einfach vergessen oder nicht für wichtig erachtet.

Nein, an einen natürlichen Tod hatte Carina keine Sekunde geglaubt. Sonnenklar, da hatte jemand nachgeholfen! Jemand, dem Ricci blind vertraut hatte. Die Person mit der komischen Bemerkung? Und wieso hatte dieser dämliche Dottore Vanni ihre Bedenken einfach so weggewischt? War der am Ende selber Teil des Komplotts? Aber nein, jetzt sah sie Gespenster!

Was hatte wohl die Obduktion ergeben? Konnte die Untersuchung überhaupt so lange dauern? Sie beschloss, Sigi Schwaiger anzurufen. Doch die Leitung war tot.

Carina zog sich an und brachte ihr Päckchen zur Post – den Einlieferungsbeleg musste sie gut aufheben, für alle Fälle. Unglaublich, wie warm es heute schon um 9 Uhr morgens war. Es würde noch heißer werden als an den Vortagen, eine Abkühlung war dringend erforderlich.

Wieder zurück, ging sie in die Küche ihres sonnendurchfluteten Apartments und setzte sich einen Filterkaffee auf. Der köstliche aromatische Duft beruhigte ihre gereizten Nerven. Das Lebensmotto ihrer Mamma lautete: Kaffee hilft gegen alles.

Sie füllte vier große Löffel in den Filter. Nanu, war da heute nicht deutlich mehr Pulver in der Vorratsdose als neulich? Das hatte sie doch schon auf die Einkaufsliste genommen. Egal. Umso besser! Dass die Konsistenz des Pulvers sich anders als gewohnt anfühlte, schob sie auf die hohe Luftfeuchtigkeit der letzten Tage – sie hatte vergessen gehabt, die Dose fest zu verschließen. Während die Tropfen in die Kanne perlten, griff sie sich Stephen Kings Bestseller *Der Outsider* aus dem Schrank und lümmelte sich aufs Sofa. Wie schön wäre es jetzt, ein bisschen mit einem hübschen Kerl zu kuscheln!, dachte sie. Aktuell war sie Single. Schon länger. Das musste sich dringend ändern.

In diesem Moment klingelte es an der Wohnungstür.

Sicher der Paketbote mit den Sporttops! – Sie drückte den Haustüröffner im Parterre.

»Terzo piano«, rief sie in die Gegensprechanlage, »ich schicke den Aufzug runter.«

Als sich nach einigen Minuten nichts tat, holte sie den Lift wieder hoch, um selbst runterzufahren und nachzusehen. Die Wohnungstür ließ sie offen stehen. Doch unten war niemand zu sehen, auch im Briefkasten steckte kein Abholzettel. Eigenartig.

Vermutlich ein Klingelscherz!, mutmaßte sie und ging wieder in ihre Wohnung zurück, wo der Kaffee inzwischen vollständig durchgelaufen war. Gierig kippte sie eine Tasse runter.

Eigentlich sollte ich ja auf nüchternen Magen keinen schwarzen Kaffee trinken, tadelte sie sich selbst. Andererseits: Sie brauchte ihre vier Tassen Kaffee in letzter Zeit wie das tägliche Brot.

Plötzlich bemerkte sie ein Kribbeln im Mund.

Willkommen, ihr lästigen Aphthen!, ärgerte sie sich. Dabei fiel ihr ein, dass ihre Salbe, die sie zuletzt mehrmals gebraucht hatte, aus war. Sie zog eine Grimasse und goss sich eine weitere Tasse ein.

Vielleicht kann ich die Viren noch runterspülen!, hoffte sie und leerte das Gefäß in drei großen Zügen. Jetzt fühlte sich die Zunge pelzig an. Und schmeckte der Kaffee heute nicht irgendwie seifig?

Kurz darauf verspürte sie ein eigenartiges Ziehen in den Zehen, das langsam von den Füßen nach oben zu wandern schien. Über die Waden- und Schienbeine zog das Gefühl über die Knie hinauf bis in beide Oberschenkel.

Blödes Beinkribbeln!, ärgerte sie sich. Quälst du mich jetzt schon in der warmen Jahreszeit? Bis jetzt hatten wir immer nur im Winter miteinander zu tun. Naja, vielleicht bin ich zu viel Rennrad gefahren in den letzten Wochen.

Sie überlegte, ob sie den Franzbranntwein aus dem Badezimmer holen sollte, um sich einzureiben, verwarf die Idee aber sofort. Statt dessen stellte sie auf dem Handy die *Bellamy Brothers* ein, um sich abzulenken – den Lieblingssong ihrer Mutter. »Let your love flow like a mountain stream …« Sie liebte Musik in allen Variationen. Klassische Musik, Schlager, Popmusik. Musik war ihr Leben – gewiss rührte daher auch die enge Verbindung zu Ricci. Sie klickte weiter auf *Ed Sheerans* »Shape of You« und schloss die Augen.

Mamma war alles andere als begeistert gewesen von ihren Plänen, für ein Jahr nach Norditalien zu gehen. Immer wieder hatte sie versucht, es ihr auszureden. Carina hatte das nie verstanden, immerhin war Mamma als junges Mädchen doch selber hier gewesen und hatte eine erlebnisreiche Zeit verlebt. Und doch hatte sie ihr abgeraten. Dabei wollte sie, Carina, noch viele Länder sehen.

Sie wechselte auf den Sitzwürfel, nippte an der dritten Tasse. Igitt! Die schmeckte ja noch ekliger als die ersten beiden. Der bittere Geschmack im Mund setzte sich in Richtung Kehlkopf fort. Ein krampfartiges Ziehen im Unterleib machte sich bemerkbar, das sich mit jedem Atemzug zu verstärken schien. Was war da los?

»Herrgott, jetzt hat's auch noch die Magenschleimhaut erwischt!«, schimpfte sie und stand auf, um sich ein Glas Wasser aus der Küche zu holen. Das heißt, sie versuchte aufzustehen. Ihr wurde schwindlig. Sie schwankte. Taumelte. Ihr rechtes Knie knickte ein, gleich darauf auch das linke. Die Beine gehorchten ihr nicht mehr, fühlten sich seltsam taub und fremd an, als gehörten sie gar nicht zu ihr. Die Umgebung wirkte eigentümlich dumpf, unwirklich, bizarr – als wäre sie auf Droge. Sie musste sich mit beiden Händen am Tisch festhalten. Abstützen. Durchatmen. Ganz tief. Doch sie griff ins Leere. Versuchte verzweifelt, sich an der Tischdecke festzukrallen. Sie zog daran. Irgendetwas plumpste neben ihr zu Boden: das Buch. Seltsam nur, dass sie den Knall gar nicht hörte.

»Hey, was soll das?«, ächzte sie und rang nach Luft. »Was ... was ist ... nur los? Bin ich übergeschnappt? Verdammt ...!« Wo war bloß ihr Handy abgeblieben?

Ihr wurde plötzlich so heiß. Alles drehte sich, die Gedanken kreisten wild. Wenn ich's nicht besser wüsste, würde ich sagen, jemand hat mir literweise K.o.-Tropfen ins Getränk geschüttet. Wie damals bei dem Berlin-Rave, als ich frühmorgens zwischen Nutten und Pennern im Görlitzer Park aufwachte und keinen Schimmer hatte, wie ich dahin gekommen war ...

Auf allen vieren robbte sie zum Flur, wo ihr Telefon stand. Sie würgte. Fühlte sich wie ein Fisch auf dem Trockenen. Der Kaffee!, begriff sie schlagartig. Das Pulver kam mir gleich so seltsam vor!

112!, schoss es ihr durch den Kopf, ich muss sofort die 112 ... Mein Gott! – Es gelang ihr gerade noch, das Telefon aus der Ladestation zu pfriemeln, scheiterte jedoch bei der Eingabe der Ziffern, ihre Hände zitterten zu sehr. Schüttelfrost. Blitzartig begriff sie den Ernst der Situation. Verflixt! Ich ... ich bin ... vergiftet worden!

Sie war allein in der Wohnung. Wenn sie jetzt das Bewusstsein verlor ... wer weiß, wann sie gefunden würde? Oh nein! Das durfte nicht passieren. Der Puls schien in ihrem ganzen Körper zu beben. Panik kroch in ihr hoch. Entsetzliche Panik.

»Aiuto! Hilfeee!«, schrie sie so laut sie konnte. Aber sie hatte den Eindruck, dass sie nicht mehr als ein heiseres Flüstern zustande brachte. Todesangst machte sich in ihr breit.

»O no!« Sie durfte nicht sterben. Noch nicht. Dafür war sie doch viel zu jung. Was sollte aus Mamma werden? Aus ihrem Bruder zu Hause? Ihren Freunden? Das konnte, nein, das durfte nicht sein!

Zur Tür. Zur Wohnungstür! Sie musste es bis dorthin schaffen. Knapp zwei Meter. Lächerliche 200 Zentimeter. Eine lachhafte Distanz. Dann war sie gerettet. Nichts leichter als das!

Noch verdammte 120 Zentimeter. Höchstens ... Man würde ihre Schreie im Treppenhaus hören und sofort Hilfe holen. Todsicher. Da liefen immer irgendwelche Nachbarn herum. Natürlich. Dort hallte alles doppelt so laut. 100 Zentimeter, 90 ... Verdammt!

»Hi ... Hiil-fee! ... Aiuto!«

Mit der Brust am Boden liegend, trommelte sie mit geballten Fäusten von innen gegen die Holztür. Stieß mit dem Kopf rhythmisch gegen das Laminat und die Wohnungswand, um ihre Nachbarn aufmerksam zu machen.

Die Wohnungstür! Sie musste diese beschissene Wohnungstür öffnen! Irgendwie. Mit letzter Kraft versuchte sie, sich mit beiden Ellbogen vom Boden abzustützen. Es gelang ihr tatsächlich. Jetzt fehlten nur noch ein paar Zentimeter. Ein paar verfluchte ... Sie musste sich hochziehen. Zur Türklinke. Gleich hatte sie es geschafft. Dann ... ja, dann würde jemand Hilfe holen können.

Doch die Schmerzen wurden immer ärger, ergriffen den gesamten Körper. Auch die Extremitäten wurden jetzt zunehmend gefühllos. Krampfartige Schübe schüttelten sie. Minutenlang. Zwischendurch schienen sie sekundenweise etwas nachzulassen. Aber nur, um sofort wieder umso heftiger zurückzukehren und sie noch heftiger zu quälen. Ihre Muskeln zuckten unwillkürlich, das Nervensystem hatte sich verselbstständigt, sie konnte ihre Bewegungen nicht mehr kontrollieren. Es war erschreckend. Das war nicht mehr sie.

Das ... das kann nicht wahr sein ... o mein Gott! Warum nur? Was hab ich bloß ... Ich hab ... hab doch noch so viel ... das darf nicht ...!

Carina Moretti merkte, wie sie im Begriff war, sukzessive das Bewusstsein zu verlieren. Stück für Stück. Immer mehr.

Kämpfen! Ich muss ... kämpfen!

Zwar ließen die teuflischen Schmerzen allmählich nach, dafür schienen ihre Gedanken wegzufliegen. Das Letzte, was sie merkte, war, wie sie die Kontrolle über sich verlor. Dann trat ihr Ich aus ihrem Körper heraus, was sie als unendliche Befreiung erlebte. Sie schwebte. Sah ihren Körper unten auf dem Laminat liegen, wie er sich krümmte und vergeblich versuchte, sich aufzurichten. Doch sie hatte ihn längst abgestreift. Wie einen überflüssig gewordenen Mantel. Etwa eineinhalb Meter hoch schwebte sie über dem Boden. Sie konnte alles genau registrieren. Spürte keinerlei Hindernis. Nichts tat mehr weh. Alles an ihr fühlte sich federleicht an. Mit einem Mal fühlte sie sich wie in einem dunklen Tunnel, an dessen Ende ein sehr helles Licht auf sie wartete. Eine andere Sphäre. Sie fühlte sich zu dem gleißenden Licht hingezogen, das die Szene gespenstisch überblendete. Nichts konnte sie mehr zurückhalten. Sie war eigentümlich frei.

5

Isabelle Martin hatte den Mittwoch mit wenig Sonnenbaden am pensionseigenen Privatstrandabschnitt, dafür aber mit viel Schlaf und einem abendlichen Shoppingbummel in der malerischen Altstadt ihres bunten Ferienortes verbracht. Jetzt, am frühen Abend, spazierte sie auf dem belebten Rio Terra delle Botteghe, der Hauptverkehrsader Caorles mit ihren charakteristischen Spezialitätenrestaurants, Trattorien und einladenden Geschäften, wo sie sich mit allerlei Souvenirs eindeckte. Hunderte gut gelaunte Urlauber flanierten durch die zahllosen engen Gässchen und bevölkerten idyllische Plätze. Erinnerungen an ihre Jugendzeit kamen hoch: Tagesausflüge mit Dad und Freunden nach Bibione, Lignano, Jesolo, Cavallino, Venedig ...

ungezählte unbeschwerte Aufenthalte waren das. Diese hatten sich tief in ihrem Erinnerungsschatz eingegraben. Jammerschade, dass ihre Ma das nicht mehr erlebt hatte! Sie nahm einen Drink in Harry Johnson *Speakeasy Bar* am Marktplatz und widmete diesen Ma. Der in der Luft liegende süßliche Geruch von in Öl ausgebackenen Teigteilchen mischte sich mit Fischgeruch aus einem benachbarten Ristorante, zusammen bildeten sie eine eigenartige Mixtur.

Nach Sonnenuntergang durchstreifte sie das historische Zentrum, vorbei an bonbon- und pastellfarben gestrichenen restaurierten Fischerhäuschen und bezaubernden Fassaden der prachtvollen Patrizierresidenzen am Palazzo Pretoria, am mittelalterlichen Dom mit dem aufragenden, runden (etwas schiefen) Campanile und am romantischen Kirchlein Roberta di Pompei. Zuletzt bestaunte sie zum x-ten Mal die Fresken an den Mauerresten des Oratorio di San Rocco. Bei den archäologischen Gärten aus römischer Zeit blieb sie stehen. Nach der Aufregung des Vortages tat es gut, die Seele baumeln zu lassen, dafür war sie ja eigentlich hergekommen. Nichts tun. Nichts wollen. Einfach nur sein. Sie genoss es, sich im Touristenstrom treiben zu lassen.

Doch ihre Gedanken waren festgefahren wie ein rostiges Schraubschloss. Immer wieder spukte ihr die flotte Fitnessbetreuerin mit dem schlimmen Verdacht durch den Kopf; der einsame Schlagerpromi mit seiner beeindruckenden Villa; und nicht zuletzt dieser Sigi Schwaiger, den sie noch nicht recht einzuordnen wusste … der wie aus dem Nichts plötzlich aufgetaucht war und sich sofort um den Fall riss wie ein hungriger Piranhaschwarm um seine Beute. Wer weiß, was diese Carina sich zusammengesponnen hatte! Vielleicht verfügte sie nur über eine blühende Fantasie? Das Obduktionsergebnis sollte doch eigentlich längst vorliegen.

Wie auch immer: In den nächsten Tagen würden Fans vor dem Haus Hunderte Blumengebinde niederlegen und Kerzen aufstellen, womöglich entwickelte sich die Location zu einer Art Fan-Wallfahrtsort … und sie, Isabelle, war mittendrin. O nein! Alles nur, weil sie rein zufällig als Erste vor Ort war. War das wirklich Zufall? Oder Fügung? Das Leben spielte manchmal reichlich schräge Töne. Sie nahm einige Schlucke aus ihrer Mineralwasserflasche und ließ ihre nackten Arme ins kühle Brunnenwasser auf der wunderschönen Piazza Vescovado gleiten. Es erfrischte angenehm. Zwei Meter neben ihr schmuste ein italienisches Liebespärchen und bekam nichts um sich herum mit.

Konnte sie, die gefühlsbetonte Isabelle, zusammen mit diesem vor Energie sprühenden Springinsfeld jemals ein erfolgreiches Team bilden? Waren sie typenmäßig nicht viel zu unterschiedlich? Sie musste lachen – ihr Chef zu Hause stand ja auf dem Standpunkt, heterogene Teams wären deutlich erfolgreicher. Doch wieso, um alles in der Welt, waren die italienischen Kollegen nicht sofort tätig geworden? War das allein mit Ignoranz erklärbar? Oder mit der Angst, in den Fokus der Öffentlichkeit zu geraten? Oder gingen die Azzurri den Weg des geringsten Widerstands, weil sie den gigantischen Ermittlungsdruck scheuten? Waren sie personell unterbesetzt? Und welche Rolle spielte dieser ominöse Dottore Vanni? Fragen über Fragen …

6

Kommissar Sigi Schwaiger saß wie auf Kohlen. Im Toxikologischen Institut bei Doktor Faltermeiers Durchwahl lief nur der Anrufbeantworter. Schon gestern hatte er es mehrmals vergeblich versucht. Hoffentlich war mit dem Transport des Toten nichts schiefgelaufen!

Er probierte es erneut. Jetzt endlich ein Freizeichen, sie meldete sich mit belegt-kratziger Stimme. Er fiel sofort mit der Tür ins Haus.

»Schönen guten Morgen, Frau Doktor. Hätten Sie was für mich?«

»Erst mal einen wunderschönen sonnigen Morgen ultra alpes. Im Gegensatz zu Ihnen kann ich nicht gemächlich mit einem *Campari Orange* an der Strandbar herumlümmeln, sondern muss mich durch den Morgenstau der weißblauen Metropole und anschließend durch allerlei abgenippelte Eingeweide wühlen.«

Schwaiger befand sich tatsächlich am weitläufigen Strand von Duna Verde und spielte mit den nackten Füßen im weichen Sand, während er in die Ferne blickte und ein paar Meter neben ihm Beachgymnastik stattfand. Manchmal fragte er sich, ob Doktor Faltermeier über hellseherische Fähigkeiten verfügte.

»Ja, der Verkehr in München wird wirklich immer schlimmer«, bestätigte er. Auf den *Campari* ging er nicht ein. Die Medizinerin reagierte leicht angesäuert, wenn man es an einer höflichen Tonlage fehlen ließ. Vielleicht konnte er sie geneigter stimmen, wenn er sie auf ihren Nymphensittich ansprach, den sie vom letzten Neuseelandurlaub mitgebracht hatte – ihr neuestes Steckenpferd!

»Wie geht es eigentlich Ihrem – Vogel?«

»Sparen Sie sich das, Kollege! Im Übrigen hatte ich Ihnen doch schon eine E-Mail mit allerlei Infos geschickt. Na?«

Wieder schiefgelaufen! Der Ermittler scrollte durch seinen Account. Nichts. »Bei mir ist da Ebbe im Postfach. Gähnende Leere von Seiten der Rechtsmedizin. Wie kommt's?«

Erneutes Aufschnaufen am anderen Ende. Brandheiß fiel ihm ein, dass das in den Zeitraum gefallen sein musste, als sich ein Software-Update auf sein Handy aufgespielt hatte – danach war wegen eines Totalausfalles von *Telecom Italia* das Smartphone stundenlang tot gewesen. Nicht seine Schuld. Dennoch peinlich.

»Für den Herrn Starinspektor könnte ich's eventuell nochmals mündlich ausspucken. Soll ich?«

»Wenn's nicht zu viele Umstände macht …« Er saß klar am kürzeren Ast.

»Also, sperren Sie Ihre Lauscher auf, ich erklär's nur einmal: Euer Singfuzzi war alles andere als taufrisch, der Algor mortis hatte ihm schon richtig zugesetzt.«

»Der was?«

»Algor mortis: die Leichenkälte. Wenn die wärmeerzeugenden Stoffwechselvorgänge durch den Ausfall lebenswichtiger Organe ausbleiben, fällt die Körpertemperatur nach dem Herztod von 37 Grad Celsius Normaltemperatur nach einem anfänglichen Temperaturplateau von zwei bis drei Stunden um etwa null Komma acht Grad pro Stunde – so lange, bis die Raumtemperatur erreicht ist. Dieser Temperaturverfall war schon sehr weit fortgeschritten ...«

»... sodass Sie letztlich gar nichts mehr feststellen konnten? So ein Pech!«

»Oh doch. Nur der Todeszeitpunkt ist nicht mehr exakt zu bestimmen. Aber gehen Sie mal von 12 bis 15 Uhr aus.«

»Und sonst?«

»*Cortison*-, *Betainterferon*- und *Cladribin*-Reste waren zweifelsfrei nachweisbar, frische Einstiche noch deutlich feststellbar. Das sind Stoffe mit antineoplastischen und immunmodulierenden Wirkungen, für die perorale Behandlung der Multiplen Sklerose zugelassen.«

»Entschuldigen Sie, wenn ich schon wieder unterbreche: Waren die Substanzen verunreinigt?«

»Nullkommanull. Medizinisch reinste Qualität. Keine Spur kontaminiert, damit ließ sich kein Schaden anrichten, außer mit einer Überdosis. Aber das war nicht der Fall.« Die Pathologin machte es wie immer spannend. »Der italienische Fachgenosse lag mit seiner Diagnose ›Herzversagen‹ schon ganz richtig, Ricci Bianco ist tatsächlich daran gestorben. Allerdings ...«

»Okay, dann bin ich ja beruhigt. Danke sehr.«

»Stopp! Habe ich Entwarnung gegeben? Ich sagte nur, dass diese Mittelchen nicht die Todesursache waren; seine Therapeutin dürfte somit aus dem Schneider sein. Aber wie finden Sie das, dass Mister Caruso eine Megadosis Narkotika im Blut und im Magentrakt hatte, die letztlich zum Herzversagen führten?«

»Wow!«

»Ja, wow. *Secubartital*, wenn Sie es ganz genau wissen wollen. Extrastarkes Narkosemittel, haut jeden Cowboy vom Pferd, zumal mit vorgeschädigtem Herzen wie bei Ricci Bianco. In den USA wird es zur Hinrichtung per Injektion verwendet. Und schweizerische Sterbehilfeorganisationen verticken diese Mittelchen … finden reißenden Absatz im Web.«

Schwaiger stockte der Atem. Dann hatte diese Carina also doch den richtigen Riecher gehabt. Hatte sich Ricci Bianco am Ende vielleicht selbst …? Er musste an Avicii denken, jenen schwedischen Top-DJ, der sich vor einigen Jahren in einem Hotelzimmer in Oman das Leben genommen hatte. Gerade Künstler gingen doch immer wieder freiwillig …

»Und wie kam das Teufelszeug in seinen Körper? Haben Sie da Anhaltspunkte? Kann es nicht sein, dass er vielleicht selber …?«

»Nein. An seinen Handgelenken und -knöcheln sind Aderrisse und feine Blutergüsse zu erkennen, die auf einen Kampf hindeuten könnten. Bei oberflächlicher Betrachtung kaum feststellbar. Gut möglich, dass er auf jemanden eingeschlagen hat oder festgehalten wurde. Oder beides.«

»Puh. Dann bliebe natürlich die Millionenfrage, wer …«

Gönnerhaftes Lachen. »Das herauszufinden, überlasse ich Ihrem untrüglichen Spürsinn – und Ihrer einzigartigen Kreativität! Für einen Mord im Schöngeistermilieu gibt es doch keinen Geeigneteren als Sie, oder sehe ich das falsch?« Das war eine Anspielung darauf, dass er mit seiner Ukulele schon öfters bei Polizeisommerfesten für musikalische Einlagen gesorgt hatte. Immer diese unterschwellige Ironie! Er hatte eine spitze Replik auf der Zunge, entschied sich jedoch, sie zurückzuhalten.

Die Ärztin setzte erneut an: »Ein Letztes noch. Das verhängnisvolle Säftchen wurde ihm ins Dessert gemischt, da fanden sich die höchsten Anteile. Als er es merkte, war es schon zu spät. Beim Kampf war er bereits sediert. Gut möglich, dass er zum Telefon wollte, um Hilfe herbeizurufen, und die andere Person das mit Gewalt verhindert hat. Einfach mal in den Mailbericht reinschauen. Lesen hilft.«

Frau Doktor schaffte es immer wieder, ihn alt aussehen zu lassen.

»Das sind ja unschöne Neuigkeiten.« Einerseits war Schwaiger erleichtert, dass Carinas Injektion nicht die Todesursache gewesen war. Rein theoretisch konnte sie Bianco natürlich das Narkotikum ins Dessert gemischt haben, aber sie wollte ja ausdrücklich, dass die Polizia ermitteln sollte – so viel Kaltschnäuzigkeit und kriminelle Energie traute er der jungen Italienerin nicht zu. Andererseits ergab sich jetzt ein ganzer Strauß Fragezeichen: Wer hatte alles Zugang zu der Villa? Oder hatte Ricci Bianco seinem Mörder oder seiner Mörderin arglos die Tür geöffnet?

»Gewissensfrage, Frau Doktor: Wie hoch ist eigentlich die Fehlerquote bei hausärztlichen Totenscheinen? Gibt es da Statistiken?«

»Wie meinen?« Das klang deutlich gereizt.

Schwaiger kannte sie gut genug, um zu wissen, dass er sich jetzt nicht die Schneid abkaufen lassen durfte. »Naja, wie oft kommt es denn vor, dass einer Ihrer verehrten Kollegen sein Kreuzchen versehentlich an der verkehrten Stelle setzt? Fehler passieren ja überall. Reden wir da über Einzelfälle, oder …?«

»Sehr wunder Punkt. Wie gesagt, Herzversagen war hier ja grundsätzlich korrekt – nur war es eben nicht natürlich. Es gibt Länder, da schreibt man sogar Herzversagen in den Totenschein, wenn jemand exekutiert wurde. Fakt ist: Ein Täter, der es geschickt darauf anlegt, braucht sich nur sehr wenig Sorgen zu machen aufzufliegen. Die Chance, dass ein Verbrechen ungeahndet bleibt, ist selbst bei amateurhaftem Vorgehen groß. Maximal fünf Prozent der Hingeschiedenen landen in Deutschland in der Gerichtsmedizin, damit haben wir europamäßig die rote Laterne. Die Italiener sind aber kaum besser.«

Schwaiger zuckte zusammen. »Was nützt uns da unsere Aufklärungsquote von rund 90 Prozent, wenn oft gar nicht ermittelt wird, weil kein Verdacht besteht?«

»Exakt. Kein Hinweis, keine Ermittlungen! Ich kann Ihnen sofort 25 Arten zeigen, jemanden unauffällig zu liquidieren, sodass nichts auffällt, es sei denn, man sucht ganz gezielt. Die Geheimdienste lassen grüßen. Jede zweite ärztliche Todesbescheinigung ist falsch, mindestens. Können Sie überall googeln. Lesen Sie auf *www.aerzteblatt.de* oder *www.morgenpost.de* nach. Das heftigste Beispiel habe ich neulich beim Bundesärztetag in unserer schönen Hauptstadt gehört: eine Leiche mit zig Messerstichen im Brustraum – der herbeigerufene Notarzt hatte einen natürlichen Tod festgestellt. Urgeil. Aber kein Einzelfall. Leider.«

Natürlich wusste Schwaiger, dass bei Todesbescheinigungen hin und wieder geschlampt wurde, aber diese Dimensionen überraschten ihn doch. Da würde ein unangenehmes Interview mit diesem Dottore Vanni fällig werden.

»Ist das nur ärztliche Bequemlichkeit, oder …?«

Sie unterbrach ihn. »Die alarmierten Docs haben eine hohe Verantwortung. Sie entscheiden vor Ort, ob ermittelt wird. Zuweilen üben Angehörige sanften Druck aus – ich sage nur Erbschaft oder Lebensversicherung. Die Versicherungen zahlen keinen Cent, wenn das Kreuz im falschen Kästchen hängt. Viele Tötungsarten sind durch äußerliche Untersuchung nicht erkennbar, die Spuren eines Gewaltverbrechens können winzig sein: eine versteckte Stichwunde, die sich wieder geschlossen hat; Hautunterblutungen als Erstickungsfolge; mikroskopische Kleinstspuren einer Injektionsnadel. Keiner aus meinem Berufsstand reißt sich um die umständlichen Schriftwechsel mit Versicherungen und Behörden, sofern er ›unklare Todesursache‹ ankreuzt – bezahlt ja keiner. Da gehen manche lieber den Weg des geringsten Widerstandes, was ich verstehen kann. Wer ›natürlich‹ ankreuzt, hat null Stress. So what?«

Außer es stellt sich nachträglich heraus, dass es nicht stimmt!, kombinierte Schwaiger grimmig. »Ganz lieben Dank fürs Erste, wir bleiben in Kontakt.«

Er legte auf, kaute auf der Unterlippe. Sie hatten es definitiv mit einem gerissenen Gegner zu tun. Mit einem Gegner, der sich in absoluter Sicherheit wiegte, der keinen Schimmer hatte, dass sie im Bilde waren. Ein Riesenvorteil. Jetzt durften sie keinen Fehler machen.

Inzwischen war der Strand deutlich voller geworden. Kindergruppen spielten Ball und lärmten, als bekämen sie einen Preis dafür, wer am lautesten schreien konnte. Er schleppte sich zurück zu seiner Unterkunft, der *Campari* hatte seine belebende Wirkung definitiv verfehlt. Doch im Gewusel seiner überlaufenen Feriensiedlung konnte er keinen klaren Gedanken fassen. Welcher Eumel hatte ihn nur geritten, sich in diesem vermeintlichen Family-Paradies einzubuchen? Auf der Website hatte alles nach einer besonders reizvollen Unterkunft ausgesehen … nichts wie raus hier! Gleich morgen würde er sich etwas Neues suchen, das war so sicher wie das Amen in der Kirche. Heute stand aber erst mal Ermittlungsarbeit an, jetzt mussten sie schnell sein.

Ein Blick aufs Handydisplay verriet ihm, dass das Gerät wieder regulär eingewählt war … im Sekundentakt poppten etliche E-Mails auf, darunter die von Frau Doktor Faltermeier. Auch Carina Moretti hatte mehrfach versucht, ihn zu erreichen. Er klickte auf Rückruf, aber sie ging nicht ran, auch kein Anrufbeantworter lief. Seltsam. Er zuckte die Schultern. Dann halt nicht. Aber irgendwie musste sie die Neuigkeit erfahren …

Brandheiß fiel ihm ein, dass er sich seit seiner Ankunft gestern noch gar nicht bei Ma gemeldet hatte – das war ein ungeschriebenes Gesetz zwischen ihnen. Ma war nach dem Tod ihres Mannes vor zwei Jahren in ein tiefes Loch gefallen. Seither litt sie sehr unter Einsamkeit. Alleine wegfahren und Menschen kennenlernen, war nicht ihr Ding. Dabei waren sie früher, als sein Vater noch lebte, viel in der Weltgeschichte herumgefahren. An der Adria hatten sie Dutzende Familienurlaube verbracht. Er wusste, dass sie über jedes Lebenszeichen von ihm dankbar war. Wie oft hatte er ihr schon nahegelegt, einen VHS-Kurs zu besuchen, um rauszukommen – vergeblich. Er zog sein Handy aus der Hosentasche. Sie plauderten über Gott und die Welt. Wie immer kam das Gespräch darauf, dass er sich nach Mas Meinung endlich eine bodenständige Partnerin suchen sollte, die einen Gegenpol zu seiner Leichtigkeit bildete. Aber wollte er das überhaupt? Enge Liebschaften in seinem Bekanntenkreis hatten ihn stets abgeschreckt. Aus diesem Grund war er äußerst vorsichtig, was engere Beziehungen mit Frauen anging, meist beließ er es bei losen Verbindungen. So lief das immer mit ihren gegenseitigen Erwartungen … nach zehn Minuten waren sie voneinander genervt und beide keinen Schritt weiter. Aber immerhin hatten sie sich mal wieder gehört. So weit, so unbefriedigend.

Er zog seine neuen neonroten Laufschuhe an und joggte gemächlich los in Richtung *Playa Loca*, wo schon jede Menge Frühschwimmer und andere Extremsportler unterwegs waren. Um diese Zeit gehörte der weitläufige Stadtstrand ihm noch fast alleine. Außer ihm war lediglich eine Handvoll muskelbepackter Himmelsstürmer in modischen Laufshirts unterwegs – auf diesen prangten teils protzig, teils lächerlich wirkende Aufdrucke wie »Hawaii Winner«, »New York Finisher« oder »Sprockhövel-Marathon«. Einige bereiteten sich auf den großen Adria-Triathlon in zwei Wochen vor, für den sich die Ironmen Jan Frodeno und Patrick Lange angesagt hatten – nichts für ihn. Er musste jetzt den Kopf freibekommen. Dazwischen mischte sich ein gutes Dutzend weit weniger fit wirkender Jungmuttis, die um diese Zeit ihren viel zu früh wach gewordenen Nachwuchs in überdimensionierten Buggys spazieren schoben, um sich vor dem Frühstück etwas Frischluft zu gönnen – wenn sie schon nicht durchschlafen konnten. Aus einem Strandkiosk schallte ihm *Abbas* »Dancing Queen« entgegen.

Den gewundenen Dünenweg mit den Hunderten gelb blühenden mediterranen Ginstersträuchern, gepaart mit Schöllkraut und Enziangewächsen, kannte er von früheren Aufenthalten wie seine Westentasche. Doch selbst die leichte Brise, die hier fast immer wehte und zumindest teilweise für Abkühlung sorgte, fehlte heute. Überhaupt war in diesem Jahr alles anders. Innerhalb kürzester Zeit war er schweißgebadet, die Sonne brannte bereits jetzt erbarmungslos herab, es würde wieder ein unerbittlich heißer Tag werden.

7

Isabelle Martin hatte auf der urgemütlichen *San Rafaele*-Frühstücksterrasse an einem liebevoll gedeckten Einzeltischchen Platz genommen und erfreute sich am reichhaltigen Buffet, als ihr Handy klingelte – sie hatte vergessen, es auf stumm zu schalten. So blieb ihr nichts anderes übrig, als ranzugehen. Da sich die vierköpfige Familie am Nebentisch lautstark unterhielt, stand sie auf und hielt nach einem halbwegs ruhigen Plätzchen Ausschau. Der Hinterkopf tat erstaunlicherweise fast nicht mehr weh, das Hörnchen hatte sich zurückgebildet. Wenigstens etwas.

»Bonjour, Isabelle, wir müssen uns dringend treffen, ein paar Leuten auf den Zahn fühlen.« Schwaigers Stimme war voller Elan. »Darf ich dich abholen?«

»Wo bist du aktuell?«

»Unten am Spiaggia di Ponente. Kennst du den Abschnitt?«

Was für eine Frage! Isabelle konnte sich ein süffisantes Lächeln nicht verkneifen. Der Weststrand war früher eine Art Wohnzimmer für sie gewesen. Wie oft hatte sie mit den Hotel-Zwillingen dort Wasserball gespielt und beeindruckende Sandpaläste gebaut.

Ein Blick auf die Uhr an der Außenseite des Speisesaals verriet ihr, dass sie in 20 Minuten eine *Thalassotherapie*-Anwendung mit integrierter Kopfmassage im hoteleigenen Spa-Bereich hatte.

Schwaiger klang einigermaßen überfallartig. »Ich bin in Kürze bei dir.«

»Hallo! Immer langsam! Ich bin noch beim Frühstück … falls das erlaubt ist.« Isabelle schnaubte, sie musste eine klare Grenze ziehen. Ihr war klar, dass sie die Spa-Behandlung abschreiben konnte. »In einer halben Stunde, aber nicht früher. Gibt es Neuigkeiten?«

»Und wie. À bientôt.« Dann hörte sie nur mehr das Freizeichen. Aufgelegt.

Isabelle war genervt. Aber jetzt plagte sie die Neugier. Die Causa Bianco hatte sie keine Sekunde losgelassen. Besonders wurmte sie ihre unrühmliche nächtliche Verfolgungsaktion vor der Villa. Ob das Obduktionsergebnis vorlag?

Rasch beendete sie das Frühstück, legte Kajal und dezenten Lippenstift auf – sie wollte ordentlich aussehen, wenn Schwaiger sie gleich abholte. 20 Minuten später trat sie vor das Hotel, er wartete bereits.

Er deutete eine kumpelhafte Umarmung an, die Isabelle höflich, aber bestimmt abblockte. So viel Intimität musste nicht sein. Noch nicht.

»Was muss ich wissen?« Sie hielt es für besser, nichts von ihrer missglückten nächtlichen Aktion vor der Villa Bianco zu erwähnen – vermutlich wäre Schwaiger sauer über ihren Alleingang gewesen. Mit Recht.

»Diese Carina lag genau richtig. Bianco wurde tatsächlich vergiftet. Mit einer Überdosis Narkosemittel.«

»Kein Zweifel möglich?«

»Nicht der geringste. Du weißt, was das heißt: Arbeit für uns. Jetzt werden wir doch noch in den Genuss der Zusammenarbeit mit den italienischen Kollegen kommen. Aber vorher will ich erst noch mal mit Carina sprechen.«

»Verf…!«, stöhnte Isabelle laut auf. Eigentlich hatte sie schon damit gerechnet. Am allerwichtigsten war jetzt, umgehend mit Carina zu sprechen. Ganz sicher verfügte sie über Infos, die für die Ermittlungen von Bedeutung sein konnten. Sie hatte sowieso von Anfang an das Gefühl gehabt, dass die Italienerin nicht alles gesagt hatte.

Schwaiger wählte ihre Nummer. »Himmelherrgott! Wieder nur AB. Ich habe ihr schon dreimal draufgesprochen. Wir hatten doch ausgemacht, dass sie sich verfügbar halten soll.«

Isabelle rieb sich nachdenklich das Kinn. Hm, wenn das Mädel etwas wusste oder auch nur ahnte, was für den Täter gefährlich werden konnte, schwebte sie selber in großer Gefahr. »Da stimmt was nicht, Sigi. Wir müssen dringend zu ihr. Nur: Wie kommen wir in ihre Wohnung?«

Er hielt kurz inne, dann wählte er die Nummer von *Vita Cura* und ließ sich mit der Geschäftsführerin verbinden. Von Roberta Ruffini erfuhr er, dass Carina sich krankgemeldet hatte; seit Ricci Biancos Tod war sie nicht mehr zum Dienst erschienen. Die Ermittler horchten auf.

»Haben Sie ihre Adresse, Signor Commissario?«

»Schon, aber ...«

Sie fiel ihm ins Wort. »Für Notfälle hat die Hausmeisterin in der Wohnanlage einen Schlüssel zu allen Apartments. Klingeln Sie bei Rossi.«

»Va bene. Grazie.« Schwaiger drückte den Stopp-Button, besorgt sah er zu Isabelle hinüber.

»Nichts wie hin. Hoffentlich ist da nichts passiert!«

8

Mit Schwaigers neun Jahre altem Golf TDI schafften sie
die 22 Kilometer nach Lido di Jesolo Centro Est in die
Via Vittorio Veneto in einer guten halben Stunde, wobei
verschiedene Baustellenampeln sie aufhielten. Vor dem
vierstöckigen, stark in die Jahre gekommenen Hochhaus
aus den 1960er-Jahren war parkplatzmäßig alles dicht.
Kurzerhand stellte er sich auf den Bürgersteig und plat-
zierte den Internationalen Polizeiausweis gut sichtbar
hinter der Windschutzscheibe. Das hätte er sich genauso
gut sparen können, denn hier parkte jeder, wie er wollte.

»Ich dachte immer, in Jesolo geht es den Menschen
durch den Tourismus richtig gut.«, wunderte sich Isabelle mit Blick auf die vielen durchgerosteten kleinen
Peugeots, Twingos, Aygos und Hyundais mit einheimischen Nummernschildern, die durchgängig älteren
Datums waren und alle irgendwelche Schrammen auf-
wiesen.

»Tja«, zuckte Schwaiger die Schultern. »Das höchste
Pro-Kopf-Einkommen an der oberen Adria besagt noch
gar nichts. Auch dass Jesolo unter den Top 10 der itali-
nischen Urlaubsorte liegt, heißt wenig. Die Schere zwischen arm und reich klafft hier viel weiter auseinander
als anderswo – ist eben nicht Marbella oder Cannes oder
Saint Tropez. Dafür ist Lido di Jesolo in den letzten Jahrzehnten eminent gewachsen. Mehr, als der Stadt gut tat.«

Im Innenhof spielten braun gebrannte Kinder und beäugten die Neuankömmlinge, die optisch aus der Rolle fielen, kritisch. Von einer Sekunde auf die andere hörten sie zu spielen auf und glotzten. Die einen verschüchtert, die anderen fast ein wenig provokant. Die Kommissare fühlten sich als das ertappt, was sie waren: Polizisten. Sie suchten das Namensschildchen auf dem übergroßen Klingelbrett. Die Italienerin hatte ihre Wohnung im dritten Stockwerk, aber niemand öffnete auf ihr Klingeln. Sie schellten ganz unten bei Rossi. Der Öffner summte, die Ermittler traten ein. Im Haus roch es nach frischem Bohnerwachs. Sofort öffnete sich seitlich rechts die erste Tür. Eine füllige braun gebrannte Italienerin um die 60 trat einen Schritt heraus, Typ liebenswürdige Matrone. Auffälligstes Markenzeichen: überdimensionale Silberohrringe, die mit ihrer pechschwarzen Haarfarbe kontrastierten.

»Pronto?«

»Buon giorno.« Schwaiger hielt der verdutzten Italienerin seinen Dienstausweis unter die Nase und nannte den Zweck ihres Besuches.

»Si, ho una chiave per l'appartamento«, meinte die überraschte Signora konziliant. Sie wechselte ins Deutsche. »Ich weiß aber nicht, ob wir einfach so in ihre Wohnung können. Sie hat mir gar nicht gesagt, dass sie verreist ist.«

»Das geht schon in Ordnung, wir wollen nur nach dem Rechten sehen.«

»Kann ich Ihre carta d'identità noch mal sehen?«

Wortlos streckte Schwaiger ihr seine Marke hin, Signora Rossi fotografierte sie mit ihrem Handy ab. Als sie schweigend mit dem Aufzug nach oben fuhren, in dem es nach Alkohol stank, trug sie den riesigen Schlüsselbund wie eine Standarte vor sich her. Carinas Wohnung lag schräg gegenüber. Noch ehe die Hauswirtin aufsperrte, fiel ihnen die danebenliegende Tür auf, die geöffnet war. Eine etwa 50jährige, schlanke Dame war im Flur gerade mit zwei riesigen Koffer zugange.

»Wollen Sie zu Carina?«, fragte sie etwas kurzatmig.

»Si, si«, bestätigte Signora Rossi mit verrauchter Stimme.

»Ist was mit ihr?«

Schwaiger mischte sich ein. »Das wollen wir überprüfen. Sind Sie die Nachbarin?«

»Ja. Ich bin Evelin Petry. Ich komme gerade von einer einwöchigen Griechenland-Reise zurück. Der Flieger kam mit zwei Stunden Verspätung in Venedig an, ich bin total geschafft.«

Die Kommissarin riskierte einen kurzen Blick in die Nachbarwohnung. Im Eingangsbereich standen zwei noch unausgepackte Reisekoffer, auf einem lag das Flugticket einer großen Airline, in einer Klarsichthülle daneben der abgestempelte Mietvertrag eines großen Carbrokers mitsamt Straßenplan.

»Wo waren Sie in Griechenland?«

Erstaunen im Blick. »Wieso ist das wichtig?«

»Nur so. Weil ich selber Hellas-Fan bin.«

»Ich war in Matala auf Kreta. Dort gibt es alte Höhlen, in denen noch Hippies leben. Kennen Sie das? Ich bin Reiseleiterin. Jesolo ist meine Wahlheimat. Ursprünglich stamme ich aus Franken.«

»Bitte schön.« Die Hausmeisterin hatte Carina Morettis Wohnung aufgeschlossen. Und machte einen Schritt zur Seite.

Die Ermittler traten ein. »Dann wollen wir mal. Bleiben Sie bitte hier. Für alle Fälle.«

Ein dumpfer Geruch kam ihnen entgegen. »Carina, sind Sie da? Hallo?« Sie lauschten. Keine Antwort.

»Scheint leer zu sein.« Die Wohnung war nach Osten hin ausgerichtet. Im tadellos aufgeräumten Wohnzimmer empfing helle Morgensonne die Ankömmlinge. Ein paar Grünpflanzen und Kakteen auf dem Fenstersims sorgten für wohnliche Atmosphäre. Kein Fernseher, dafür Landschaftsaquarelle an den Wänden. Eine Glasvitrine sowie ein Esstisch aus hellem Kiefernholz, zwei weiße Plastikstühle auf Buchenlaminat. Dazu ein Plüsch-Sitzwürfel. Alles sehr schlicht, aber gemütlich. Die Tür zum Schlafzimmer war nur angelehnt. Sigi Schwaiger ging hinein … und blieb erschrocken stehen.

»O mein Gott!«, entfuhr es ihm.

»Was ist?« Isabelle Martin, die hinter ihm stand, war der Blick versperrt. Kurzerhand schob sie ihn zur Seite. Jetzt konnte sie die junge Italienerin sehen. Sie lag angezogen in ihrem Bett, mit knielangen Blue Jeans und Bluse bekleidet – in ihrem eigenen Erbrochenen. Es stank fürchterlich. Sie trug geblümte Sommersneakers in Mesh-Optik. Dieselben wie vorgestern. Auf dem Nachtkästchen lagen zwei leere Packungen Schlaftabletten. Ihre anmutige Gestalt passte so gar nicht zu diesem schaurigen Bild. Die Kommissarin fühlte sich ein wenig an Schneewittchen erinnert. Wenn da nicht der üble Geruch gewesen wäre.

»Verdammt!« Schwaigers Stimme überschlug sich. »Sie hat Pillen eingenommen. Shit!«

Er trat ans Bett, fühlte der jungen Frau den Puls. Nichts. Dass er wichtige Spuren verwischte, war ihm in dem

Moment egal. Er beugte sich zu ihr herunter, legte sein Ohr auf die Brust. Die Herztöne fehlten. »Zu spät. Das darf doch nicht wahr sein! Himmelherrgott!«

»Wer weiß, wie lange sie hier schon so liegt …«

»Stimmt was nicht?«, schallte es ihnen von der Eingangstür entgegen.

»Draußen bleiben!«, brüllte die Kommissarin über die Schulter zurück, sie erschrak selber über ihre eigene Lautstärke. Im Zeitlupentempo näherte sie sich fast ehrfürchtig der Toten. An den Anblick eines gestorbenen Menschen würde sie sich nie gewöhnen können. Und dieser Geruch! Angeekelt hielt sie sich die Nase zu, öffnete das Doppelglasfenster, fächelte Frischluft herein. Gleichzeitig entdeckte sie einen zusammengefalteten DIN A4-Zettel neben den leeren Blisterpackungen auf dem Nachtkästchen. Ein Abschiedsbrief?

Schwaiger riss sein Handy hoch und wählte den Notruf der italienischen Kollegen.

»Ist sie da?«, erkundigte sich die Nachbarin von draußen. Als keine Antwort kam, trat sie ebenfalls in die Wohnung, blieb aber sofort erschrocken stehen.

»Stopp! Nichts anfassen!« Isabelle Martin versperrte den Weg ins Schlafzimmer. »Gehen Sie zurück. Bitte!«

»Ist was passiert? Ist sie …? Hat sie sich …?« Die Nachbarin ging Schritt für Schritt rückwärts, bis sie wieder auf dem Hausflur bei Signora Rossi stand.

»Bleiben Sie draußen!«

Vier Augenpaare starrten ihr entsetzt entgegen. Die Kommissarin schleppte sich zurück ins Schlafzimmer.

»Was hältst du davon?« Sie sah ihren Kollegen scharf an. »Suizid?«

Schwaiger zuckte zögerlich mit den Schultern. »Soll zumindest so aussehen.«

Er atmete so flach wie möglich ein und deutete auf das Nachtkästchen. »Was steht denn auf dem Zettel?«

Sie zog ein Taschentuch aus ihrer Jackentasche. Vorsichtig griff sie damit den Zettel, faltete ihn sorgsam auseinander, um mögliche Spuren nicht zu verwischen, und las langsam vor:

»Für mich hat alles keinen Sinn mehr. Ich kann so nicht mehr weiterleben. Das mit Herrn Bianco *hätte ich nie tun dürfen. Jetzt ist es zu spät.* Die Edelmetallsammlung bringt mir kein Glück. Ich will sie nicht mehr haben, deshalb habe ich diese in die Erde vergraben. Vielleicht findet sie irgendwann mal jemand und wird glücklich damit. Ich nicht. Das war's. Mamma, Filippo, ich liebe euch, aber ich kann nicht anders. Seid mir bitte nicht böse!

Ade, liebes Leben.

Karina«

Ein Computerausdruck. Normalschrift, zwölf Punkt.

»Puh!« Isabelle senkte bedächtig die Hand, ließ den Schrieb langsam aufs Kästchen zurückgleiten. »Das hier widerspricht komplett unseren Erkenntnissen. Sie beschuldigt sich selber. Klingt fast lyrisch. Dabei hatte sie mit Riccis Tod überhaupt nichts zu tun, wie wir durch die Obduktion wissen.« Fast unhörbar murmelte sie: »Wieso kommt mir das hier sehr befremdlich vor? Und was, zum Kuckuck, ist das denn für eine Edelmetallsammlung? Davon hat sie neulich überhaupt nichts erwähnt, was soll das alles?«

Schwaiger stand regungslos da, er verzog keine Miene. Konzentration pur. Auch seine Alarmglocken läuteten.

Bedächtig wiegte er den Kopf hin und her. »Hm, Fremdeinwirkung kann ich auf den ersten Blick nirgends erkennen. Aber das muss gar nichts heißen.« Er kniff die Augen zusammen, dass es schmerzte. »Ich gebe dir Recht, das wirkt konstruiert. Unsere Kriminaltechniker sollen ihr Handy und das Notebook genauestens unter die Lupe nehmen.« Vorsichtig nahm er beide Gegenstände mit einem Papiertaschentusch und packte sie in Isabelles Handtasche.

»*Unsere* Kriminaltechniker? Du meinst wohl die italienischen Kollegen.«

»Nö.« Er runzelte die Stirn. »Ich schicke das Zeug per Superexpress-Kurier nach Bayern, auf die Italos verlasse ich mich da lieber nicht.« Kurze Pause. »Ehrlich gesagt kam sie mir alles andere als suizidgefährdet vor, eher hochmotiviert. Oder ist mir da was entgangen?«

»Die war keine Spur depressiv. Das hier stinkt gewaltig zum Himmel.« Die Kommissarin legte die Stirn in Falten, stützte ihr Kinn auf die Faust. Wie gebannt starrte sie auf den Schrieb. »Fällt dir nichts auf?«

Er stutzte. Worauf wollte die Kollegin hinaus?

»Merkst du's denn nicht? Sie hat mit *Karina* unterschrieben. Mit K statt C. Checking? Auf ihrem Ausweis stand ihr Name aber mit C. Italienische Schreibweise. Ca-ri-na.«

Schwaiger pfiff anerkennend durch die Zähne. »Natürlich! Keine *Carina* dieser Welt würde ausgerechnet ihren Abschiedsbrief mit *Karina* unterschreiben. Außer …« Er stockte.

»Außer, sie wollte den Finder ihrer Leiche darauf aufmerksam machen, dass etwas nicht stimmt. Vielleicht hat sie jemand bedroht … und gezwungen, die Zeilen zu schreiben«, vollendete Schwaiger.

»Oder ganz anders: Ihr Mörder hat den Brief getippt. Hatte aber nicht auf dem Schirm, dass sie sich mit C schreibt.«

»Bingo. Die SpuSi-Truppe wird uns verfluchen, dass wir ohne Schuhüberzieher und weißen Anzug hier reingestiefelt sind, vermutlich haben wir jede Menge Fehlspuren gelegt.«

»Wer konnte schon so was ahnen?«

»Jedenfalls spitze aufgepasst von dir! Damit hat der Täter oder die Täterin nicht gerechnet.«

Der Kommissarin fiel noch ein gelber Zettel auf dem Fensterbrett auf. »Schau mal, ein Post-Einlieferungsbeleg über ein Päckchen, der ist von heute. An die Universität Venedig. Was sie wohl verschickt hat?«

»Hm.« Er drehte den Zettel in der Hand, als könnte er so den Inhalt der Sendung ermitteln. »In der Tat interessant. Könnte eine wertvolle Spur sein.« Zum zweiten Mal an diesem Morgen rief er das Toxikologische Institut in München an.

»Sie schon wieder, Schwaiger?«, empfing Frau Doktor Faltermeier ihn stöhnend. »Was gibt's denn schon wieder Bahnbrechendes vom Adria-Hotspot? Ist Ihr weiß-blaues Gummiboot gekentert?«

Die gewiefte Gerichtsmedizinerin wurde sofort hellhörig, als er ihr auf die Schnelle die Fakten schilderte. »Sagen Sie, was sind das für Tabletten, die da rumliegen?«

Er überflog die Packungsbeilage. »*Zopiclon* heißt der Wirkstoff. Sagt Ihnen das was?«

»Im Ernst?« Frau Doktor grunzte unappetitlich: »*Zopi?* Wollen Sie mich foppen? Das ist ein stinkordinäres Einschlafmittel für schlafgestörte Omis und Opis, da muss ich lauthals lachen.«

»Und weshalb, wenn ich fragen darf?«

Sie ging nicht darauf ein. »Frage: Hat sie sich erbrochen?«

»Ziemlich heftig. Wieso?«

»Weil dann die Wahrscheinlichkeit gleich null ist, dass sie diese Zauberpillen freiwillig eingenommen hat und daran gestorben ist. Da will euch jemand gewaltig für dumm verkaufen. Der sanfte Einschlaftod durch Schlaftabletten, den man in schlechten Krimis findet, ist ein Ammenmärchen. Alle gängigen Mittelchen enthalten heute Brechsubstanzen, die Patienten müssen sich heftig übergeben. Zu 80 Prozent überlebst du deine Überdosis, aber du bist hinterher bekloppt, weil der Sauerstoffmangel dein Gehirn zerstört hat.«

»Das heißt?«

»Selbst wenn man *Zopi*-mäßig den Löffel abgeben sollte – was reichlich unwahrscheinlich ist –, ist es ein ekliger Tod, weil du vorher noch mal aufwachst. Natürlich hätte diese Therapeutin das gewusst, das lernen alle Gesundheitsberufe gleich am Anfang in ihrer Ausbildung, auch die Physios. Glauben Sie mir, *wenn* die wirklich vorgehabt hätte, sich in die ewigen Jagdgründe zu verabschieden, hätte die garantiert ein anderes Mittel für einen schmerzlosen Exitus eingenommen. Hat sie aber nicht. Und deshalb …«

»… ein glasklarer Mord. Schlecht getarnt als Suizid. Korrekt?«

»Schlaues Füchschen, Schwaiger! Todsicher, im wahrsten Wortsinne.«

Der Ermittler schluckte. Dass Doktor Faltermeier sogar jetzt noch Spaß an Wortspielchen hatte …

Die Medizinerin sprudelte weiter: »Hm, was sie wohl sonst noch so alles intus hat? Die eigentliche Todesursache wäre ja hochinteressant ... Soll ich mich mit meiner Uni-Kollegin in Venedig kurzschließen? Die Leiterin der dortigen Pathologie ist eine ehemalige Studienfreundin von mir, wir haben uns lange nicht gesehen.«

»Das wäre natürlich super. Es müsste allerdings recht zeitnah ...«

»Wie zeitnah brauchen Sie's denn?«, fiel sie ihm in Wort. »Ich könnte grundsätzlich den nächsten Flieger nehmen, so ein verlängertes Arbeitswochenende hat was.« Sie schnaufte deutlich vernehmbar. »Wenn uns hier ein Amateur-Giftmischer zum Narren halten will, geht das gegen meine Künstlerehre, das hab ich dick. Und gegen ein paar Sonnenstrahlen wäre auch nichts einzuwenden.«

Schwaiger jubelte innerlich. »Perfetto. Dann erwarte ich also Ihren Bericht. Vielen Dank im Voraus.«

»Aber machen Sie parallel mit der Staatsanwaltschaft und den Italienern alles klar – nicht dass wir uns sehenden Auges in die Nesseln setzen! Die vielen Glasscherben an den Stränden von Venezien reichen schon völlig. Kann ich mich darauf verlassen?«

In den Nesseln sitzen wir sowieso schon längst, durchzuckte es Schwaiger bange. Die Azzurri würden stinksauer über diesen Alleingang sein. Mit Recht. Umso wichtiger war es jetzt zu liefern. »Wird umgehend erledigt. Buchen Sie das Ticket!« Da fiel ihm der Einlieferungsbeleg ein. »Frau Doktor, da wäre noch etwas ...«

»Nämlich?«

»Unsere Tote hat heute kurz vor ihrem Tod ein Päckchen verschickt, es gibt da einen Einlieferungsbeleg an die

Medizinische Fakultät der Università Venezia. Ihr Spezialgebiet. Meine riesengroße Bitte: Könnten Sie bei der Gelegenheit gleich noch herausfinden, was …«

»Extrawünsche kosten extra.« Gurrendes Lachen. »Im Ernst: geht klar. Allerdings wird das Teil frühestens morgen auf dem Schreibtisch der dortigen Kolleginnen landen. So lang müssten Sie sich mindestens gedulden. Und vergessen Sie nicht wieder, Ihre Mails zu checken. Diese miese Type greifen wir uns, Schwaiger!«

Kaum hatte er das Gespräch beendet und sich mit Oberrat Baptist in Starnberg abgestimmt, damit dieser die erforderlichen Formalia in die Wege leiten könnte, tauchten die italienischen Spurenspezialisten in ihren weißen Anzügen auf. Flankiert wurden sie von einer verspannt dreinblickenden Polizeiärztin und einem aufwendig uniformierten Jungspund Mitte 30. Letzterer stellte sich als Commissario Adriano Lucci von der Kriminalpolizei vor. Sein halblanges schwarzes Haar war flott nach hinten gegelt, betont lässig kaute er auf einem Kaugummi herum, der einen betörenden Pfefferminzduft verströmte, sein Blick sah seltsam unbeteiligt aus. Isabelle Martin fand ihn extrem attraktiv, gleichwohl konnte sie ihn schwer einschätzen. Irgendwie schien er sich durch ihre Anwesenheit überrumpelt oder unter Druck gesetzt zu fühlen.

Während sich die Ärztin penibel an die Arbeit machte, warf Lucci gerade mal einen oberflächlichen Blick auf die Leiche, überflog den Abschiedsbrief. Schulterzucken. »Un suicido. E? Weshalb die ganze Aufregung?«

»Oh no, no.« Schwaiger war richtig angefressen, versuchte es sich aber nicht anmerken zu lassen. »Wir denken nicht an Selbsttötung«, äußerte er so unaufgeregt wie möglich in Richtung der Ärztin. Er betonte jedes Wort. Doch sie beachtete ihn überhaupt nicht.

Er fuhr fort:»Unsere Giftspezialistin aus München ist bereits auf dem Weg nach Venedig, um die Tote mit ihrer Kollegin an der Università Venezia zu obduzieren. Ich nehme an, es ist für Sie okay, dass wir das angeleiert haben, bei solchen Delikten zählt bekanntlich jede Sekunde. Selbstverständlich sind die Staatsanwaltschaften untereinander in Kontakt.«

Er biss sich auf die Zähne. Hoffentlich hatte er sich da nicht zu weit aus dem Fenster gelehnt! Doch wie er Baptist kannte, befand der sich längst im regen internationalen Austausch. Hoffentlich!

Lucci klatschte ironisch in die Hände, die Ärztin rollte die Augen. Ihre Lust auf grenzübergreifende Ermittlungen mit den hyperaktiven Tedeschi hielt sich offenbar sehr in Grenzen. Ein guter Start sah anders aus.

»Wie wollen Sie vorgehen?«, erkundigte Schwaiger sich deutlich zurückhaltender. Ihn plagte schlechtes Gewissen, schließlich hatten sie den Azzurri vorgegriffen.»Sie können natürlich 100-prozentig auf unsere Kooperation setzen. Selbstverständlich behalten Sie die Federführung. Wir sollten nur unsere Informationen gegenseitig …«

Der Italiener schaute haarscharf an ihm vorbei.»Zuerst warte ich die pathologische Untersuchung ab, die Sie ja schon veranlasst haben. Vorher rühre ich keinen Finger in dieser Angelegenheit. Das ist hier normales Procedere, sonst hätten wir noch mehr zu tun als sowieso schon. Danke, dass Sie uns angerufen haben … und jetzt lassen Sie uns hier unseren Job machen, okay? Wir bleiben in Verbindung, Signora e Signore. Grazie. Arrive.«

Da klang eine dicke Portion beleidigt sein durch. Lucci stemmte die kräftigen Hände in die schlanken Hüften. Ein halbhöflicher Rauswurf auf Italienisch. Schwaiger warf seiner Kollegin einen vielsagenden Blick zu. Er ärgerte sich in Grund und Boden. Aber logisch, hier hatte natürlich Lucci das Sagen. Kooperieren konnte man immer noch, wenn der Hochglanzkollege wieder im Normalbereich funkte. Bis dahin würde er mit Isabelle auf eigene Faust ...

»Signor Lucci, wäre es für Sie okay, wenn meine Kollegin und ich ein paar Befragungen im Umfeld der Toten vornehmen würden?«

»Befragungen?« Er zog eine Augenbraue hoch. »Tun Sie, was Sie nicht lassen können. Aber sollten Sie was herausfinden ...«

»... dann erfahren Sie es als Erster, ist doch klar. Sie können sich voll auf uns verlassen, Lucci.« Schwaiger versuchte einen halbwegs versöhnlichen Abgang. Die deutschen Kommissare winkten und wandten sich zum Gehen. Kurz bevor er die Tür hinter sich zuzog, drehte sich Schwaiger um. »Ach, übrigens, Lucci: Bianco ist doch nicht an einem normalen Herzfehler gestorben, ich schicke Ihnen den toxikologischen Befund per Mail. Wir sehen uns. Ciao ciao.«

Sie ließen den perplexen Kollegen mit offenem Mund stehen und verließen die Wohnung. Isabelle konnte sich ein Grinsen nicht verkneifen. Dem hatten sie es gegeben, gewiss würde der das nächste Mal freundlicher sein. Auf dem Gang trafen sie nochmals auf die Nachbarin, die sich inzwischen vom ersten Schock erholt hatte.

»Ist Ihnen zuletzt irgendetwas an Carina aufgefallen?«, wollte Schwaiger wissen. »War sie anders als sonst?«

Evelin Petry überlegte angestrengt, presste die Handflächen zusammen: »Naja, sie zog sich schon ein bisschen zurück. Früher war sie öfters zum Kaffeetrinken bei mir, wir haben uns gerne unterhalten. Zuletzt wirkte sie gestresst, ich habe das aber nicht krumm genommen. So sind die jungen Dinger halt. Vielleicht hat sie auch irgendwas bedrückt, über das sie nicht reden wollte … man will ja nicht neugierig sein.«

»Sie sagten ›gestresst‹. Woran machen Sie das fest?«

»Es war einfach mein Eindruck.« Sie überlegte kurz. »Sie wirkte nicht so entspannt wie früher. Fast fahrig.«

»Hatte sie zuletzt Besuch?«, bohrte Isabelle nach.

»Wie gesagt, ich war eine Woche weg. Aber vorher kamen immer wieder junge Leute zu ihr. Arbeitskollegen oder so.«

»Gab es einen festen Freund?«

»Eher nein. Wie gesagt, es war ein gewisser Wechsel. Was in dem Alter ja nicht ungewöhnlich ist. Sie erwähnte mal, dass sie höchstens noch ein Jahr in Italien bleiben wollte. Sie wollte noch in anderen Ländern arbeiten.« Sie fing zu schluchzen an. »Die arme Carina. Sie war so ein nettes Mädel. Und so eine angenehme Nachbarin. Sie hat gewiss keinem was getan.«

»Sollte Ihnen noch etwas einfallen oder falls Sie etwas Seltsames hier im Haus bemerken, zum Beispiel Personen, die nicht hierhergehören, melden Sie sich bitte umgehend.« Schwaiger kritzelte Evelin Petry seine Handynummer auf den Zettel der griechischen Autovermietung.

Sie verabschiedeten sich und stiegen ins Auto. Die ersten Kilometer nach Caorle fuhren sie schweigend, dann platzte es aus Schwaiger heraus: »Was bildet dieser Lucci sich eigentlich ein?« Er schlug aufs Lenkrad.

»Ich kann ihn in gewisser Weise schon verstehen.« Isabelle kramte in ihrer Handtasche nach Nugatkeksen und bot ihm einen an, doch er schüttelte den Kopf. »Immerhin sind wir ihm kompetenzmäßig reingegrätscht. Andererseits war Gefahr im Verzug, wir konnten gar nicht anders. Das weiß Lucci auch.« Sie machte eine Pause. »Aber falls es dich beruhigt: Ich fand diesen Pseudo-Kojak auch etwas – gewöhnungsbedürftig. Schade eigentlich, denn an dem ist ein Männermodel verloren gegangen. Doch wir kommen nicht an ihm vorbei. Vielleicht ist er ja auch ganz nett, der wird jetzt erst mal zu knabbern haben. Geschieht ihm recht.«

Pseudo-Kojak! Dabei hatte Lucci eine fantastische Lockenpracht ...

Verstohlen betrachtete Schwaiger seine Kollegin von der Seite. Immerhin: Luccis Art hatte Isabelle angespitzt. Gut so. Da bewegte sich was in ihr. Und alle Achtung, dass ihr vorhin in dem Abschiedsbrief die Ungereimtheit mit dem Namen aufgefallen war! Er selber hätte das beim ersten Durchlesen nie und nimmer gemerkt – wenn überhaupt. Ob Lucci das auffiel? Eher nicht. Der musste sich ja erst mal Carinas Personalien besorgen, und selbst dann schätzte er ihn eigentlich nicht so ein, dass er wegen des C bei Carina stutzig werden würde. Ganz anders Isabelle. Die war eine erstklassige Beobachterin. Eine patente Kollegin mit Format.

9

Etwa zur gleichen Zeit

Rest in Peace, zuckersüße Beauty! Es tut mir aufrichtig leid um dich, bitte glaube mir das! Aber es ging nicht anders. Was, bitteschön, hätte ich denn tun solle? Tatenlos zusehen, wie du in kürzester Zeit mein Leben vernichtet hättest?

Welche Wahl hast du mir gelassen? Hätte ich mich von dir diesen beiden Urlaubsbullen ans Messer liefern lassen sollen? Wenn die Lunte riechen, drehen die jeden Stein zweimal um, das ist deren Job, das konnte ich nicht zulassen. Wo mir doch alles von Ricci zusteht! *Mir!* Sonst niemandem. Jedenfalls nicht dir, Beauty-Baby ... du bist ja erst vor ein paar Monaten in sein Leben getreten und hast dich express eingeschleimt, da standen mir doch ganz klar die älteren Rechte zu. Persönlich hatte ich überhaupt nichts gegen dich. Genau genommen haben wir beide sogar eine ähnliche Wellenlänge. *Hatten ...*

Eines muss ich dir lassen: Das Kuscheln und Betatschen hast du dir gesalzen vergüten lassen, Respekt! Unseren Ricci hast du punktgenau an seiner empfindlichsten Stelle erwischt: seiner Einsamkeit. Doch wie gewonnen, so zerronnen! Warum konntest du nicht einfach deinem ehrenwerten Beruf nachgehen und es dabei belassen ... vor allem deine lackierten Fingernägel bei dir lassen? Da musste gehandelt werden. Du hast mich dazu gezwungen. Jetzt kannst du dem lieben alten Herrn im Himmel imponieren, du stehst ja auf ältere Semester.

Das Handy surrte. Die Person kannte die Nummer, schickte die Anruferin auf die Mailbox. Sie brühte sich grünen Tee auf und suchte nach ihrem Notebook. Dann scrollte sie sich durch ihre Emails: Spannend, was *Tinder*, *Elitepartner* und *Parship* auch für nicht mehr ganz so junge Hüpfer noch hergaben. Da sollte sich doch mal was Passendes finden lassen, dachte die Person. Auch wenn von den Inseraten mindestens die Hälfte dreist erstunken und erlogen war.

Sie setzte sich ans Fenster und beobachtete den Sonnenuntergang. Immer wieder faszinierend, dieses Naturschauspiel.

Ricci, Ricci, warum musstest du ausgerechnet einen Narren an diesem durchgestylten Italo-Girlie fressen? Die dir den Kopf verdrehte und den letzten Rest Hirn aus dir raussaugte. Oder sollte ich besser sagen: den letzten Rest deiner Körperflüssigkeiten?

Doch nun passt es. Für mich. Für dich. Für uns. Wenigstens für mich geht es jetzt wieder aufwärts, das habe ich mir verdammt noch mal verdient, Ricci. Aber so was von. Manchmal muss man Fortuna auf die Sprünge helfen. Das Glück ist wie das Licht, es braucht den Schatten des Leides. Dem einen gibt es die Nüsse, dem anderen die Schalen. So ist das Leben. So war es immer. Jetzt bin *ich* mal dran. Allerhöchste Zeit. Gut so.

10

Isabelle seufzte deutlich vernehmbar. »Zwei Todesfälle innerhalb weniger Tage im Dunstkreis dieser Healthcare-Agenzia. Bei denen scheint was oberfaul zu sein.«

Eigentlich wollte sie den Tag zusammen mit Chiara und Lara – oder alternativ mit einer spannenden Lektüre – am idyllischen Vallevecchia-Naturstrand im Niemandsland zwischen Caorle und Bibione verbringen und sich konsequent aus jeglicher Ermittlungsarbeit raushalten. Doch Vallevecchia würde jetzt ebenso warten müssen wie die *Thalasso*-Therapie – denn nun war sie angetriggert. Einen positiven Nebeneffekt hatte das Ganze aber doch: Die nervigen Gedankengespenster, die seit Wochen in ihrem Kopf spukten und sie nachts so oft wach hielten, hatten Zwangspause. Die innere Unruhe war einer konzentrierten Anspannung gewichen. Im Prinzip war sie für jede Ablenkung dankbar.

Schwaiger lenkte das Auto nach Caorle-Centro in die stark frequentierte Via Aquileia. Zentrale Bestlage. Im Schaufenster zwischen Supermercato und Immobilienbüro machte ein auffälliges Schild mit grünen Lettern auf weißem Grund auf den Gesundheits- und Fitnessdienst aufmerksam: »Servizio infermieristico ambulatoriale *Vita Cura*«. Am Schreibtisch hinter dem Vollschaufenster saßen sich zwei aufgehübschte Damen um die 50 gegenüber, beide starrten auf Bildschirme: die eine blondiert und auf jugendlich gestylt; die andere leicht füllig mit schwarzer Bundfaltenhose, eine modische Seidenbluse locker-lässig darüber. Lange schwarze Haare, zu einem Knoten zusammengesteckt. Eine davon war Carinas Chefin.

»Buon giorno«, grüßte Schwaiger kühl und zückte seinen EU-Dienstausweis, »wer von Ihnen ist Signora Roberta Ruffini?«

Den beiden Damen fielen vor Schreck fast die Augen aus dem Kopf. Die Dunkelhaarige meldete sich unsicher. »Das bin ich. Haben wir vorhin telefoniert?«

»Allerdings.«

Die Weißblondgefärbte daneben glotzte glubschäugig. Auffällig waren ihre aufgespritzten Lippen. »È qualcosa? Ist irgendwas?«

Isabelle Martin überlegte kurz, ob sie diese Frau schon mal irgendwo gesehen hatte, verwarf den Impuls aber wieder.

»Dürfen wir wissen, wer Sie sind?«, fragte Schwaiger abgeklärt.

Verkrampftes Lächeln. »Elisabeth Spielberger. Signora Ruffini und ich sind befreundet.«

Die Fahnder sahen sich um. Das Büro war gediegen eingerichtet, es roch nach frischer Farbe und Leder. Ein Deckenventilator sorgte für etwas Zugluft in der Mittagshitze, mit echter Abkühlung war er jedoch überfordert. Ein überdimensionaler Wandkalender mit verschiedenfarbig eingetragenen Terminen, eine analoge Uhr über dem Durchgang zum Nebenzimmer, ein paar bunte Spruchplakate mit platten Phrasen zierten die Backsteintapete. Dazu Strandbilder mit muskulösen Männermodels ohne was an. Sexismus andersherum. Der Gesichtsausdruck der

Geschäftsführerin verfinsterte sich. »Das bedeutet doch nichts Gutes, dass Sie hier sind!?«

Isabelle Martin räusperte sich, blickte verlegen auf den hochwertigen Terracottafußboden. Ihr Kollege begriff, dass ihm der unangenehme Part nicht erspart blieb. Entschlossen trat er einen Schritt vor: »Scusi, Signora Ruffini, wir wollen nicht lange herumreden. Wir müssen Ihnen mitteilen, dass …« Er zögerte kurz. »Kurz und knapp: Ihre Mitarbeiterin Carina Moretti ist tot, wir kommen gerade aus ihrer Wohnung in Jesolo.« Er sprach bewusst langsam, ließ jedes seiner Worte im Raum wirken. Es war nicht seine erste Meldung dieser Art, aber es kam ihm jedes Mal schwer über die Lippen. Er hatte gelernt, genauestens die Reaktion des Gegenübers zu studieren, während er seine Worte formulierte.

Zwei Augenpaare starrten sie entsetzt an. Die Stimmung war zum Zerreißen angespannt. Als Erste fand die Geschäftsführerin ihre Sprache wieder: »Come è terribile! Was sagen Sie da? Carina … mio dio. Was ist denn bloß passiert? Hatte sie einen Unfall? Oder wurde sie …?« Roberta Ruffinis erschrockener Blick huschte abwechselnd zwischen den Polizisten hin und her.

»Wie kommen Sie darauf?«

»Nur so.« Verlegenes Hüsteln. »Also, was ist passiert?«

»Wir haben leere Tablettenpackungen bei ihr gefunden. In größeren Mengen.«

Carinas Chefin schluckte verstört. »O nein. Doch nicht etwa ein Suizid?«

Schwaiger blieb unverbindlich und setzte sein allerbestes Pokerface auf. »Dazu können wir Ihnen noch nichts sagen, die Untersuchungen laufen gerade an.« Er blickte ihr tief in die Augen. »Würden Sie ihr das denn zutrauen?«

Roberta Ruffini schniefte betreten. Die Nachricht schien sie zu überfordern. Konnte man so schauspielern? Auch Elisabeth Spielberger war die Bestürzung ins Gesicht geschrieben. Sie rückte mit Ihrem Drehstuhl einen Meter vom Schreibtisch weg.

»Zutrauen?« Leise fand Carinas Chefin ihre Sprache wieder. »Wissen Sie denn immer, was in Ihren Mitmenschen vorgeht? Niemand kann einem anderen hinter die Stirn schauen. Größere Probleme hatte sie keine, soviel ich weiß – außer hin und wieder etwas Geldnot vielleicht, sie konnte nicht gut haushalten. Ein paar Male hat sich mich um einen Gehaltsvorschuss gebeten. Sie ist – war ein recht emotionaler Typ. Hypersensibel. Von daher könnte man sich so was vielleicht schon vorstellen.«

Seltsame Logik!, überschlug Isabelle. Der Psychologin zufolge, bei der sie nach ihrem Streifschuss einige Gespräche gehabt hatte, führten sensible Menschen, selbst wenn sie hochgradig depressiv waren, seltener Verzweiflungstaten aus als sogenannte Normalos, die urplötzlich unter Druck standen. Was denn nun?

Schwaiger fragte: »Müssen Angehörige verständigt werden?«

»Ihre Mutter lebt auf Sizilien. In Palermo. Vater hat sie meines Wissens keinen. Jedenfalls hat sie keinen Kontakt zu ihm.« Die Geschäftsführerin wechselte an ihrem PC die Oberfläche, öffnete die Personalakten. »Ich kann das übernehmen, wenn es Ihnen recht ist. Ich drucke Ihnen die Daten aus.« Schwaiger nickte. Vorsorglich prägte sich Isabelle das Druckermodell ein: *Samsung Xpress SL-C480FW,* ein moderner Farblaser. Carinas Abschiedsbrief erwähnten sie wohlweislich nicht. Isabelle hatte einen Fotoabgriff mit dem Handy gemacht, auf jeden Fall würden sie einen Schriftenabgleich vornehmen lassen …

Die Kommissarin studierte die Gesichtszüge der Geschäftsführerin genau. Erfahrungsgemäß verrieten nonverbale Signale mehr über Menschen als ihre Sprache, gerade in Extremsituationen. Ruffini hatte jetzt zweifellos enormen Stress, sie wirkte fahrig. Als sie mit der Funkmaus das Druckersymbol ansteuerte, benötigte sie mehrere Versuche, so sehr zitterte ihre Hand.

»Wie war Ihr persönliches Verhältnis?«

»Nun, sie war eine zuverlässige Kraft, überall beliebt. Ich … ich weiß gar nicht, was ich sagen soll. Es nimmt mich gerade sehr mit. Können Sie das verstehen?« Sie breitete die Arme theatralisch aus wie ein Priester vor dem Altar.

Schwaiger ging nicht darauf ein. »Wie kam sie mit den Klienten zurecht? Gab es da mal Ärger?«

»Ich sagte ja schon: Jeder mochte sie, sie machte ihren Job gut. Wir sind mit unserer Agenzia auf gut situierte Privatpatienten spezialisiert. Personal Training, Gerätefitness, Physiotherapie, Massagen. In unserem Beruf braucht man das gewisse Etwas, eine natürliche Begabung, die brachte sie zweifellos mit. Konnte sich perfekt auf unterschiedliche Menschentypen einstellen. Das kriegen nicht alle hin, für sie war das überhaupt kein Thema.«

»Wie würden Sie sie als Menschen beschreiben?«

»Umgänglich. Offen. Manchmal vielleicht etwas empfindlich in Feedbackrunden. Oder wenn sie mal eine Anregung hatte, die nicht sofort umgesetzt wurde, war sie schnell eingeschnappt.«

Isabelles feine Antennen registrierten eine Spur von Kritik in der letzten Bemerkung.

»Kannten Sie Carina auch?«, wollte sie von Elisabeth Spielberger wissen, die sich bisher zurückgehalten hatte. Sie zuckte leicht zusammen, im Zeitlupentempo stand sie von ihrem PC-Arbeitsplatz auf. Aus den Augenwinkeln konnte die Kommissarin entdecken, dass sie auf einer Partnerschaftsseite gesurft hatte.

»Schon. Ich bin ... äh, war die Agentin eines Klienten, den Carina betreute. Wir liefen uns ab und zu über den Weg. Carina ist bei meinem Schützling ein- und ausgegangen.«

Für Isabelle klang das so, als wäre die Therapeutin für Spielbergers Geschmack fast zu häufig bei ihrem Schützling gewesen. Oder war das eine Überinterpretation?

»Reden Sie zufällig von Ricci Bianco?«

Sie schluckte. »Ja. Genau der. Ich bin ... war seine Agentin.« Lauern in ihren Augen.

»Was hatten Sie für einen Eindruck von ihr?«

»Wie Signora Ruffini gerade sagte: Sie kam gut mit Ricci zurecht.« Pause. »Allenfalls hatte sie ein Faible für Verschwörungstheorien. Aber das ist ja nicht verboten.«

»Wie ist das zu verstehen?«

Elisabeth Spielberger wechselte einen Blick mit der Geschäftsführerin. Tat es ihr leid, dass ihr die letzte Bemerkung rausgerutscht war? Roberta Ruffini antwortete stellvertretend: »Ach, das war so eine Marotte von ihr. Sie erwähnte mal, dass die Freimaurer die Welt regieren. Und die Rothschilds Kriege verursachen. Als ob sie davon etwas verstanden hätte. Manche Kollegen fanden das lustig, so war sie halt: etwas speziell, aber immer liebenswert.« Kurze

Pause. »Das alles hatte sie von Herrn Bianco, der war auch auf diesem Trip unterwegs. Kreativer Künstlertyp. Überspitzt. Extravagant. Sie nahm es für bare Münze, weil sie Bianco verehrte. Damit hatten sie ein gemeinsames Thema.«

»Unter uns gesagt, Herr Bianco hatte seine besten Zeiten längst hinter sich«, mischte sich Elisabeth Spielberger ein. »Seit Jahren ging es mit ihm bergab. Zuletzt hatte er eindeutige Anzeichen von …«, sie zögerte, »wie soll ich das am besten erklären?«

Wieder wechselten die beiden Frauen Blicke. Schließlich brachte es Ruffini fast unhörbar auf den Punkt: »Der Alkohol hatte ihm stark zugesetzt, er war teilweise nicht mehr so ganz … nun ja, er war manchmal leicht verwirrt. Seit fast einem Jahr war er unser Patient. Als dann Carina zu uns stieß, wollte er nur noch von ihr versorgt werden. Sie wissen vermutlich schon, dass er vor Kurzem bedauerlicherweise von uns gegangen ist?«

›Bedauerlicherweise von uns gegangen!‹ Wie beschönigend das klang! Sprachkosmetik in Reinkultur. Die Ermittler nickten, warfen sich Blicke zu – die beiden Damen gingen ja noch von einem natürlichen Herztod ihres Schützlings aus. Hier war Aufklärung angesagt.

Ganz ruhig sagte der Kommissar: »Ihre Mitarbeiterin Carina glaubte, dass beim Tod ihres Patienten etwas nicht stimmte. Sie bezweifelte die Korrektheit von Dottore Vannis Totenschein. Wussten Sie davon?«

»Wie bitte?« Roberta Ruffini sprang erregt auf und rief temperamentvoll: »Da haben Sie's: Verschwörungstheorien. Absolut absurd! Wie wollte sie das überhaupt beurteilen können?« Elisabeth Spielberger schüttelte als stille Zustimmung theatralisch den Kopf.

»Hat sie Ihnen denn gar nichts davon berichtet?« Die Ermittler konnten sich gar nicht vorstellen, dass die Geschäftsführerin keine Kenntnis hiervon hatte. Hatte Carina ihrer Chefin nicht vertraut?

»Nein, das höre ich zum ersten Mal. Sie hat sich ja unmittelbar nach Herrn Biancos Tod krankgemeldet.«

Konnte man das glauben? Isabelle kaute auf ihrer Unterlippe herum.

Roberta Ruffini sprach weiter. »Der Dottore arbeitet sehr gewissenhaft. Ricci Bianco war recht lange sein Patient. Sie müssen wissen, er hatte vor einigen Jahren schon mal eine Herzattacke. Wieso hätte der Dottore einen Fehler machen sollen?«

Ja, wieso?, überlegte Isabelle, schwieg aber. Jedenfalls hatte Carina Moretti genau das behauptet – und leider recht gehabt.

Elisabeth Spielberger schüttelte noch immer den Kopf. »Das wäre uns doch auch aufgefallen, wenn da was nicht gestimmt hätte.«

Interessant, wie weit diese Dame, die medizinisch kein bisschen vorgebildet war, sich aus dem Fenster lehnte! Sollte das einen tieferen Grund haben, den sie noch nicht kannten? Irgendwelche Vorgeschichten?

»Kennen Sie den Arzt persönlich?«

Roberta Ruffini nickte. »Der Dottore betreut viele unserer Klienten, die Kooperation funktioniert reibungslos.«

»Wann hatten Sie zuletzt persönlich Kontakt?«

»Das dürfte mehrere Wochen zurückliegen. Aber wir telefonieren regelmäßig wegen Rezepten und so.«

»Und Sie?« Schwaiger machte eine Kopfbewegung hinüber zu Elisabeth Spielberger. Diese überlegte angestrengt.

»Ich hatte null Kontakt zu ihm. Ricci war ja mit seiner
Reha voll beschäftigt, da wollte ich keinem auf die Pelle
rücken. Hören Sie: Wieso fragen Sie uns solche Sachen?«

Isabelle und Schwaiger sahen sich erneut an – jetzt
musste es raus!»Nun, Doktor Vanni hat sich tatsächlich
geirrt. Ihr Patient starb an einer Überdosis Barbiturate, das
hat eine Obduktion in Deutschland eindeutig ergeben.«

»Oh, spavento! Obduktion? In Germania?« Roberta
Ruffini und Elisabeth Spielberger stand der Schreck in
die Gesichter geschrieben. Offenbar waren sie der festen
Überzeugung, Ricci Bianco wäre längst in München beim
Bestattungsinstitut aufgebahrt. Mit einem Mal wurde der
Geschäftsführerin klar, was das für sie bedeutete.»Ach
so ... und jetzt denken Sie vermutlich, dass ... oh no, asso-
lutamente no ... das vergessen Sie bitte ganz schnell. Lassen Sie bloß meine Agenzia da raus! Wir haben damit überhaupt nichts zu tun. Capisci?«

Schwaiger ging nicht darauf ein.»Fakt ist: Nach seiner
normalen Injektion bekam er noch eine Megadosis *Secu-*
barbital in flüssiger Form verabreicht, vermutlich im Dessert. Seltsam, nicht?«

»*Secu...?*« Roberta Ruffini schüttelte immer noch den
Kopf.»Der brauchte alles, aber ganz gewiss kein Beruhi-
gungsmittel.«

Die Geschäftsführerin deutete mit dem Arm in Richtung Nebenzimmer, davor standen verschiedene Fitness-
geräte sowie zwei Rollstühle, in einem saß eine menschen-
große Pflegepuppe.»Barbiturate werden Sie hier nirgends
finden, das sind Drogen, die unter das Betäubungsmittelge-
setz fallen. Die sind längst von den Diazepinen verdrängt
worden, übrigens auch in Deutschland. Die sind wesent-

lich sicherer. Doch auch die sind alles andere als harmlose Lutschbonbons.«

»Sagen Sie, wie viele Mitarbeiter sind eigentlich momentan bei Ihnen beschäftigt?«

»Derzeit fünf ... ohne Carina. Drei Vollzeit- und zwei Teilzeitkräfte. Wir sind eine Full Service-Health-Agentur. Bei uns arbeiten Krankenschwestern, Pflegekräfte, Physios, Fitnesstrainer und eine Logopädin unter einem Dach.«

»Carina war gelernte Masseurin, oder?«

»Ja, aber das spielte keine Rolle, hier macht jeder alles. Entscheidend ist die Chemie zum Klienten. Weniger die Ausbildung.« Kurze Pause. »Sie haben übrigens Glück: In wenigen Minuten beginnt unser wöchentliches Team-Update. Wenn Sie wollen, stoßen Sie dazu, ich muss ja sowieso kommunizieren, dass Carina ...« Sie stockte.

»Wir brauchen eine Liste mit allen Kontaktdaten!«, verlangte Isabelle Martin.

»Certo, certo. Können Sie haben.« Die Leiterin öffnete erneut die Adressdatei in ihrem Windows-Rechner und warf den Printer an.

»... und die Akte von Herrn Bianco.«

»Nessun problema ... Wie führen alles digital. Un secondo, per favore.«

Als sich die Seiten im Druckerausgabefach stapelten, hakte die Kommissarin bei der Managerin nach. »Wie vermögend war Herr Bianco eigentlich?«

»Sehr.« Spielberger schürzte die Lippen. »Er hat ... hatte eine Vermögensverwalterin, Frau Doktor Viktoria Lasalle in München. Die regelt alles Finanzielle, sie ist übrigens auf dem Weg hierher.«

Während sich der Printer erneut anschaltete, standen die Ermittler auf. »Letzte Frage: Wo waren Sie beide am Dienstag zwischen 12 und 15 Uhr, als Bianco ermordet wurde?« Schwaiger setzte einen entschlossenen Blick auf und trat demonstrativ einen Schritt vor, was Isabelle gespannt registrierte. Eine klare nonverbale Einschüchterungstaktik des Kollegen.

Als die Damen ihn fassungslos anblickten, schob der Kommissar fast ironisch hinterher: »Reine Routine. Wir müssen Sie das fragen!« Er fixierte beide scharf. Isabelle war sich sicher, dass Schwaiger seinen Heidenspaß mit dieser Kardinalfrage hatte.

Ruffini stotterte: »Als … als Carina ganz aufgeregt anrief und meldete, dass Signor Bianco leblos in seinem Haus liegt, waren wir beide hier im Büro. So wie jetzt. Wir haben sofort alles stehen und liegen gelassen und sind rübergedüst. Dottore Vanni war gerade mit der Begutachtung fertig, als wir ankamen.«

Elisabeth Spielberger hatte sich aus ihrer Schockstarre erholt, angriffslustig blaffte sie: »Sagen Sie mal, wo haben Sie eigentlich Ihre italienischen Kollegen gelassen? Müssten die nicht eigentlich diese ganzen Fragen stellen?«

Schwaiger schüttelte bestimmt den Kopf. »Arbeitsteilung. Die sind noch in Carinas Wohnung zugange.« Na bitte. War doch die Wahrheit, oder?

Ruffini schlug vor: »Gehen wir rüber in den Besprechungsraum, die anderen warten schon.«

Die Agentin sprang auf. »Ich bin dann mal weg.« Burschikos klopfte sie auf den Tisch, ehe sie in hochhackigen Pumps in Richtung Ausgang stöckelte.

Wie albern für ihr Alter!, dachte Schwaiger. Er sah zu seiner Kollegin hinüber und wusste augenblicklich, dass sie wusste, was er dachte ... und exakt dasselbe dachte. Bevor die Agentin die Tür wieder schloss, hielt sie inne. »Finden Sie diesen feigen Kerl, der Ricci ... Halten Sie mich bitte unbedingt auf dem Laufenden!«

»Aber sicher. Sie hören noch von uns.« Das ließ einiges offen ...

Sie kramte umständlich in ihrer *Louis-Vuitton*-Handtasche und hielt Schwaiger ihre Visitenkarte hin, die er achtlos einsteckte. Sie sagte: »Falls Sie abends mal coole Musik hören wollen, schauen Sie ganz zwanglos in mein Musiklokal in Lido di Jesolo Ovest rein. In der *Temple Bar* treten jeden Abend internationale Künstler auf, auch deutschsprachige. Sie können es nicht verfehlen, es liegt an der ersten Strandlinie.«

»Spielen Sie da auch Trauermusik?« Das saß.

»Wie meinen?«

»Nur so.« Schwaiger räusperte sich. Vor Kurzem hatte die Dame erfahren, dass ihr Schützling tot war ... doch sonderlich nahe schien es ihr nicht zu gehen. Schwaiger zog eine Grimasse. The show must go on. Vermutlich war das im Showbusiness normal. »Danke für die Einladung. Vielleicht kommen wir darauf zurück.«

Gerade als Elisabeth Spielberger die Tür hinter sich schließen wollte, fiel Isabelle das *Azzurra*-Bändchen am Handgelenk der Managerin auf. Allerdings war es rot, nicht blau.

»Haben Sie mehrere von dieser Sorte?« Isabelle deutete auf das Armband.

Ein überraschter Blick. »Nein. Wieso?«

»Nur so. Ich finde diese Dinger putzig.«

»Die bekommen Sie an jeder Ecke. Beispielsweise in den Touriläden mit den Schlüsselanhängern.«

»Auch blaue?«

»Na klar. Hören Sie, was …?«

»Sie haben nicht zufällig kürzlich ein blaues Bändchen verloren?« Sie musste an ihre nächtliche Verfolgungsjagd vor Biancos Haus denken.

»Ich? Nö.« Die Managerin errötete keine Spur. Doch das musste gar nichts heißen.

»Okay. Ciao ciao.«

Schwaiger runzelte die Stirn, warf seiner Kollegin einen Seitenblick zu. Was sollte diese eigenartige Fragerei? War ihm irgendetwas entgangen?

Die Fahnder und die Geschäftsführerin betraten den fensterlosen Besprechungsraum, der mit starken Lampen ausgeleuchtet war. Um einen Mahagoniholztisch saßen drei Frauen unterschiedlichen Alters sowie ein jüngerer Mann – sie starrten die Überraschungsgäste neugierig an. Ahnten sie etwas?

Roberta Ruffini schaute kurz in die Runde. »Ciao gente, zu unserem heutigen Update habe ich zwei Gäste mitgebracht: Commissaria Isabelle Martin und Commissario Siegfried Schwaiger von der Omicidio internationale. Es gibt da leider ein … Problem.«

Als sie »Omicidio internationale« sagte, veränderten sich die Gesichter schlagartig. Die Ermittler blickten in einen Mix aus Verunsicherung und Trotz: Was wollen Mordermittler bei uns?

Die Geschäftsführerin stellte den Deutschen zwei Stühle an die Stirnseite, sie selbst blieb stehen. Sie flüsterte fast: »Ich … also, ich muss euch leider zwei sehr unangenehme

Dinge mitteilen. Erstens: Unser lieber, hochverehrter Signor Bianco ist nicht, wie wir alle glaubten, eines natürlichen Todes verstorben, es wurde ... äh, wie soll ich sagen? Es wurde wohl etwas nachgeholfen. Und zweitens: Unsere liebe Kollegin Carina ist leider Gottes ebenfalls tot. Die deutsche Polizei hat sie vorhin in ihrer Wohnung aufgefunden, es könnte sein, dass sie sich selber ...« Sie vollendete den Satz nicht.

»Das haben wir nicht gesagt, sorry«, fiel ihr Sigi Schwaiger unsanft ins Wort. »Es wird in alle Richtungen ermittelt. In alle.«

Die Mitarbeiter saßen mit offenen Mündern da. Entsetzen und Ungläubigkeit in der Mimik. Tuschelnd steckten einige ihre Köpfe zusammen.

Schwaiger blickte in die Runde und ergänzte mit fester Stimme: »Bei Herrn Bianco war es eine Überdosis *Barbitol*. Wir sind hier, weil wir Ihre Hilfe brauchen. Daher unsere Frage: Haben Sie eine Ahnung, wie er da rangekommen sein könnte?«

Allgemeines Kopfschütteln.

»Okay. Nächste Frage: War Herr Bianco in letzter Zeit anders als sonst? Wirkte er irgendwie verändert?«

Erneutes bedächtiges Kopfschütteln. Schwaiger schob nach: »Auch wenn Ihnen nur ein scheinbar unwichtiges Detail aufgefallen sein sollte, so könnte es doch bedeutungsvoll sein. Wir gehen allen Spuren nach.«

Eine Krankenschwester mit osteuropäischem Akzent meldete sich: »Sagen Sie, wurde er von ... ich meine, hat Carina ihn ...?

Der Kommissar wich geschickt aus: »Die Frage könnte lauten: Hätte Sie einen Grund gehabt?«

»Nein, nicht im Geringsten«, entgegnete jetzt eine jüngere Südeuropäerin und spielte kokett mit ihrem kunstvoll geflochtenen Schwarzhaar-Zopf. »Ganz im Gegenteil, die beiden mochten sich sehr.« Der Kollege neben ihr nickte zustimmend, sein Blick wanderte zwischen den beiden Polizisten hin und her.

»Das kann ich nur bestätigen«, ergänzte zögerlich eine dritte, etwas ältere Kollegin um die 50, die sich bislang nicht am Gespräch beteiligt hatte.

Man hätte die berühmte Stecknadel auf den Boden fallen hören, als sich eine etwa 40-jährige Rothaarige – bestimmend-kontrollierender Typ mit runder Brille – mit österreichischem Akzent zu Wort meldete: »Also, das soll jetzt keine Anschuldigung sein, aber … wollte unser Herr Bianco der Carina nicht demnächst seine Schmucksammlung vererben? Ich meine … das hat doch jeder hier gewusst, oder nicht?«

Die Kommissarin konnte sich die dralle Megäre irgendwie gar nicht als Masseurin vorstellen. Sensibilität schien auf den ersten Blick nicht ihre Stärke zu sein, doch das konnte täuschen.

Betretenes Schweigen. Als Erste fasste sich die Dunkelhaarige.

»Was willst du damit sagen?«, blaffte sie das rothaarige Pummelchen an.

Diese ruderte schmollend zurück. »Gar nichts, nur … ist doch seltsam, dass zuerst *er* und jetzt auch noch *sie* … ich habe ja überhaupt nicht gesagt, dass Carina … es kann echt alles Mögliche passiert sein. Aber meine Fantasie kommt da ins Rotieren.«

»Inwiefern?«, hakte Schwaiger nach. »Das müssten Sie uns bitte genauer erklären. Was sagt Ihnen denn Ihr Fantasie?«

»Ach nichts. Es war nur so dahergeredet. Entschuldigung. Die Nachricht nimmt mich sehr mit, verstehen Sie?«

»Dann sei besser gleich ganz still!«, tadelte die Schwarzhaarige sie. »Nicht, dass hier irgendwas falsch aufgefasst wird. Okay? Wir sind nicht unter uns.« Sie machte eine Kopfbewegung hinüber zu den Fahndern.

Die Angemaulte zog einen Flunsch und zog es vor zu schweigen.

Isabelle Martin blies Luft aus. Das ging ganz schön zur Sache hier. Vielleicht war es ein Fehler gewesen, allen gleichzeitig die Nachricht zu überbringen. Doch das ließ sich jetzt nicht mehr ändern.

»Was genau könnte denn falsch aufgefasst werden?« Schwaiger ließ nicht locker. Er ärgerte sich ein wenig, dass seine Kollegin anscheinend ihre Sprache verloren hatte. Aus irgendeinem Grund überließ sie ihm weitestgehend die unangenehme Gesprächsführung.

Wieder trotziges Schweigen.

»Tranquillo, ragazzi!«, versuchte die Chefin, die Wogen zu glätten. »Es bringt niemanden weiter, wenn wir hier irgendwelche vagen Vermutungen in den Raum stellen.«

Schwaiger fixierte die überschminkte Rothaarige. »Sie sagten gerade: ›Das wusste jeder, dass Ricci Carina seinen Schmuck vererben wollte!‹ Ich vermute mal: jeder in diesem Raum, richtig?«

Keiner der Anwesenden widersprach. Nervöses Gegrummel.

»Wie wertvoll war diese Sammlung denn? Über welche Hausnummer reden wir da so?«

Jetzt echauffierte sich die Rothaarige, ihr Lachen klang leicht hysterisch: »Woher sollen wir das denn wissen?

Und überhaupt: Heißt das, wir sind jetzt alle verdächtig? Das wird ja immer besser. Was, bitte, hätten wir denn davon haben sollen? Sie sollte doch erben, nicht wir. Also? Wenn Sie in diese Richtung suchen, können Sie gleich ganz Caorle verdächtigen.«

Roberta Ruffini versuchte, die Wogen zu glätten, doch mehr als Phrasen fielen ihr nicht ein. »Also, für meine Leute lege ich wirklich beide Hände ins Feuer. Wir sind wie eine große Familie.«

Hat sich was mit Familie!, relativierte Schwaiger im Stillen. Am allerwichtigsten war jetzt, dass die Unterredung nicht entglitt. Da mischte sich Isabelle beschwichtigend ein. »Ich gebe Ihnen jetzt gleich eine Liste durch, auf der Sie bitte alle Ihre Alibis für den Todestag von Herrn Bianco eintragen – vielen Dank für Ihre Kooperation.«

Mit der Österreicherin und der Südländerin müssen wir nochmals einzeln reden, nahm sich Schwaiger vor, während Isabelle die Liste herumgab. Die Frauen und der einzige Mann, der bisher kein Wort gesagt hatte, füllten das Blatt mit eisiger Miene aus.

»Zögern Sie bitte nicht, uns direkt zu kontaktieren, falls Ihnen noch was einfällt. Jede kleine Info, auch wenn Sie Ihnen unbedeutend erscheinen mag, kann von Bedeutung sein.« Der übliche Schlussspruch.

Isabelle heftete das Datenblatt in einer Mappe ab und verstaute diese in ihrer Handtasche, Schwaiger drückte allen seine Karte in die Hand.

Als sie den Gesundheitsdienst verlassen hatten und zum Auto zurückgingen, meinte Isabelle: »Interessant, dass sich der einzige Typ in dem Frauenzirkus die ganze Zeit komplett rausgehalten hat.«

»Stimmt, auffallend«, bestätigte Schwaiger. »Du warst aber auch ziemlich zurückhaltend …«

»Das sah nur so aus«, gab sie leicht gereizt zurück. »Ich habe genau beobachtet.«

»Ach so? Und?«

»Die wissen alle mehr, als sie sagen wollten. Zumindest ahnen sie etwas. Vor allem hatten sie panische Angst.«

Er ließ es so stehen. »Dieses rotgefärbte Schmink-Schätzchen war ja nicht sonderlich gut auf Carina zu sprechen. Die könnte ich mir sowieso eher als Kosmetikerin vorstellen.«

Seine Kollegin sah in ihrem Schnellhefter nach. »Sie heißt Elly Ambrosi … und diese dunkelhaarige Südländerin, die zurückgegiftet hat, ist Belma Fazlagic. Kroatin.«

Nachdem die Kommissare davongefahren waren und sie ihr Team in den Feierabend verabschiedet hatte, stand Roberta Ruffini auf und ging betont langsam zum Aktenschrank hinüber. Gezielt suchte sie nach bestimmten Doku-Einträgen. Dass sie alle Daten elektronisch führte, wie sie den Ermittlern erzählt hatte, war nur die halbe Wahrheit. Erst vor wenigen Monaten hatte sie ihr Unternehmen auf volldigital umgestellt, die alten Papierakten waren laut Gesetz 30 Jahre zu archivieren, sogar noch nach dem Tod der Patienten. Sollten Dokumentationen nicht mehr auffindbar oder lückenhaft sein, so würde dies im Streitfall zur Umkehr der Beweislast führen. Dieses Risiko musste sie in diesem speziellen Fall eingehen, denn was da teilweise in den Akten stand, konnte sie die Zulassung kosten, falls jemand genauer nachforschte – das durfte nicht passieren. Besser waren die Daten eben verschwunden. Doch so sehr sie auch danach suchte und in allen möglichen Schubladen kramte: Sie konnte die relevanten Einträge nirgends finden. Sie waren weg, verflucht! Wer hatte die weggenommen? Und zu welchem Zweck? Seltsam ...

Sie wartete noch ein paar Minuten, dann rief sie eine gute Bekannte an: die Münchener Rechtsanwältin und Vermögensverwalterin Doktor Viktoria Lasalle, die gerade auf dem Weg nach Italien war. Sie erreichte sie im Tauerntunnel, die Verbindung war denkbar schlecht.

11

»Zufälle gibt's ...«

»Geht's genauer? Ich bin heute ein wenig begriffsstutzig.«

»Dann muss ich eben deutlicher werden: Mich wundert kein Stück, was da passiert ist.«

Die Anruferin redete langsam und leise, aber sehr prononciert.

»Ich verstehe immer noch nicht. Was meinst du?«

»Na, dieser Singsang-Grufti. Und seine sexy Masseuse.«
Die Person betonte »Masseuse« sehr speziell. »Dass es die
beiden kurz nacheinander erwischt hat, du weißt schon.«

»Ah, jetzt bin ich im Thema.« Die Person schnaufte.
»Ja, die Kleine hat ihn viel zu nah rangelassen, das konnte
nicht gut gehen. Wenn du mich fragst, da musste früher
oder später irgendwas passieren. Wenn man sich so auf
einen reichen Klienten einlässt, bringt das immer Ärger.«

Pause. »Denkst du auch, was ich denke?«

»Lass es mich wissen!«

Die Person grinste durchs Telefon. »Da war jemand
rattenscharf auf die Dukaten aus Riccis Geldspeicher.«

»Gut gesprochen. Welcher Jemand?«

»Da kommen mehrere infrage, aber eine Person ganz
besonders.«

Sekundenlange Stille. »Mir dämmert da so langsam
etwas. Du meinst …« Erneute Stille. »Behalt das bloß für
dich. Da hängt ein riesiger Rattenschwanz dran.«

»Für wen hältst du mich? Ich kann schweigen. Wer sägt
schon gern am eigenen Ast. Kollateralschäden passieren
nun mal.«

»Eben. In diesem Sinne …«

12

Die Ermittler saßen auf der Scogliera viva, dem »lebenden Riff« auf den Klippen, einem der Wahrzeichen Caorles, und schnupperten den würzigen Duft des Meeres. Neben ihnen plätscherte sanfter Wellengang, ein gutes Dutzend schreiende Weißkopfmöwen segelte in hohem Tempo über sie hinweg. Durch die klare Luft hatten sie einen imposanten Blick bis hinüber nach Lido Altanea, Eraclea, Lido di Jesolo und Cavallino Treporti. Die Klippen, die die Stadt in den West- und Oststrand trennten und an deren Ende die Wallfahrtskapelle Madonna dell'Angelo weithin sichtbar dominierte, waren wie ein von der Sonne angestrahltes Freilichtmuseum: eine schreiende Fratze, daneben in Stein gemeißelt der Meeresgott Neptun – ein weithin bekanntes Kunstprojekt aus Trachitblöcken. Isabelle Martin wusste, dass Künstler aus mehreren Erdteilen über einen längeren Zeitraum diese einzigartigen Skulpturen geschaffen hatten. Sie ließ den Blick über das satte Blau des Wassers gleiten. In der Ferne erkannten sie mal wieder die Umrisse eines Kreuzfahrtriesen, der offenbar Venedig anlief. Schwerfällig bewegte er sich im Zeitlupentempo auf der endlosen Wasserfläche vorwärts. Im Hintergrund krächzte aus einem Lautsprecher irgendwo David Bowies Klassiker »Let's dance«. Doch ihr Sinn stand momentan nicht nach Tanzen.

»Wie wär's mit einem Latte macchiato in einem Café oder einem kühlen Getränk in der *Birreria Ai Tre Tini* mit anschließender Tretbootpartie – auf meine Kosten, versteht sich?«, bot Schwaiger an. »Ich brauche eine verlängerte Denkpause. Oder würdest du lieber mit dem Ausflugsboot Richtung Norden schippern? Grado ist wirklich phänomenal.«

Als ob ich Grado nicht kennen würde!, dachte Isabelle leicht beleidigt. Dieser Kollege hielt sich anscheinend für oberschlau. Doch sie hatte keine Lust auf einen Disput. Stattdessen sagte sie: »Ich wäre dafür, dass wir keine unnötige Zeit verlieren und uns diesen obskuren Dottore näher ansehen! Doktor Vanni hat seine Praxis an der Piazza Le Corbusier unweit des Fünfsternehotels *Falkensteiner*, ein paar Kilometer von hier – habe ich vorhin recherchiert.« Kurze Pause. »Auch dieser Vermögensverwalterin sollten wir auf den Zahn fühlen, wir brauchen Backgroundinfos. Wie es aussieht, haben einige ein Rieseninteresse an Biancos Nachlass. Diese Rühr-Story mit der vergrabenen Schmuckschatulle in Carinas Abschiedsbrief glaubt ja sowieso kein Mensch, oder? Wenn du mich fragst: Die hat sich der Mörder unter den Nagel gerissen.«

»Logisch. Oder die Mörderin.« Schwaiger seufzte gespielt. »Ade, Strandlounge. Aber du hast vollkommen recht. Die Ermittlungsarbeit geht vor. Man muss das Eisen schmieden, solang es heiß ist.«

Wie zufällig streifte er ihren Oberarm, kniff sie sanft in die Seite. Isabelle zuckte leicht zusammen, doch er glaubte, gleichzeitig ein kurzes Lächeln auf ihrem Gesicht ausgemacht zu haben. Vielleicht ging ja doch was! Doch sie nahm ihm sofort den Wind aus den Segeln. »Dein Eindruck von dieser Ruffini? Bisschen neureich, oder?«

Er stöhnte in sich hinein. Diese Isabelle machte es einem wirklich nicht leicht. Dafür, dass sie anfangs überhaupt nicht ermitteln wollte, war sie jetzt kaum zu bremsen.

»Aalglatt, diese Signora.« Er ließ die Füße baumeln und blinzelte über das Wasser. »Ich frage mich, was die rausgerutschte Anspielung mit den Verschwörungstheorien sollte. Carina war immerhin so was von punktgenau auf dem richtigen Dampfer.«

Gedankenverloren sahen sie den vorüberziehenden Menschen nach: italienische Jungmuttis in Riemchensandaletten und mit überdimensionalen Kinderwagen, turtelnde Frischpaare eng umschlungen, sonnenbrandgeschädigte Touris in Flip-Flops.

»Manchmal frage ich mich, was diese Menschen, die hier so leger herumlaufen, zu Hause in ihrem wirklichen Leben so treiben«, murmelte die Kommissarin nachdenklich.

Er schaute verdutzt. »Ist das denn hier kein wirkliches Leben?«

»Wie man's nimmt. Für die meisten von uns ist Urlaub doch eher die Ausnahme, oder nicht? Elf Monate abrackern und dann ein paar Tage Abwechslung, wo du doch nicht richtig abschalten kannst.«

Nach einer Weile standen sie auf und flanierten über den Don Pablo Disco Beach und die Spiaggia di Ponente am Lungomare Caorle hinunter bis zur Bar *Tutti Frutti*, wo junge Einheimische und Touris gleichermaßen an ihren Kaffeetassen nippten und auf ihren Handys herumspielten. An einem Zebrastreifen an der Viale Amerigo Vespucci mussten sie lange warten, bis endlich ein Auto anhielt und sie die Straße überqueren konnten. Das ehemalige Fischerstädtchen, das in der Antike einer der größten Häfen Italiens war, war verkehrsmäßig klar überlastet. Als ich mit meinen Eltern die ersten Male hier war, war diese Durchgangsstraße noch eine große Wiese, wo die Einheimischen ihre Hunde ausführten, erinnerte sich Isabelle nicht ohne Wehmut zurück. Hatte sie hier nicht sogar Ball gespielt?

Anschließend gingen sie an der etwas weniger befahrenen Viale Santa Margherita zurück; hier ließen männliche Jugendliche ihre frisierten Mopeds so laut knattern, dass man sein eigenes Wort nicht verstand. Doch schon ein paar Meter weiter tauchten sie in eine völlig andere Welt ein. Einen Steinwurf vom Zentrum entfernt, unweit der wunderschönen Kirche Madonna dell'Angelo, konnte man das heiß ersehnte Urlaubsfeeling förmlich in sich aufsaugen, fühlen, schmecken. Den Wagen hatten sie beim *Parcheggio Disabili* an der stimmungsvollen Hafenmole abgestellt. Im Inneren waren es gefühlte 70 Grad, die Klimaanlage sorgte kaum für Abkühlung. Die Nugatplätzchen im Seitenfach waren längst geschmolzen.

Die Privatpraxis von Dottore Mauro Vanni fanden sie auf Anhieb. Sie war in einem Luxus-Neubau-Mehrparteienhaus untergebracht, »Medico e Naturopatia« stand auf dem eleganten Messingschild. Links daneben hatte sich ein plastischer Schönheitschirurg niedergelassen, rechterhand eine Gemeinschaftspraxis mit Osteopath- und Reiki-Therapeut. Alles eingesäumt von Trattoria, Boutique und Edelconfiserie.

»Scheinen satt zu laufen, die Geschäfte«, bemerkte Isabelle trocken, als sie die Marmorstufen erklommen und den Türsummer betätigten. Schwaiger, der hinter ihr herging, konnte nicht anders, als ihren schwungvoll-grazilen Gang zu bewundern. Die anmutige Arzthelferin, die hinter dem Tresen am PC saß, aber genauso gut zu *Italy's Next Top Model* gepasst hätte, nahm sie in Empfang. Schulterlanges dunkelbraunes Glatthaar, zu einem kultivierten Pferdeschwanz zusammengebunden, dazu strahlendes Lächeln.

»Pronto?« Kurzes Zögern. »Sei pazienti privati?«

Als Isabelle den Kopf schüttelte, ließ sie sich mit süffisantem Lächeln vernehmen: »Tedeschi? Scusi, zu zweit brauchen Sie einen Termin.« Ohne sie eines weiteren Blickes zu würdigen, tippte sie auf ihrem Terminal herum und schob geschäftig ihre Maus über ihr Richard Gere-Mousepad.

Schwaiger wurde es zu bunt, unsanft schob er seine Metallmarke auf den Tresen. »Non, nessun appuntamento. Wir ermitteln in einem Kriminalfall, dazu brauchen wir Dottore Vanni.« Ironisch setzte er nach: »Falls es nicht zu viele Umstände macht, per favore. Non abbiamo molto tempo.«

Sie erschrak. Als sie seinen entschlossenen Gesichtsausdruck sah, murmelte sie: »Scusi. Aspetta un secondo, per favore. Ich schaue, was ich tun kann.«

Sie verschwand in einem Nebenzimmer. Wenige Augenblicke später kam sie zurück, dirigierte die Fahnder in einen anderen Raum. »Der Dottore kommt gleich, er ist noch in einer Untersuchung.«

Na bitte. Keine zwei Minuten vergingen, ehe sich die Türklinke bewegte. In Sachen Modelqualitäten stand der Dottore seiner Praxismanagerin in nichts nach. Grünes Poloshirt mit Praxislogo, dazu eine lange weiße Hose, was perfekt mit seinem pechschwarzen halblangen Haupthaar kontrastierte. Mit einer jovialen Geste gab er den Ermittlern die Hand, forsch setzte er sich gegenüber.

»Kripo hat man ja nicht so gerne im Haus ... es sei denn, sie kommt so bezaubernd daher«, scherzte er in einwandfreiem Deutsch und blinzelte Isabelle Martin distanzlos zu. »Ich habe einige Jahre in München studiert. Monaco di Bavaria. Ich bin noch heute in einer Studentenverbindung.« Sie räusperte sich verlegen. Da war es wieder, ihr unterschwelliges Gefühl, als Polizistin nicht wirklich für voll genommen zu werden – dieses Phänomen war ihr zuletzt oft begegnet, wie kam das bloß immer wieder zustande? Und wieso, um alles in der Welt, begann ihr Kollege nicht mit der Befragung? Ausgerechnet jetzt beäugte er sie von der Seite und schien darauf zu warten, dass sie den Anfang machte.

Der Mediziner nahm ihnen die Entscheidung ab. »Was liegt an?« Er setzte sein charismatischstes Lächeln auf, das schnell einem dominant-dynamischen Habitus wich. Isabelle schätzte ihn auf Mitte bis Ende 30. Modische, runde randlose Brille, die ihm einen intellektuellen Anstrich verlieh. Tadellos durchtrainierte Figur, jedoch ein reichlich selbstgefälliger Chauvi-Typ, sie fühlte sich abgestoßen. Wenn ich einen neuen Hausarzt bräuchte, wäre dieser notorische Dauergrinser meine letzte Wahl, überschlug sie – ihr Internist in Traunstein fiel ihr ein: ein korpulenter, durch und durch seriöser Gemütsmensch. Wichtig war jetzt, dass sie objektiv blieb und sich nicht von ihrer Antipathie leiten ließ. Da Schwaiger weiterhin keine Anstalten machte, eröffnete sie notgedrungen das Gespräch. »Es geht um den Tod Ihres Patienten Ricci Bianco ...«

Er fiel ihr sofort ins Wort, setzte eine betroffene Miene auf. »Jaja, der gute Ricci. Ein Jammer. Bis zuletzt gab er

die Stimmungskanone, wenngleich er schon arg angeschlagen war.« Er machte eine kurze Pause. »Was genau
wollen Sie denn wissen? Sie sind sich schon darüber im
Klaren, dass ich der Schweigepflicht unterliege.«

»Sie haben die Todesbescheinigung ausgestellt.« Das
war mehr eine Feststellung als eine Frage.

»Das ist korrekt.« Er zögerte kurz. »Ich bin auf deut-
sche Privatpatienten spezialisiert, viele haben hier einen
Zweitwohnsitz.« Jetzt wurde sein Gesichtsausdruck ernst.
»Es macht mich immer traurig, wenn ich einen meiner
Patienten verliere.«

»Besonders, wenn er so wohlhabend ist …«, rutschte
es Isabelle raus.

»Wie meinen Sie das?« Mit einem Mal war sein Blick
todernst.

Sie stieg nicht darauf ein. »Wie gut kannten Sie ihn?«

Schulterzucken. »Ich weiß nicht, worauf Sie hinaus-
wollen. Wir waren einigermaßen vertraut, wenn ich das
so sagen darf.« Kurze Pause. »Wissen Sie, manche Patienten sind extrem fordernd, Herr Bianco hingegen war völlig unkompliziert. Wir hatten zuletzt beinahe ein freund-
schaftliches Verhältnis.«

»Hm. Sagen Sie, Dottore Vanni, wie viele Leichendo-
kumente stellen Sie eigentlich im Jahr so aus?«

»Ich verstehe schon wieder nicht … Welchen Sinn ver-
folgt diese Fragerei?« Er ließ sich überdeutlich anmerken,
dass er allmählich genervt war. Er verschränkte die Arme.

Jetzt schaltete Schwaiger sich ein. »Beantworten Sie einfach ihre Frage!«, sagte er sehr bestimmt. »Na?«

Der Arzt wirkte irritiert. »Nun, durchschnittlich so
um die 20, je nachdem, zu wie vielen Patienten ich geru-

fen werde. Diese Formulare heißen übrigens ›Certificati di morte‹.«

»Okay. Ist Ihnen bei diesen ... Certificati schon mal ein formaler Fehler unterlaufen? Schließlich ist niemand perfekt.«

Ihm schien etwas zu dämmern. Argwöhnisch wanderte sein Blick abwechselnd zwischen seinen Gesprächspartnern hin und her. »Worauf wollen Sie hinaus?« Er lauerte wie ein in die Enge getriebener Tiger. Als er keine Antwort bekam, äußerte er eine Spur weniger beherzt, fast schon demütig: »Da darf kein Fehler passieren. Bevor ich einen solchen Schein ausstelle, nehme ich eine genaue Untersuchung vor, das ist alles detailliert in Richtlinienstandards geregelt, daran habe ich mich selbstverständlich zu halten.«

»Selbstverständlich«, echote Isabelle mit ironischem Unterton. Trocken warf Schwaiger ein: »Bei Ricci Bianco lagen Sie leider dennoch falsch. Eine Fahrlässigkeit Ihrerseits ...mindestens.«

Der Dottore schluckte, so langsam schien er zu begreifen. »Was? Wie ... wie kommen Sie denn darauf? Herr Bianco ist an Herzversagen gestorben, darüber gibt es nicht den geringsten Zweifel. Er hatte vor Jahren schon mal einen Infarkt.«

»Herzversagen kann schon sein. Und doch hat die Obduktion erwiesen, dass nachgeholfen wurde. Da staunen Sie, was?«

»Nachgeholfen?! Wie ... wie meinen Sie das?« Mit einem Schlag war die Selbstverliebtheit des Mediziners Makulatur, plötzlich bildeten sich hektische Flecken auf seinem Gesicht. »Und um Gottes willen welche Obduktion?«

»Wir stellen hier die Fragen.« Schwaiger zeigte ihm deutlich die Rollenverteilung auf. »Bianco starb an einer Überdosis *Secubarbital*. Da staunen Sie, was? Haben Sie das zufällig verordnet?«

Entsetzen in seinem Gesicht. »*Secubarbital*? Natürlich nicht. Das ... das muss ich erst mal verdauen. Derartige Substanzen sind seit den 1990ern in Europa als Schlafmittel gar nicht mehr zugelassen.«

»Aber trotzdem wurde es nachgewiesen ...«

»Mein Gott! Natürlich können Sie das Zeug überall im Web kaufen, null Problem, dafür brauchen Sie noch nicht mal das Darknet, ich sag nur internationale Versandapotheken, es gibt einen florierenden Onlinehandel mit diversen Decknamen. 95 Prozent davon wird in chinesischen Labors produziert. Für die Qualität würde ich meine Hand aber nicht ins Feuer legen, das kontrolliert kein Mensch. Wer macht denn so was?«

»Bleiben wir bei den Fakten: Wie lange war Herr Bianco Ihr Patient?«

Er überlegte kurz. »Ungefähr fünf Jahre. Ich habe ihn direkt nach meiner Approbation von meinem Vorgänger übernommen. Wenn Sie es genau wissen wollen, dann müsste ich ...«

»Wir brauchen sowieso seine Patientenakte. Um sicherzustellen, dass nicht etwa durch Zufall wichtige Dokumente verschwinden. So was passiert leider häufig.« Das ließ einiges offen.

»Mit richterlichem Beschluss gern. Ich sagte ja schon: Schweigepflicht. Ein hohes Gut.« Lauerndes Abtasten. »Übrigens, wo haben Sie eigentlich Ihre italienischen Kollegen gelassen?« Vanni versuchte, den Spieß umzudrehen. Für Schwaiger freilich kein Anlass, sich einschüchtern zu lassen, er konterte direkt. »Verehrter Dottore, an Ihrer Stelle würde ich hier und jetzt ganz unkompliziert kooperieren. Andernfalls wird hier lautstark die italienische Staatsanwaltschaft hereinmarschieren, die machen Ihnen im Handumdrehen die Praxis zu. Wetten?« Er zwinkerte verschwörerisch. »Kleiner gut gemeinter Tipp.«

Schwaiger wusste nur zu gut, dass das so nicht passieren würde, die Azzurri hatten infomäßig ja noch Nachholbedarf, aber das mussten sie Vanni nicht auf die Nase binden.

Der Arzt gab sich kooperativ. »Va bene, ich habe nichts zu verbergen ...« Er öffnete die entsprechende Datei auf seinem Computer, las vor: »Herr Bianco hatte vor einigen Jahren einen Infarkt, von dem er sich jedoch gut erholte. Vor Kurzem hatte er eine Hüftgelenksoperation; er bekam Schmerzmittel in hohen Dosierungen und eine Thromboseprophylaxe. Aber keine Psychopharmaka. Ich drucke Ihnen alles aus.« Während der Printer surrte, hakte er nach: »Was mich interessieren würde: Wieso wurde überhaupt eine Nachuntersuchung angeordnet? Ich meine ...? So was ist ja nicht üblich.« Er stockte.

Du Fuchs!, dachten die Polizisten. Doch sie schwiegen.

Der Arzt versuchte eine Rechtfertigung: »Haben Sie eigentlich eine Vorstellung davon, was ich an einer solchen Bescheinigung verdiene? Laut Gebührenordnung bekomme ich dafür 21 Euro, hinzu kommt das Wegegeld, maximal 25 Euro. Dafür soll ich dann den Verstorbenen vollständig entkleiden und jede Körperöffnung inspizieren. Die Krankenkassen zahlen übrigens nichts für Tote, meine Rechnung wird erst aus der Erbmasse beglichen werden. Irgendwann in ein paar Monaten. Da kassiert jeder

Handwerker, der bei Nacht und Nebel wegen einer Lappalie anrückt, ein Vielfaches. Die haben Vertragsfreiheit, ich nicht. So sieht's aus. Noch Fragen?«

»Allerdings.« Schwaiger richtete sich auf. »Frau Moretti hatte Sie explizit darauf aufmerksam gemacht, dass sie Zweifel an der natürlichen Todesursache hatte, richtig? Sie aber haben das nicht ernst genommen, sondern sie unwirsch abgebügelt ...«

»So? Sagt sie das? Nun, vielleicht habe ich ihr etwas schroff zu verstehen gegeben, dass sie mich arbeiten lassen soll – nicht mehr und nicht weniger. Sie konnte echt nervig sein.«

»Sie ist übrigens inzwischen auch nicht mehr unter den Lebenden. Was sagen Sie nun?«

»Nein, nein! Das glaube ich Ihnen nicht.« Ihm fiel alles aus dem Gesicht. »Sagen Sie das noch mal!«

Schwaiger stöhnte gequält. »Wenn's sein muss: Wir haben sie in ihrer Wohnung tot aufgefunden.«

»Das ... das ist völlig unmöglich. Ich habe vorgestern noch mit ihr telefoniert. Wollte mich entschuldigen, weil ich, wie gesagt, etwas ungehalten gewesen war, das ist sonst nicht meine Art. Ich wollte sie zum Kaffee einladen, da war sie noch quicklebendig. Wie ist sie denn ...?«

»Das tut jetzt nichts zur Sache.« Isabelle beobachtete die Körpersprache des Mediziners. So wie er in sich zusammenfiel, schien er wirklich überrascht zu sein. Von seiner ursprünglichen Dynamik war nicht mehr viel übrig.

»Wie hat sie reagiert, als Sie mit ihr telefonierten?«

»Na, normal. Sie hat meine Entschuldigung akzeptiert.«

Die Ermittler wechselten einen Blick. »Und? Hat sie die Einladung angenommen?«

»Sie wollte darüber nachdenken. Das heißt bei Frauen bekanntlich ›Ja‹. Jedenfalls bei den italienischen.«

Du Schnösel!, schimpfte Isabelle gedanklich mit dem Mediziner. Hatte Carina nicht auch diesen Begriff benutzt?

»Apropos: Wo waren Sie am Dienstag, bevor Sie zu Ricci Bianco gerufen wurden?«

Er zögerte keine Sekunde. »Hier in der Praxis. Um diese Zeit habe ich immer Hochkonjunktur. Dafür gibt es jede Menge Zeugen.«

»Als ob Sie Zeugen bräuchten, Dottore!«, bemerkte Isabelle leicht spitz. »Letzte Frage: Kennen Sie eine Frau Doktor Lasalle?«

»Die Anwältin aus München? War sie nicht so was wie Biancos rechte Hand? Kennen ist zu viel gesagt, wir haben mal auf irgendeinem Kongress ein paar Worte miteinander gewechselt. Sie war auf Akquise-Tour in Sachen Vermögensmanagement, Kontovollmachten und so. Nicht mein Betätigungsfeld … War's das?«

Akquise-Tour für Vermögensmanagement!, registrierten die Ermittler. Was es nicht alles gab!

»Grazie. Für heute sind wir fertig. Halten Sie sich aber bitte zur Verfügung. Es kann sein, dass wir nochmals auf Sie zurückkommen müssen.«

»Mit dem größten Vergnügen, Commissaria. Für Sie habe ich immer ein offenes Ohr.« Er zwinkerte schon wieder unverhohlen, warf ihr sogar ein angedeutetes Luftküsschen zu. Angewidert wandte sie sich ab.

13

»Stai bene, mia carissima Pia!«

»Anche tu, carissima Carola. Wie immer.«

»Mille grazie, dass ich dich heute unterstützen darf!«

»Prego, prego. Es ist mir eine große Ehre, mit dir zusammenzuarbeiten, sei una famosa esperta.«

»Die Ehre ist ganz auf meiner Seite.«

»Bello che tu possa esserci – vier Augen sehen mehr als zwei. Prima, dass du dich zeitlich freischaufeln konntest.«

»Mir geht es ziemlich gegen den Strich, wenn uns ein gefährlicher Pseudo-Giftmischer für dumm verkaufen will.«

»D'accordo. Cominciamo. Komm, wir fangen an.«

Die ehemaligen Studienfreundinnen Doktor med. Carola Faltermeier und Doktor med. Pia Cornaro hatten sich im Campus-Supermercato zwei 250 Milliliter-Fläschchen frischen Orangensaft aus der Saftpresse gegönnt und sich mit einem ausgiebigen Kaffeevorrat sowie laktosefreien Kefirgetränken eingedeckt. Als sie im Kellerlabor des Istituto di Medicina Legale a Venezia ankamen, begannen die Expertinnen ohne Zögern direkt mit der Begutachtung von Carinas Leichnam. Die junge Italienerin zeichnete sich durch eine dunkle makellose Haut und schmale Wangenknochen aus. Gepflegte schulterlange Haare, alterstypischer Zahnstatus. Außer einer Vielzahl harmloser Pigmentflecken wies die Haut keinerlei optischen Auffälligkeiten auf, weder Kampfspuren noch verdächtige Nadelstiche, auch keine Tattoos; lediglich an den Handgelenken waren leichte Hämatome zu erkennen – so, als wäre die junge Frau über den Boden geschleift worden. Einschlägige DNA-Spuren fehlten jedoch, somit hatte der Täter oder die Täterin Handschuhe getragen. Vermutlich war sie zum Bett geschleift worden, um den Suizidverdacht zu erhärten. Weitere Besonderheit: eine schlecht verwachsene Blinddarmnarbe vermutlich aus Teenagerzeiten. Hier irrelevant.

Als Nächstes öffnete Doktor Cornaro mit dem Skalpell die Hohlräume. Dazu durchtrennte sie Brustkorb und Bauchhöhle vom Hals bis zum Schambereich mit einem langen Schnitt, entnahm Organe im Paket. Gemeinsam untersuchten sie sie der Reihe nach außerhalb des Körpers, wobei sie Stichproben nahmen und mikroskopisch analysierten. Vor allem interessierten sie sich für den Mageninhalt: Anzeichen für Drogenkonsum? Nichts.

Nächster Punkt: toxikologischer Status einschließlich Medikamentenspiegel. Wie man bei Ricci Bianco gesehen hatte, führten Barbiturate über eine zentrale Atemlähmung durch eine Sauerstoffunterversorgung des Gehirns rasch zum Exitus. Die beiden Giftexpertinnen wandten das *Zwikker*-Reaktionsverfahrens an – eine chemische Identitätsprüfung mit einer wässrigen Kupfersulfatlösung, bei der sich nach einiger Zeit farbige Komplexe absetzen: das Schlafmittel *Zopiclon*, das die Kollegen vor Ort sichergestellt hatten. Soweit nichts Ungewöhnliches. Allerdings machte sie eine Sache stutzig: Den vorgefundenen leeren Blisterhüllen nach zu urteilen, musste die

Tote 38 Tabletten geschluckt haben, das hätte bei sieben Komma fünf Milligramm pro Tablette einer Gesamtdosis von 278 Milligramm *Zopiclon* entsprochen – normal keine letale Dosis. Der Fachliteratur entnahmen die Pathologinnen, dass das Mittel nach oraler Einnahme schnell resorbiert und in das zentrale Nervensystem aufgenommen wurde. Bei einer Halbwertszeit von geschätzten fünf Stunden ... Moment! Die minimalen Organveränderungen, die sie vorfanden ... nie und nimmer konnten hier 38 Tabletten am Werk gewesen sein. Weder Gehirn noch Leber und Nieren wiesen Schäden auf – das hätte bei dieser Menge aber zwingend der Fall sein müssen. Dies ließ nur einen Schluss zu: Sie hatte auf keinen Fall diese 38 Tabletten zu sich genommen, sondern viel weniger. Und: Etwas ganz anderes musste ihren Tod verursacht haben. Nur was?

»Hast du so was schon mal erlebt, Carola?«, murmelte die Italienerin gedankenverloren.

Diese ging nicht darauf ein. »Um uns auszutricksen, müssen die früher aufstehen. Wir suchen weiter.«

Die Wissenschaftlerinnen unternahmen toxikologische Tests auf verschiedene Substanzen: Rizin, Glykoside, Atropine, Hyoscyamin, Skopolamin – alle ohne Ergebnis. Wenige Minuten später hatten sie die Lösung: Aconitin. Eisenhut, und zwar der blaue – mit botanischem Namen Aconitum napellus.

»Heureka!«, jubelte Doktor Faltermeier, triumphierend legte sie ihre Instrumente zurück in die Schale. Beide wussten: Die gängigsten Varianten waren Untermischung in Tropfenform oder des getrockneten und gemörserten Wurzelgiftes als Kaffee- oder Teepulver – das Substrat war geruch- und geschmacklos. Genau das machte es so gefährlich.

»Genial. Da genieße ich doch lieber meinen Plastikbecherkaffee aus dem Supermarkt … auch wenn's nicht umweltverträglich ist.«

»Esattamente. Hätte uns viel Arbeit gespart, wenn wir gleich an das hübsche Pflänzchen gedacht hätten!«

Doch wie hatte die Tote das hochtoxische Pflanzengift aufgenommen?

Pia Cornaro holte die sichergestellte Leichtmetall-Kaffeedose aus der Asservatenkammer. Diese war vollkommen leer. Wirklich?

Mit bloßem Auge war kein einziges Kaffeekörnchen in dem Gefäß sichtbar.

»Saubere Arbeit«, grunzte Cornaro, »keinerlei Rückstände erkennbar. Jedenfalls nicht auf den ersten Blick. Da hat jemand ganze Arbeit geleistet.«

»Hm. Eventuell sind noch Partikel …«

»Das haben wir gleich.« In ihrer Schreibtischschublade kramte die Italienerin nach einem starken Vergrößerungsglas und untersuchte den Boden der Dose Millimeter für Millimeter – und wurde fündig. Winzige Teilchen hatten sich unten und an den Seitenrändern abgesetzt. Reste der tödlichen Substanz?

Eine Stunde und diverse mikroskopische Tests später hatten sie Gewissheit: Dem Kaffeepulver war tatsächlich Aconitin beigemischt worden.

Doktor Cornaro drehte den Schraubverschluss wieder zu und verplombte die Dose akribisch. Anschließend versah sie das Gefäß mit drei Totenkopf-Aufklebern und brachte es eigenhändig in die Asservatenkammer zurück.

Niemand sollte versehentlich in Berührung mit dem Teil kommen. Anschließend griff sie zum Telefon, um ihren Kollegen Commissario Lucci über die Neuigkeiten zu informieren.

14

»Klassischer Schuss in den Ofen. Du kannst sagen, was du willst, ich glaube diesem Promiquacksalber, dass er bei seiner oberflächlichen Leichenschau von einem natürlichem Herztod überzeugt war ... zumal nach Biancos Krankheitsgeschichte. Wie hätte er mit seinen einfachen Mitteln auch feststellen sollen, dass ein überdosiertes Narkotikum im Spiel war?«

Sigi Schwaiger überlegte laut, als sie auf dem Rückweg waren. Er bog nach Eraclea Mare ab und stellte den Golf in Strandnähe ab. Sie ließen die Laguna del Mort, eine mit Dünen und Pinien umgebene Lagune, die einen Lebensraum für verschiedene Seevögel bildete, links liegen und schlenderten in Richtung Spiaggia di Eraclea Mare, wo sie sich unweit des *Park Hotel Family Relax Resort* mit zwei Espressobechern auf einer Düne im verdorrten Gras unter schattenspendenden Pinien niederließen; hier hatten sie halbwegs Ruhe vor den Unmengen Großfamilien, die mit allerlei Schwimmkrokodilen und aufblasbaren Booten jeden noch so winzigen Strandabschnitt bis zum letzten Zentimeter auszufüllen schienen. Isabelle atmete tief ein und inhalierte den würzigen Duft von Salbei und Klatschmohn.

Sie nickte zustimmend. »Sehe ich genauso. Und doch kann ich diesen Model-Doc nicht ab. Besonders seine Distanzlosigkeit fand ich nervig.« Unruhig rutschte sie auf ihrem Platz hin und her, plötzlich sprang sie wie elektrisiert auf, hüpfte zwei Schritte zur Seite. »Au! Mich hat gerade was gestochen!«

Schwaiger untersuchte ihren Sitzplatz und konnte umgehend Entwarnung geben. »Dünendornen«, verkündete er grinsend.

Zögerlich setzte sie sich wieder hin. Er schaute knapp an ihr vorbei. Diese Isabelle war ganz anders als die anderen Kripokolleginnen, die er bisher kennengelernt hatte. Weniger tough, dafür eine ganze Spur feinfühliger. Irgendetwas schien sie zu beschäftigen. Hatte sie vielleicht ein persönliches Thema, über das sie nicht reden wollte?

»Sag mal, ist alles okay mit dir?«

Die Antwort kam wie aus der Pistole geschossen. »Jaja. Passt alles.«

»Hm.« Er konnte es sich nicht erklären, aber er hatte vom allerersten Zeitpunkt an einen Draht zu ihr, als er sie am Strand mit der Frisbeescheibe am Kopf getroffen hatte – viel mehr als zu den üblichen, spärlich bekleideten Strandschönheiten, die dem blonden Deutschen schöne Augen machten. War es die ungewöhnliche Art, wie sie auf seine Entschuldigung reagiert hatte? Ihre aparte Erscheinung? Wieso hatte die Scheibe sich ausgerechnet Isabelle als Ziel ausgesucht? War das Zufall? Oder Fügung? Eigentlich glaubte er im Gegensatz zu Ma nicht an solche Dinge. Sie war felsenfest davon überzeigt, dass es keine Zufälle im Leben gab. Vielleicht war manchmal doch etwas dran.

»Darf ich dich was fragen, Isabelle?«

»Nur zu.«

»Könnte es eventuell sein, dass du … ach was, vergiss es!« Er zauderte. Sie guckte erstaunt. »Sag schon! Jetzt will ich's wissen.«

»Naja, dass … dass du vielleicht jemand bist, der sich gewisse Dinge sehr zu Herzen nimmt?« Jetzt war es raus.

Sie stemmte die Hände in die Hüften. Was sollte das jetzt? Was bildete dieser Schwaiger sich ein?

»Geht's etwas genauer?«

Er druckste herum. »Naja, du hast dir deine Antipathie bei diesem Dottore körpersprachlich überdeutlich anmerken lassen. Woraufhin er als Retourkutsche ziemlich unverschämt wurde.«

Hä? Warum drückte der Herr Kollege sich so gestelzt aus? Oder lag er am Ende gar nicht so falsch damit? »Wie darf ich das verstehen?«

»Lass mal.« Er wand sich. »War nur so ein spontanes Gefühl.«

»Nichts da. Jetzt will ich's wissen. Spuck's aus!«

»Tja, gewisse Machos nehmen so was als Einladung zur Provokation, sie spielen dann Machtspielchen. Unterste

Schublade. Aber der Typ war generell überheblich gestrickt, unabhängig davon.«

»Stopp! Willst du mir gerade verklickern, dass ich bei diesem Toffel eben zu brav war?«

Er überlegte kurz. »*Brav* ist das falsche Wort. Ich habe mich anfangs bewusst rausgehalten, weil ich den Eindruck hatte, du wolltest ihn dir allein greifen.« Er hielt inne. »Forget it. Bleib so, wie du bist! Da ist alles ganz richtig …«

»Quatsch!«, entfuhr es ihr schroff. Tief im Innersten wusste sie, dass ihr Kollege den Nagel auf den Kopf getroffen hatte. Das war schon immer ihr Thema … und zugleich wohl auch dessen Lösung. Sie ließ sich manchmal zu sehr von Emotionen leiten. Sie konnte eben schlecht raus aus ihrer Haut. Ihre Stärken als Polizistin lagen woanders: im Beobachten, im Erspüren, zwischen den Zeilen lesen. Nicht so sehr im Interviewen. Sigi Schwaiger war der erste Kollege, der ihr so offen Feedback gab. Auch wenn es gerade ziemlich wehtat! Aber genauso jemanden brauchte sie als Ermittlungspartner. Jemand, der ehrlich mit ihr war. Und nicht ihre Schwächen für sich ausnutzte.

Fast feierlich ergänzte er: »Ehrlich, aus diesem ominösen Abschiedsbrief hätte ich rein gar nichts rausgelesen. Klar dein Punkt. Genauso dieser Einlieferungsbeleg am Fensterbrett, der wäre mir vielleicht nie aufgefallen.«

»In unserem Beruf zählen Fakten, Sigi.«

»Eben. Aber oft sind wir zu sehr darauf fixiert. Ab und an muss man etwas um die Ecke denken. Da braucht es ganz andere Skills. Deine.«

Sie starrten gen Himmel. Über dem Sandstrand der azurblauen Adria flirrte heiße Luft. Die Weißkopfmöwen, die vormittags in Schwärmen kichernd auf der Suche nach Nahrung über dem Meer gekreist waren, dösten in dem schattigen Pinienwäldchen zwischen der idyllisch gelegenen Strandkapelle und dem in die Jahre gekommenen ehemaligen Hippie-Hotel *Rocky*. Nur ganz wenige segelten unerschütterlich am Horizont und ließen sich von der Luftströmung des sanften Windes gen Himmel tragen.

Plötzlich lachte Schwaiger laut los. »Witzig! Bei mir ist das total umgekehrt. Ich treibe Interviewpartner mit meiner allzu direkten Art oft zu sehr in die Enge, die machen dann dicht. So wie die Ruffini und ihr Team. Vielleicht hättest du aus denen mehr rausgekriegt.« Er machte eine längere Pause, ehe er sagte: »Weißt du was? Wir zwei bilden ein richtig gutes Team, wo jeder seine Stärken einbringen kann. Eigentlich beste Voraussetzungen, um diesen kniffligen Doppelfall zu lösen.«

Isabelle lächelte gequält. Ihr Kollege wusste doch genauso gut wie sie, dass ihre ermittlungstechnischen Möglichkeiten als EU-Ausländer beschränkt waren, solang sie nicht mit den Italienern kooperierten – und Commissario Lucci hatte nicht gerade den Eindruck erweckt, als sei er besonders scharf darauf. Oder war das nur Fassade? Sie stand auf, wischte sich ihre Shorts ab und blickte aufs Meer hinaus. Die Wasserfläche schaukelte friedlich vor sich hin, die Wellen rauschten verführerisch. Im seichten Wasser spielten Familien Softball und riefen in verschiedenen Sprachen durcheinander. Ihr Blick blieb an einem größeren Kiosk hängen, vor der sich am Eisstand eine Menschenschlange gebildet hatte.

»In dem Strandcafé dort sind gerade zwei Plätze frei geworden … das kenn ich noch von früher.«

Schwaiger erhob sich. »Na los. Mir hängt der Magen in den Kniekehlen.«

Aus einem kaputten Lautsprecher krächzte Eros Ramazzottis »Cose della vita« im Duett mit Tina Turner herüber, eine Mädchengruppe machte Beachgymnastik und zog bewundernde Blicke halbstarker Papagalli auf sich. Isabelle dachte an früher, als sie als Teenager mit ihren Großeltern hier einen vierwöchigen Sommerurlaub verbracht hatte. Damals war sie mit ihrer italienischen Freundin auf einem Eros-Konzert gewesen. Auf dem Heimweg hatten sie vor dieser Bar mit italienischen Jungs geknutscht und sich gegenseitig abgetastet. Einfach so. Unbekümmerte Zeiten waren das gewesen. Seltsam, dass ihr das jetzt einfiel.

Sie blätterten die zerfledderte Imbisskarte durch, als Schwaigers Handy klingelte. Doktor Faltermeier. Ausgerechnet jetzt! Konnte man denn keine Sekunde Ruhe haben?!

»Können Sie ungestört sprechen, Schwaiger? Es gibt Neuigkeiten.«

»Sekunde, bitte!« Ohne etwas bestellt zu haben, standen sie wieder auf und suchten sich ein paar Meter entfernt ein halbwegs ruhiges Plätzchen an der Rückseite eines Dünenhügels. »So, jetzt bin ich ganz Ohr.«

Die Ärztin kam direkt auf den Punkt. »Haben Sie Erfahrung mit Pflanzengiften?«

»Hä? Pflanzengifte?«, wiederholte er. Er glaubte, sich verhört zu haben. Neben ihm machte Isabelle lange Ohren.

»Diese Italienerin hatte Aconitin im Körper, genauer gesagt das Gift des Blauen Eisenhuts. Massenhaft.«

»Na bravo. Also nichts mit Schlafmittel-Überdosis.« Ihm fiel fast das Telefon aus der Hand. Er stellte den Lautsprecher auf Mithören und suchte Blickkontakt mit Isabelle, diese zog die Stirn kraus.

»Das ist totales Neuland für mich.«

»Dachte ich mir. Also Kurzfassung: Der Eisenhut ist die mit Abstand giftigste europäische Pflanze. Sie gedeiht fast überall, in den Alpen, aber auch in der südeuropäischen Flora. Schon die bloße Berührung löst Hautschäden aus«, erläuterte Doktor Faltermeier. »Seit der Antike die perfekte Mordwaffe, Kaiser Claudius war ihr erstes prominentes Opfer. Brisantes Blümchen. Dabei lieblich anzusehen. Im Gegensatz zu Waffen oder chemischen Stoffen einfach zu besorgen – hocheffektiv, mit normalen Methoden kaum nachweisbar. Außer man weiß, wonach man sucht ... oder tippt zufällig richtig.«

»So wie Sie.« Brisantes Blümchen! Schwaiger zog seinen Hut vor ihr. Diese Toxikologin war wahrlich ein Teufelsweib. Zu Isabelle flüsterte er: »In was für ein Wespennest haben wir da gestochen?«

Die Medizinerin war in ihrem Element. »Jedes Jahr vergiften sich in Deutschland rund 10.000 Kinder durch heimische Pflanzen, immer wieder gibt es auch Todesfälle. In Italien dürften es sogar noch mehr sein, da gedeihen noch viel mehr hübsch-hässliche Giftpflänzchen.«

»Und wie wirkt dieses Zeug? Ich meine ...« Neben ihm verdrehte Isabelle theatralisch die Augen, sie konnte gut auf weitere Erklärungen verzichten.

»Nun, in der Homöopathie wird Aconitin in verschwindender Konzentration als Stärkungsmittel eingesetzt, in kleinen Dosen wirkt es berauschend, aufputschend. Wie Kokain. Aber wehe, wenn man zu hoch dosiert. Vergiftungserscheinungen zeigen sich schon nach zehn Minuten: Mundkribbeln, pelzige Zunge, Schwindel, Herzrasen, Taubheitsgefühle in den Extremitäten. Später dann Schweißausbrüche, Erbrechen, Koliken, Durchfälle. Am Ende sinken Körpertemperatur und Blutdruck dramatisch ab, schließlich Herz- oder Atemstillstand. Drei bis vier Gramm sind für einen Mann tödlich, bei einer Frau reicht je nach Körperbau schon die Hälfte. Man ist die ganze Zeit bei vollem Bewusstsein und leidet stärkste Schmerzen, das wünsche ich keinem. Kleiner Tipp: Machen Sie doch mal einen Kurzausflug nach Padua zum Orto botanico und schauen sich den Übeltäter an, Sie sind doch sonst auch überall unterwegs. Das Ding sieht aus, als könne es keiner Fliege was zuleide tun. So charmant.«

»Ist die Wirkung bei anderen Pflanzengiften eigentlich ähnlich dramatisch?«, erkundigte sich Schwaiger.

»Im Prinzip schon. Diese Pülverchen verursachen aufsteigende Lähmungen, begleitet von Kälteempfinden und Gefühllosigkeit. Der Vergiftete leidet abwechselnd unter starkem Erbrechen und Schweißausbrüchen, bis ihm früher oder später der Atem wegbleibt. Alles bei vollem Bewusstsein. Grausam. Das Ganze kann Minuten oder auch ein paar Stunden dauern. Oder Tage.«

Schwaiger bewunderte immer wieder dieses Fachwissen. »Somit haben wir es mit einem arzneikundigen Täter oder einer Botanikerin zu tun?«

»Überhaupt nicht. Eher mit einem blutigen Amateur. Sie können sich das holde Gewächs in fast jedem Adria-Wäldchen mit Plastikhandschuhen pflücken und bequem daheim in der Küche mörsern, Fotos und Anleitungen gibt's im Web zuhauf.«

»Sagen Sie, Frau Doktor, nur so als Idee: Wäre es nicht

doch möglich, dass sie das Zeug freiwillig eingenommen hat ...?«

Das hätte er besser nicht gesagt, sie sprang fast durchs Telefon. »Sagen Sie mal, Schwaiger, hören Sie mir eigentlich zu? Genau das wollte unser Gegner ja erreichen: dass Sie das denken! Es kann aber nicht so gewesen sein – aus mehreren Gründen. Erstens: Niemand, der seinem Leben ein Ende setzen will und auch nur ein bisschen Ahnung von der Materie hat, greift ernsthaft zum Eisenhut. Glauben Sie wirklich, sie wäre so dämlich gewesen? Das arme Mädel muss furchtbar gelitten haben.«

»Das deutet auf ein hochemotionales Tatmotiv hin«, überlegte Schwaiger laut. »Der Täter oder die Täterin wollte sie leiden sehen. Da fällt mir als Allererstes Eifersucht sein.«

»Immerhin haben Sie das Kombinieren noch nicht ganz verlernt! Aber ich war noch nicht fertig. Zweitens: Sie wurde über den Boden geschleift und wehrlos im Bett platziert, als sie schon bewusstlos war. Und dann noch die perverse *Zopiclon*-Show, um uns zu täuschen – das hätte der Bösewicht oder die Bösewichtin sich genauso gut sparen können. Sie hatte auffällig viel von dem Zeug in der Speiseröhre. Was nur daher kommen kann, dass sie bereits ohnmächtig war und es ihr in aufgelöster Form eingeflößt wurde. Welch perverse Show! Ansonsten hätten sich keine Spuren in der Speiseröhre finden dürfen. Da hat jemand unsere technischen Analysemöglichkeiten und unsere Kombinationsfähigkeit fatal unterschätzt. Noch Fragen?«

»Fürs Erste bin ich bedient.« Schwaiger musste schlucken. »Bösewichtin« war ihm neu. »Könnten Sie eventuell noch was zum Todeszeitpunkt ...?«

»Leider nein. Der Exitus ist mindestens schon vor zwei Tagen eingetreten. Könnten aber auch drei gewesen sein. Mit Alibi-Recherchen kommen wir hier nicht weiter. Eher schon mit Motiven. Oder knallharter Feldrecherche ... Ihr Metier!«

»Jedenfalls ganz herzlichen Dank.«

»Ich drück Ihnen alle Daumen. Verlieren Sie keine Zeit!«

Noch bevor er was sagen konnte, schaltete sich spontan Isabelle ein. »Kann ich Sie was fragen, Frau Doktor?« Sie nahm dem verdutzten Kollegen das Handy aus der Hand, stellte sich kurz vor und fragte: »Gift deutet doch auf eine Frau als Täterin hin, oder sehe ich das falsch?« Die Kommissarin hatte sämtliche Agatha Christie-Verfilmungen mit der unvergesslichen Margaret Rutherford gesehen. Stets waren dort Frauen die Giftmischerinnen gewesen.

»Scharfsinniges Mädchen!«, lobte die Ärztin. »Wenn Frauen morden, tun sie das zu über 80 Prozent mit Gift, deswegen bezeichnet man den Meuchelmord ja auch als ›Tötung von zarter Hand‹. Nehmen Sie die rasend eifersüchtige Medea aus der griechischen Mythologie, die ihrer Rivalin ein vergiftetes Gewand schickte, in dem sie elendiglich verbrannte, nachdem die Substanz mit der Haut in Berührung kam. Aber das heißt gar nichts. Wir müssen es nicht automatisch mit einer Täterin zu tun haben, denken Sie nur an die männlich dominierten Geheimdienste – die operieren leidenschaftlich gern mit Gift in allen Varianten.«

Isabelle schoss der bekannte Fall des russischen Doppelnullagenten Skripal in den Kopf, der vor einigen Jahren durch alle Medien gegangen war. Wochenlang hatten er und seine Tochter in London vor sich hingesiecht, ehe er qualvoll starb. Oder der Putin-Kritiker Nawalny, der gerade noch in der Berliner Charité gerettet werden konnte.

»Männliche Nachahmer wähnen sich eben genau dadurch sicher, dass sie niemand verdächtigt. Konzentrieren Sie Ihre Ermittlungen also nicht ausschließlich auf das schwache Geschlecht. Immerhin haben Sie es am Teutotengrill vermutlich kaum mit Geheimdiensten zu tun.«

Teutotengrill! – Schwaiger konnte nur noch den Kopf schütteln.

»Kommen denn zwei verschiedene Täter oder Täterinnen infrage?«

Die Antwort kam wie aus der Pistole geschossen. »Wenn das zwei verschiedene Personen waren, gebe ich sofort meinen Doktortitel zurück. Die Substanzen in den beiden Mordfällen waren zwar unterschiedlich, um uns in die Irre zu führen, aber der Modus Operandi gleicht sich doch sehr. Im Grunde eine Spielerei.«

Isabelle reichte das Handy an Schwaiger zurück.

»Vortreffliche Arbeit mal wieder, Frau Doktor, meine volle Hochachtung.«

»Was haben Sie denn erwartet?« Sie holte kurz Atem. »Ach, übrigens: Das ominöse Päckchen mit dem von Ihnen sichergestellten Einlieferungsbeleg ist noch nicht eingetroffen … sobald es da ist, rufe ich nochmals bei Ihnen durch.« Sie machte eine Kunstpause. »Wie ich mich gerade überzeugen konnte, haben Sie sich schon Verstärkung durch eine intelligente Kollegin gesichert. Damit haben Sie schon mal den richtigen Anfang gemacht. Versprecht mir bitte, dass ihr diesen Mr oder diese Mrs Unbekannt die Küste rauf und runter jagt … und kommen Sie bloß nicht ohne Erfolg zurück nach Germania. Für mich geht's heute

Abend schon wieder zurück in den Dauerregen. Außer, es gibt hier noch einen dritten Mord … was Sie hoffentlich zu verhindern wissen!«

Schwaiger legte schnell auf. Herausfordernd sah er Isabelle an. »Das Ding wird immer verzwickter. Was jetzt?«

Isabelle kaute auf der Unterlippe herum – auch ihr war der Appetit vergangen.

»Wir müssen unbedingt mit Biancos Vermögensverwalterin aus München sprechen. Und mit dieser Agentin. Nicht zu vergessen Carinas Kolleginnen. So schnell wie möglich. Nur …«, Isabelle senkte die Stimme, »heute ist es schon etwas spät.« Sie blickte auf ihre Armbanduhr. »Wie wäre es mit Botanischer Garten? Diesem Blümchen würde ich schon mal ganz gern gegenüberstehen. Nur damit wir mal wissen, worüber wir hier reden …«

Schwaiger war baff. Hatte die zurückhaltende Kollegin soeben aus eigenen Stücken eine Exkursion vorgeschlagen? Es geschahen noch Zeichen und Wunder.

»Nun, diese Kröte werde ich dann ja wohl schlucken müssen«, gab er schlagfertig zurück.

Sie starrte ihn entgeistert an. Als sie sein lausbübisches Gesicht sah, wusste sie, dass er sie gefoppt hatte.

»Rein dienstlich, versteht sich.«

»Ich habe nichts anderes erwartet.«

15

Im Auto, das sie vor dem *Park Relax-Hotel Pineta* abgestellt hatten, mussten sie erst mal minutenlang Türen und Kofferraumdeckel öffnen, ehe sie einsteigen und losfahren konnten, so sehr hatte sich der Innenraum aufgeheizt.

Während sie an der heruntergekommenen *Esso*-Station in der Strada Provinciale Jesolana einen Tankstopp einlegten, fiel Isabelle ein grüner Mazda älteren Baujahres mit mehreren Beulen auf. Er stand auf der gegenüberliegenden Straßenseite, blockierte jedoch halb die Fahrbahn. Am Rückspiegel war lose der Wimpel von *AS Roma* befestigt. Dahinter kauerte ein junger Mann, der sich auffällig unauffällig wegdrehte, als sie zu ihm hinüberlinste. Sie erkannte ihn sofort und stieß Schwaiger an. Dieser verstand. Der Typ im Mazda war Carinas Kollege von der Gesundheitsagentur: der große Schweiger, welcher beim gestrigen Meeting scheinbar teilnahmslos am Tisch gesessen und die ganze Zeit keinen Ton von sich gegeben hatte.

»Hallo, kommen Sie ruhig näher. Ja, Sie!«, rief sie mit überlauter Stimme quer über die Fahrbahn, ohne sich um die Passanten zu scheren, die sich neugierig nach ihr umdrehten. Der junge Mann hinter dem Lenkrad erstarrte zur Salzsäule, drehte sich suchend nach allen Seiten um, als frage er sich, ob er gemeint sei. Er machte Anstalten wegzufahren. Doch die Polizistin sprintete mit wenigen Schritten zu dem Auto und klopfte vehement auf die Motorhaube. Das Seitenfenster öffnete sich.

»Kennen wir uns nicht?«, fragte sie leicht ironisch.

»Buon giorno, Signora, io ... ich wollte ... ich dachte nur ...«, presste er unsicher hervor.

»Wir wollten sowieso mit Ihnen reden ... und wir beißen nicht. Normalerweise«, gab die Ermittlerin so freundlich wie möglich zu verstehen. Nur: Besonders freundlich war das nicht. »Sind Sie uns nachgefahren?«

»N ... no, no. Ma ...« Er stammelte wie ein beim Spicken ertappter Schuljunge, Isabelle schätzte ihn auf Mitte bis Ende 20. Er war von handfester, breiter Statur, wobei nicht auf den ersten Blick klar zu sagen war, ob das Übergewicht oder Muskeln waren – auf jeden Fall ein kraftvoller Zupacker, der auch gut als Möbelpacker oder Hausmeister durchgehen konnte. Zweifellos hatte er sie die letzten Stunden auf dem Kieker gehabt. Weshalb spionierte er ihnen nach?

Schwaiger hatte fertig getankt und war dazugekommen. »Schau an, wen haben wir denn da? Ich glaube, wir haben ein paar Takte zu reden.«

»Beh, forse.« Er sah sich um. »Hier ... auf offener Straße?«

Der Kommissar hatte keine Lust, neben der Tankstelle Maulaffen feil zu halten. »Gehen wir ins *Palmyra-Café*, ein paar Meter von hier.« Padua würde warten müssen ...

Sie setzten sich an den einzigen freien Außentisch mit frischem Lavendelgesteck und bestellten bei der aparten Bedienung mit pechschwarzem Pferdeschwanz – Isabelle schätzte sie auf höchstens 16 – Milchkaffee und Croissants. Sofort ergriff der junge Mann von sich aus das Wort: »Als

Sie gestern bei *Vita cura* waren, da konnte ich nicht ... es ist so: Ich wollte mit Ihnen über mein Alibi sprechen. Sie haben doch mein Fragezeichen auf Ihrer Liste gesehen?«

Isabelle kramte in ihrer Mappe – tatsächlich: Bei Enzo Terzi stand ein Fragezeichen. »Ach, und jetzt ist Ihnen doch noch eingefallen, wo Sie waren, oder wie?«, fragte sie spitz.

»Nun, ich wollte es Ihnen erklären, damit Sie keine falschen Schlüsse ziehen.«

»Dann mal los. An erhellenden Alibis sind wir brennend interessiert.«

Verlegenes Räuspern. »Also, ausgerechnet zu dem fraglichen Zeitpunkt hatte ich ein Vorstellungsgespräch. Bei der Konkurrenz.« Als er dies sagte, zitterte seine Stimme. Erstaunlich, wie unsicher dieser bärenstarke Kerl war, wunderten sich die Ermittler. Kam so einer überhaupt als Doppel-Giftmörder infrage? Wohl kaum. Doch der erste Eindruck konnte täuschen.

»Zufälle gibt's. Und wo genau haben Sie sich beworben?«

»Beim *Servizio sanitario Salute*. Mir war es unangenehm, die Adresse anzugeben, es hätte ja jeder gesehen ... Bei Signora Ruffini wird Loyalität ganz großgeschrieben. Wenn sie rausfindet, dass ich wechseln will, dann ... Sie nimmt alles sehr persönlich, ich käme mir wie ein Verräter vor.«

»Von uns wird sie nichts erfahren. Uns interessiert lediglich, ob Sie zwei Menschen auf dem Gewissen haben oder nicht. Oder ob Sie etwas wissen, das uns helfen könnte.«

»Kontaktieren Sie *Salute*?« Nervöses Nippen an der Tasse. Er blickte wie ein Dackel, dem man auf den Schwanz gestiegen war. »Eigentlich hatte ich gehofft, dass ...«

Er sah wohl selber ein, dass das naiv war. »Das ist dann natürlich Knock-out für mich.«

Die Polizisten dachten beide dasselbe. War es Zufall, dass der Mord ausgerechnet zu einer Uhrzeit passierte, als Terzi angeblich einen Termin bei der Konkurrenz hatte? Hatte jemand anderes diesen Umstand gezielt ausgenutzt? Oder band er ihnen einen riesen Bären auf? Wollte er sich selber reinwaschen?

»Wir gehen diskret vor, versprochen«, beruhigte ihn Isabelle, »es geht ja nur um eine Überprüfung.«

Er schüttelte den Kopf, an dem schuppiges, halblanges Haar klebte. Er schwitzte stark. »Denken Sie! In der Gesundheitsbranche ticken alle sehr empfindlich. Da glaubt dann jeder, dass ich was damit zu tun hätte.«

»Was natürlich nicht stimmt. Oder?« Isabelle sah den Burschen durchdringend an. Zitterte er nicht sogar ein wenig?

»Wo denken Sie hin!« Da klang tiefe Empörung durch. Schwungvoll stellte er die Tasse auf den Tisch, dass es überschwappte. Er senkte die Augen. »Hat … hat Carina sich wirklich selber …?«, stammelte er. »Das kann ich mir überhaupt nicht vorstellen.« Als die Kommissare nicht antworteten, schob er kaum hörbar nach. »Wissen Sie, sie hatte keine größeren Probleme, dann bleibt ja nur noch …«

Die Ermittler wechselten vielsagende Blicke. »Frage: Wie gut kannten Sie sich?«

Kurzes Überlegen. »Recht gut. Carina war eine super Kollegin, mit der konnte man Pferde stehlen. Hoffentlich fassen Sie das perverse Schwein schnell, der das alles angerichtet hat!« Kurze Pause. »Als Patient war Ricci Bianco ein Glücksfall. Ein Traum. Sie haben ja keine Vorstellung, wie anspruchsvoll manche Klienten sind. Einige sind richtig aggressiv, weil sie krank sind. Ricci war anders. Ein großes Kind. Alle wollten sich an ihm gesundstoßen, der konnte sich ja nicht wehren, denn er war auf Hilfe angewiesen. Nur wir kleinen Therapeuten meinten es ehrlich mit ihm.«

»Wer ist ›alle‹? Und was genau meinen Sie mit ›gesundstoßen‹?«

»Na, das Showbusiness ist doch knallhart. Mit ›Adria blu‹ und ›Mit dir am Strand von Niemandsland‹ hatte Ricci Millionen verdient, er hat oft während der Behandlungen einfach so für uns gesungen. Welche Ehre! Seine Agentin und die Verwalterin haben viele Prozente von ihm abgeschöpft. Bis heute. Früher war Biancos Villa eine einzige Partyhochburg. Da ging es rund. Jedes Wochenende.«

»Drogenpartys?«

»Kann sein.« Glucksendes Lachen. »Da bin ich der falsche Ansprechpartner, ich war ja nicht dabei. Keiner von uns.« Er zögerte. »Als er die letzten Jahre seiner Vergangenheit hinterherlebte und schon ziemlich angeschlagen war, haben sie ihm immer neue Gigs reingedrückt, dabei hielt der sich nur noch mit Schmerzmitteln auf der Bühne, so wie damals Elvis Presley oder Michael Jackson. Er hätte totale Ruhe gebraucht. Bis irgendwann nichts mehr mit ihm zu verdienen war, weil seine Krankheiten nicht mehr zu verstecken waren. Die Spielberger redete ihm ununterbrochen Schuldgefühle ein, wie viel Zeit und Energie sie in ihn reingesteckt hätte und so weiter.«

»Woher wissen Sie das alles?«

Lachen. »Hören Sie, wir sind täglich bei ihm ein- und aus gegangen, da bekommt man manches mit. Mich würde jedenfalls nicht wundern, wenn die ...« Er stockte.

»Ja?«

Die Polizisten spürten, wie er sich quälte. »Was Sie vielleicht noch nicht wissen: Seine Agentin konsumiert starke Medikamente, ich habe das am Rande mitbekommen, als sie sich mit Signora Ruffini unterhielt. Da ging es auch mal um Barbiturate, um ihre Extremsymptome zu dämpfen.«

Schwaiger und Isabelle pfiffen durch die Zähne. Das war ein Ding. Biancos Agentin nahm Psychopharmaka ein ... und was hatte man überdosiert im Körper ihres toten Schützlings gefunden? Doch was hieß das schon? Ein Indiz, aber ganz sicher kein Beweis. Einen Zugang zu psychoaktiven Substanzen konnte sich heutzutage fast jeder verschaffen, am allerleichtesten in den Urlauber-Hotspots – vom Web-Schwarzmarkt mal ganz abgesehen. Oder versuchte ein anderer, so den Verdacht auf sie zu lenken? Am Ende Terzi selber?

»Wer hat noch von ihm profitiert?«

»Wie ich schon sagte: seine Anlageberaterin aus München. Ich hab mal zufällig eine Abrechnung herumliegen gesehen, da hätte mich fast der Schlag getroffen. Soweit ich weiß, ist sie auch an seinem Erbe beteiligt, aber mit Details bin ich überfragt.«

»Also hätte auch diese Frau Doktor Lasalle ein Motiv gehabt, richtig?«

Er wich aus. »Warum machen Sie sich nicht selber ein Bild? Sie ist im Hotel *Concordia* abgestiegen, das habe ich zufällig bei einem Telefongespräch mit Signora Ruffini gehört, die Bürotür stand offen.« Er wurde keine Spur rot dabei. »Die drei sind gut befreundet: die Ruffini, die Spielberger und die Lasalle. *Trio infernale*, wenn Sie mich fragen.«

Hört, hört! Dieser Terzi hatte seine Ohren anscheinend überall. Ob er noch mehr wusste? »Weitere Personen in Biancos Umkreis?«

»Der ganze Healthcare-Dienst.«

»Weshalb wollen Sie das Team eigentlich verlassen?«

»Gegenfrage: Was hat das mit dem Fall zu tun?«

»Wir stellen hier die Fragen. Also?«

Er druckste herum. »Ich … ich will niemanden in die Pfanne hauen, aber Sie werden es sowieso herausfinden. Meine Chefin rechnet falsch ab, das kann ich nicht mehr länger mit meinem Gewissen vereinbaren.«

»Was heißt das: Sie rechnet falsch ab?«

»Luftbuchungen. Bei *Vita cura* werden Patienten auf dem Papier kränker gemacht, als sie sind. In Protokollen werden massenhaft Leistungen aufgezeichnet, die von den Kostenträgern brav bezahlt werden, aber gar nicht oder nur teilweise erbracht wurden. Auch bei Ricci lief das anfangs so, aber irgendwann hatte der das gecheckt und machte tierisch Ärger.«

»Konkreter?«

»Er wollte Anzeige erstatten. Ganz viele Gesundheitsdienste arbeiten mit dieser Luftbuchungsmasche, auch in Deutschland. Gilt als Kavaliersdelikt. Aber es gibt auch saubere Dienste, dort sehe ich mich eher.« Zögern. »Aber da ist noch was anderes …«

»Nämlich?«

»Ich habe Signora Ruffini aus der Villa Bianco kommen sehen an dem Tag, als er …«

Oho! Jetzt wurde es spannend. Isabelle saß mit einem Mal kerzengerade. »Wann genau war das? Wissen Sie das noch?«

»Ich habe nicht auf die Uhr gesehen, aber es muss um die Mittagszeit gewesen sein. Ich war mit meinem Auto auf dem Weg zu einem Patienten und wunderte mich noch, was sie um diese Zeit bei Ricci wollte, schließlich war Carina vormittags bei ihm eingeteilt und sollte auch nachmittags nochmals hin. Den Rest kennen Sie ja.«

Das war in der Tat seltsam. Was wollte Roberta Ruffini mittags in der Villa Bianco? War da womöglich irgendetwas entglitten und …?

»Was wussten Sie übrigens im Team von Riccis Goldmünzensammlung?«

Dreistes Grinsen. »Das war kein Geheimnis, er hat die Schatulle bei jeder Gelegenheit stolz herumgezeigt. Er traute den Banken nicht über den Weg. ›Die schenken dir einen Regenschirm, wenn die Sonne scheint – und wenn es regnet, nehmen sie ihn dir wieder weg‹, sagte er immer. Wissen Sie, Ricci war eine sehr spezielle Nudel.«

»Sind Sie denn nicht schwach geworden, wenn Sie die wertvollen glänzenden Stückchen gesehen haben?«

Er hielt den Kopf schräg. »Was heißt ›schwach geworden‹? Ich weiß nicht, ob Sie eine Ahnung haben, was wir im unteren Gesundheitssektor so verdienen. Natürlich hätte ich die eine oder andere Unze gut gebrauchen können, aber ich hätte mich nie selber bedient, so viel Ehre habe ich schon noch. Außerdem hat Ricci immer großzügig Trinkgeld gegeben, da konnte sich keiner beschweren. Aber in den Genuss kamen wir halt nur, wenn Carina dienstfrei hatte.«

»Wenn Ricci gutes Trinkgeld gab, dann gab es doch sicher Neid gegenüber Carina, oder?«

»Kann schon sein.«

»Namen?«

»Ach kommen Sie, ich werde doch jetzt nicht meine Kolleginnen …«

Die Kommissare warfen sich Blicke zu – da würde noch einiges an Interviewarbeit auf sie zukommen.

»Andere Frage: Wie haben Sie Carinas Beziehung zu Ricci erlebt?«

»Schon recht eng. Fast innig. Therapeuten brauchen unbedingt professionelle Distanz, schon aus Selbstschutz. Sie hat ihn doch recht nah rangelassen. Emotional, meine ich. Die hatten irgendwie eine tiefere Ader.«

»Nur emotional?«

Terzi kicherte verlegen. »Ich weiß schon, was Sie denken … Was wollen Sie von mir hören? Am liebsten hätte er sie als 24-Stunden-Rundumbetreuung gehabt, mehr kann ich nicht sagen.«

Das ließ Interpretationsspielraum offen. Die Ermittler wechselten erneut Blicke.

»Meinen Sie, dass Carina auch davon wusste, dass Ihre gemeinsame Chefin mit den Abrechnungen trickste?«

»Davon ist auszugehen. Sie war nicht auf den Kopf gefallen.«

Hm, hatten Sie es mit einem Erpressungsdelikt zu tun? Hatte Carina Schweigegeld verlangt … und Roberta Ruffini im Affekt Rot gesehen? Oder ein anderer in ihrem Auftrag? Durchaus eine Möglichkeit, zweifellos.

»Nochmals zurück zu Carina: Wie kamen Sie persönlich mit ihr klar?«

»Super. Sagte ich ja schon. Sie dachte nicht primär ans Geld, auch wenn ihr das einige unterstellten. Wir haben uns auch ein paarmal privat getroffen.«

»Sie fanden sie attraktiv!?«

Er lächelte verschmitzt. »Wer nicht?«

»Sie waren bei ihr zu Hause?«

»Manchmal nachmittags. Ich habe den Kaffee zubereitet, während sie in der Küche das Gebäck fertig machte. Arbeitsteilung.«

Als Terzi das Wort »Kaffee« aussprach, hätte Isabelle sich fast verschluckt. Aber nein, jetzt sah sie Gespenster. Dieser Terzi war vielleicht ein bisschen anders. Aber ein Mörder? Wenn er die Kaffeedose manipuliert hätte, würde er doch nicht einfach so locker über seine Kaffeekränzchen sprechen? Oder täuschte sie sich?

Er sprudelte weiter: »Die Belma Fazlagic war auch öfters beim Kaffeetrinken dabei. Sie kommt aus Kroatien, ist aber schon lange in Italien. Die beiden waren befreundet. Carina hatte die hellste Wohnung, deshalb waren wir meist bei ihr.«

Isabelle stöhnte. Noch mehr mögliche Verdächtige – vielleicht war diese Belma in Wahrheit krankhaft eifersüchtig gewesen, und ihre Zuneigung war nur geheuchelt oder ein billiger Vorwand?

Er schien noch etwas sagen zu wollen, wirkte aber unentschlossen. Mit der Handinnenseite fuhr er sich über das Kinn, als überlege er angestrengt.

»Ist noch was?« Schwaiger versuchte, ihm auf die Sprünge zu helfen.

»Nicht wirklich ... aber ... also, outfitmäßig war Carina immer top. Selbst in Arbeitskleidung achtete sie stets penibel darauf, dass sie toll aussah.«

144

»Wollen Sie damit andeuten, dass intern über ihre Aufmachung gelästert wurde?«

»Schauen Sie sich die anderen doch an! Neid löst bekanntlich die Zungen. Einmal putzte die Chefin sie vor versammelter Mannschaft herunter, dass sie mehr auf Distanz achten solle. Sie haben ja den Wortwechsel zwischen Belma Fazlagic und Elly Ambrosi mitbekommen, die kabbeln sich ständig. Für mich ist das nicht einfach, ich stehe dazwischen.«

»Danke für Ihre Offenheit. Gibt es sonst noch etwas, was wir wissen sollten?«

»Mir war eigentlich nur wichtig, die Sache mit meinem Alibi aufzuklären.«

»Das ist Ihnen gelungen.« Sie standen auf. Schwaiger hielt ihm seine Karte hin, er steckte sie ein.

»Certo. Va bene.« Der Physio gab den Ermittlern die schweißnasse Hand und stiefelte, ohne sich umzusehen, zu seinem Wagen zurück. Sein massiger Körper war lange weithin in der immer dichter werdenden Menschenmenge sichtbar.

»Typ Elefantenbaby, das den weiblichen Beschützerinstinkt weckt – wir sollten ihn im Auge behalten. Gut möglich, dass der noch mehr weiß«, sinnierte Isabelle laut.

»Der ist ohnehin schwer zu übersehen.«

Schwaiger lehnte sich rückwärts an eine hölzerne Sitzbank, gedankenverloren überblickte er die Seitenstraße, wo sich zwei aneinander vorbeifahrende Autos rhythmisch anhupten. Begrüßung auf Italienisch.

»Vielleicht wollten Ricci und Carina ihre Chefin gemeinsam hochgehen lassen, und irgendetwas ist aus dem Ruder gelaufen.«

»Aber schickt man deswegen jemanden ins Jenseits?
Gleich zwei Menschen?«

»Wer weiß, um welche Summen es da ging? Für die
Ruffini hätte das ernsthafte Konsequenzen für ihre Konzession nach sich ziehen können, wenn das publik geworden wäre.«

Isabelle hielt den Kopf schief. »Für mich steckt da mehr
dahinter – auch wenn ich nicht sagen kann, was es ist.
Noch nicht.«

Schwaiger sah auf die Uhr. Schon 16.30 Uhr. Er seufzte.
»Das wird heute nichts mehr mit Padua.«

»Läuft nicht weg.« Sie machte eine wischende Handbewegung. »Diese Ruffini ist uns sowieso eine Erklärung
schuldig. Sie sollte noch im Büro sein.«

16

Zur selben Zeit

Der Anrufer wirkte aufgeregt: »Was ist da mit Bianco und diesem Mädel schiefgelaufen? Wenn ich gewusst hätte, mit was für Methoden ihr arbeitet, hätte ich mich niemals darauf eingelassen.«

»Reg dich ab! Von uns hatte keiner die Hände im Spiel, Ehrenwort.«

»Das soll ich glauben?«

»Hör zu, das ruckelt sich wieder zurecht, die Aufregung wird sich rasch legen. Dieser Commissario Lucci ist völlig überfordert, die Polizia ist chronisch unterbesetzt. Und nochmals: Wir haben nichts damit zu tun.«

»Diese Urlaubsermittler aus Bayern beißen sich gerade fest, das kann ich gar nicht brauchen. Meine Reputation ...«

Die Angerufene hielt ihr Smartphone etwas weiter vom Ohr weg, da der Gesprächspartner ziemlich laut geworden war. »In ein paar Tagen kräht kein Hahn mehr danach, verlass dich drauf! Die sind bald wieder weg, zu Hause warten andere Fälle auf die. Und die Polizia giudiziaria hat anderes zu tun. Oder soll ich sagen: keinen Bock.«

»Trotzdem: Mir ist nicht mehr wohl ...«

Höhnisches Lachen. »Cool down.«

»Für mich ist hier finito. Sucht euch einen anderen! Mir ist das Risiko für die paar Peanuts zu hoch, das ist mir jetzt klar geworden. Vielleicht musste erst was passieren!«

»Mio dio, calmati! Okay, niemand ist unersetzbar. Die Friedhöfe sind alle voll mit Leuten, die sich für unersetzbar gehalten haben.«

»Willst du mir gerade drohen?«

»Unsinn. Überleg es dir noch einmal und lass es mich wissen. Ciao, bello.«

17

Anstatt im Orto botanico fanden sich die Ermittler erneut im Büro von *Vita cura* in Caorle-Centro wieder. Um den hoffnungslos überlaufenen Corso Chiggiato waren durch den Nachmittagsverkehr die Hauptstraßen zu. Kurz nach 17 Uhr konfrontierten sie Roberta Ruffini mit den neuen Infos.

Sie knickte sofort ein. »Ja, das stimmt. Ich war am Mordtag tatsächlich noch bei Herrn Bianco«, gab sie unumwunden zu. »Aber als ich die Villa verließ, ging es ihm bestens.«

»Wieso haben Sie das nicht gleich ausgesagt?«

»Wieso?« Sie biss sich auf die Lippe. »Sie hätten mich doch sofort verdächtigt. Meinen Sie wirklich, ich bringe meinen lukrativsten Patienten um? Glauben Sie mir, ich habe Ricci nichts verabreicht, wir haben nur gesprochen. Nicht mehr und nicht weniger.«

»Über Ihre Abrechnungstricksereien?«

Sie wurde leichenblass. »Woher wissen Sie …?« Energisches Kopfschütteln. Sie blies Luft aus. »Ich kann mir schon vorstellen, wer da gequatscht hat.« Hysterisches Lachen. »Okay, okay, ich habe dem Bianco mal ein paar Euro zu viel in Rechnung gestellt, versehentlich … Ich habe ihm angeboten, alles zurückzuerstatten. Inklusive einer großzügigen Wiedergutmachungssumme als Zeichen meines guten Willens. Er wollte daraufhin auf eine Anzeige verzichten. Es war ein sehr konstruktives Gespräch, es ging lediglich um Peanuts. Das müssen Sie mir glauben.«

Bei Terzi hatte sich das anders angehört. Verfügte er nur über fragmentarische Infos? Oder redete Roberta Ruffini die Dinge klein?

»Wenn man so was bei mehreren Patienten macht, kommt sicher mehr zusammen als nur Peanuts, oder?«, insistierte Schwaiger.

Sie quetschte die Handknöchel zusammen, jetzt wurde sie puterrot. »Sie können mir glauben, dass ich alles wieder bereinigen wollte. Da … da sollte nichts hängen bleiben, Ehrenwort. Ich hatte nur einen kurzfristigen Engpass. La mia parola d'onore.« Aha! Bianco war also kein Einzelfall gewesen. Hatte sich was mit Ehrenwort!

Schwaiger hakte nach. »Ihr Deal mit Herrn Bianco hätte in der Konsequenz aber doch bedeutet, dass Carina ihn nicht weiter versorgen hätte können, immerhin war sie bei Ihnen angestellt. Oder sehe ich das falsch?«

»Ach, das! Wir vereinbarten eine Ausnahmeregelung: Ich hätte Carina weiterhin für ihn abgestellt, er wollte sie fortan privat vergüten.«

»Merkwürdiges Modell. Hätte sich das für Sie überhaupt noch gerechnet?«

»Was hätte ich denn machen sollen?« Sie zuckte die Schultern. »Ich wollte vermeiden, dass größerer Staub aufgewirbelt wird, so war es für alle am besten. Ein Kompromiss.«

»Nochmal zurück zum Mordtag: Als Sie die Villa Bianco verließen … ist Ihnen da irgendetwas aufgefallen? War etwas anders als sonst? Haben Sie vielleicht jemanden bemerkt, der da nicht hingehörte?«

Sie überlegte einen Moment. »Nein, da war alles wie immer.«

»Hm.« Isabelle schaute haarscharf an der Healthcare-Chefin vorbei. Irgendwas war da oberfaul. War es wirklich Zufall, dass sie ausgerechnet am Mordtag bei ihrem Schützling vorbeigeschaut hatte? Hatte jemand diesen Umstand gezielt ausgenutzt? Dem das gut in den Kram gepasst hatte, sodass er den Verdacht auf sie lenken konnte. Oder war sie selber gar nicht so unschuldig, wie sie beteuerte.

»Überlegen Sie genau!«

Sie dachte erneut nach, schwieg jedoch beharrlich. Schwaiger stöhnte, tauschte einen vielsagenden Blick mit seiner Kollegin. Zu Hause in Bayern hätte er diese undurchsichtige Lady schon längst aufs Präsidium vorgeladen. Doch sie waren hier in Italien, das änderte einiges. Es wurmte ihn. Sie brauchten unbedingt Lucci!

»Okay. Sobald Ihnen noch etwas einfällt oder Ihnen etwas komisch vorkommt ...«

»... melde ich mich sofort. Certo, certo.« Roberta Ruffini schien sehr erleichtert zu sein, dass Sie nicht direkt in Untersuchungshaft genommen wurde. Die Kommissarin blickte nachdenklich durch das Schaufenster nach draußen, wo der Gehweg sich mit immer mehr Menschen füllte. Autos hupten bei einer Baustelle, in der Ferne war ein Martinshorn zu vernehmen. Zweifellos war Roberta Ruffini eine der letzten Personen, die Ricci Bianco lebend gesehen hatte. Vielleicht *die* letzte?

Zweifellos hatte die Healthcare-Chefin in der Künstlervilla ihre Fingerabdrücke hinterlassen – eiskaltes Kalkül des Mörders oder der Mörderin? Auf jeden Fall hatten sie es mit einem hochgefährlichen Gegner zu tun. Dieser verfügte höchstwahrscheinlich über Insiderinformationen. Jemand vom Gesundheitsdienst? Oder aus der Künstlerbranche?

»Letzte Frage: Haben Sie auch bei Frau Moretti vorbeigeschaut?«

»Nein! Dort war ich noch nie.« Das klang so entrüstet, dass es einfach stimmen musste.

»Aber Sie hatten doch einen Schlüssel zu ihrer Wohnung!?«

Sie sprang auf. »Wie kommen Sie denn darauf? Sie hatte mal draußen am Schlüsselbrett einen hingehängt. Für alle Fälle, weil sie oft etwas zerstreut war. Ich war von Anfang an dagegen, wir sind hier doch keine Pension. Aber irgendwann vor ein paar Wochen war das Ding plötzlich verschwunden.«

»Sie haben keine Idee, wer ihn genommen haben könnte?«

Sie schüttelte den Kopf. »Woher denn? Carina war sich ja selber nicht mehr ganz sicher, ob sie ihn nicht wieder eingesteckt hatte. Sie suchte öfters Sachen. Ich war mir eigentlich ziemlich sicher, dass sie ihn mitgenommen hatte. Deswegen bin ich der Sache auch nicht weiter nachgegangen.« Pause. »Ich habe ein absolut reines Gewissen, was diese Todesfälle angeht. Con Gesù Cristo!« Theatralisch verneigte Ruffini sich vor dem Kruzifix an der Wand.

»Schön für Sie.«

Die Fahnder standen auf und verabschiedeten sich. Hier gab es nichts mehr zu sagen. Die große Frage war: Konnte man für bare Münze nehmen, was diese Dame erzählte? Sie verließen das Büro.

»Und deswegen haben wir Padua sausen lassen«, brummelte Schwaiger, als er den Motor startete. »Sie bescheißt, aber eine Mörderin ist sie nicht. Sie hätte kein wirkliches Motiv.«

Isabelle ging nicht darauf ein. Der Tag hatte sie angestrengt, sie hatte Kopfweh. »Vielleicht könntest du mich beim Hotel aussteigen lassen, ich brauche eine Ruhepause.«

»Alles klar. Heute Abend würde ich vielleicht gern noch bei ein paar Takten Livemusik entspannen«, überlegte er laut. »Könnte ich dich eventuell zu einem musikalischen Abstecher nach Jesolo überreden?«

Isabelle zögerte. »Du meinst diese *Temple Bar* von Biancos Agentin?«

»Bietet sich doch an.« Übermütiges Grinsen. »Das Angenehme und das Nützliche in einem Aufwasch.«

Sie überlegte kurz. »Hm, gibt Schlimmeres als Livemusik … und an die Spielberger gäbe es sowieso noch ein paar Fragen. Nur gerade …«

Er verstand. »Kein Stress! Ruh dich erst mal aus. Wenn du nicht willst, fahr ich alleine und halte dich auf dem Laufenden. Okay?«

Sie kämpfte mit sich, wollte sich jedoch nicht festlegen.

»Pass auf, Isabelle, um 19 Uhr stehe ich unten bei *Rafaele*. Ich würde mich freuen.«

»Lieber 20 Uhr, ich will in Ruhe zu Abend essen. Hoffentlich geht es in diesem Musikschuppen nicht so primitiv ab wie in Rimini, wo literweise Alkohol aus Eimern fließt!«

»Hallo? Wir sind an der oberen Adria, hier urlauben Familien oder Paare, keine prolligen Kegelklubs.«

»Okay … bis später.«

»Das hör ich gern.«

Die Ermittlerin biss sich auf die Zunge. War das noch die melancholische Isabelle, die vor einigen Tagen hier angekommen war und in einem fort trübsinnige Gedanken gewälzt hatte? Irgendetwas veränderte sich gerade in ihrer Gefühlslage … und es fühlte sich gut an, die grauen Wolken schienen sich vorerst verzogen zu haben. War das dem erfrischenden Meerklima geschuldet? Lag es am packenden Fall, der keine Zeit zum Grübeln ließ? Oder gar an Sigi Schwaiger, den sie zuerst gar nicht abkonnte?

Sobald er Isabelle abgesetzt hatte, nahm der Kommissar Kontakt mit seinen heimischen Kollegen auf. Auf den Rückhalt der KPI Fünfseenland konnte er sich verlassen. Oberrat Baptist stand längst im regen Austausch mit der italienischen Staatsanwaltschaft. Ob auch Isabelle sich mit ihrer Dienststelle abgestimmt hatte? Schwaiger hatte seine

Zweifel, er beschloss jedoch, nicht nachzuhaken, schließlich war es ihre Sache.

18

Da es bis zur Eröffnung des Abendbüfetts noch eine gute halbe Stunde dauerte, beschloss Isabelle, sich auf einem Sun-Bed in der *White Oasis*, dem luxuriösen Strandbad am Spiaggia di Levante, niederzulassen und sich von den sanft schaukelnden Wellen inspirieren zu lassen. Der Strand leerte sich zusehends, obwohl die Temperaturanzeige noch immer bei 27 Grad stand. Nachdem sie eine Viertelstunde geschwommen war, setzte sie sich in den feinen Sand und ließ sich lufttrocknen. Um sie herum packten immer mehr Familien zusammen, um sich vor dem Abendessen noch frisch zu machen, sie hatte die gesamte Location fast allein für sich. Da kamen Chiara und Lara um die Ecke, die beiden sahen immer noch absolut gleich aus ... und zudem unverschämt gut. Und sie waren – wie auch schon als Kinder – immer noch absolut gleich gekleidet. Isabelle wusste, dass der einzige Unterschied ein fingernagelgroßes Muttermal war, welches Laras Knie zierte. Isabelle hatte ein bisschen ein schlechtes Gewissen, weil sie schon mehrere Tage hier war und sich noch nicht mit ihnen getroffen hatte.

»Ciao Isabelle, va bene?«, echoten sie wie aus einem Munde, sie schienen kurz zu überlegen, ob sie sich zu ihr setzen konnten. Immerhin waren sie keine Teenager mehr, und sie war ein zahlender Gast.

»Ciao Chiara, ciao Lara. Wie schön, dass wir mal Zeit haben. Setzt euch doch!«

Sie redeten über Gott und die Welt. Auch über Männer. Dabei stellte sich heraus, dass die beiden Italienerinnen auch immer noch solo waren ... und bis auf Weiteres bleiben wollten.

»Wenn wir ständig mitbekommen, welchen Stress unsere Freundinnen mit ihren Kerlen haben, wollen wir uns das lieber ersparen«, lachten sie. Isabelle blieb das Lachen ein wenig im Halse stecken. Sie hatte grundsätzlich schon Lust auf eine Partnerschaft, nur passte es nicht so recht in ihre jetzige Lebensphase. Doch wollte sie das vor den beiden nicht ausbreiten, dafür hatten sie sich einfach zu lange nicht gesehen. Sie wich aus. Stattdessen unterhielten sie sich über Ricci Bianco und dass sie berufsmäßig an dem Fall dran war. Wenn sie den beiden glauben konnte, war der Ex-Schlagertitan im Ort bekannt wie ein bunter Hund.

»Wow, du hast einen voll spannenden Job! Da sind wir ein wenig neidisch, Isa«, bewunderten Chiara und Lara sie. »Du wirst den Fall sicher aufklären.« Isabelle schluckte.

Schon irgendwie witzig, dass sie sich gegenseitig beneideten!

Sie sprachen noch ein paar Minuten und nahmen sich vor, in den nächsten Tagen einmal gemeinsam baden zu gehen. Dann verabschiedeten sie sich, die Italienerinnen mussten in Latisana etwas fürs Hotel besorgen.

Isabelle blieb noch etwas sitzen. Hier ließe es sich ewig aushalten!, träumte sie vor sich hin, die Kopfschmerzen waren inzwischen verschwunden. Sie strich sich ein paar vorwitzige Haarsträhnen aus dem Gesicht und kramte nach ihrer Mineralwasserflasche, dann googelte sie »Ricci Bianco«. Sie überflog den *Wikipedia*-Artikel:

Ricci Bianco (eigentlich Richard Ludwig Schafferbauer, * 2. April 1962 in München, † 20. Juni 2021 in Caorle, Italien) war ein deutscher Kultsänger. Nach dem Abitur am Schwabinger Gymnasium tourte er mit dem Wohnmobil durch Südeuropa und sang in Klubs und Hotels. Anschließend studierte er Medizin, brach das Studium jedoch für die Musik ab. Er trampte nach Dublin, wo er in der legendären Temple Bar *als Sänger der irischen Hardrockband »The Crashmaniacs« mit geringem internationalen Erfolg auftrat. Rückkehr nach München, dort Gelegenheitsjobs bei Funk und Fernsehen als Kabelträger, Stuntman und Statist sowie als Gelegenheitsmusiker.*

Eine verkrachte Existenz, wenn man es nüchtern betrachtete. Isabelle musste gähnen – die würzige Meeresluft machte sie müde.

1995 lernte Bianco die Musikagentin Elisabeth Spielberger kennen, die für ihn den Künstlernamen Ricci Bianco prägte und ihn ins Schlager- und Popbusiness einführte.

Ah, jetzt wurde es spannend …

In den Folgejahren ging es steil bergauf: Er avancierte zu einem der angesagtesten deutschsprachigen Schlagertitanen, diverse CDs, Tourneen, ausverkaufte Konzerte in mehreren Ländern, Auftritte bei Verstehen Sie Spaß? *und anderen Samstagabendshows …*

Sie überflog den Rest. Es folgten Goldene Schallplatten und Platintonträger, ehe sich seit 2010 Karrierebrüche und gesundheitliche Abstürze in unschöner Regelmäßigkeit abwechselten. Im letzten Absatz stand unter »Tod« zu lesen, dass er in seinem Ruhesitz an der Adria einem Herzanfall erlegen sei.

Isabelle schluckte. Logisch, das war ja immer noch die offizielle Version. Sie zermarterte sich ihr Hirn, woher Carina diese Sicherheit genommen hatte, dass er vergiftet worden war. Das musste doch mehr gewesen sein als eine Vermutung.

Stutzig machte sie auch, dass in dem Artikel nichts über Ricci Biancos Privatleben stand. Auch auf anderen Klatsch-Sites fand sie nichts dazu. Er schien keine Angehörigen zu haben. Kein Wunder, dass der sich an die flotte Fitnesstrainerin ran hängte.

Isabelle schüttelte den Kopf. Kaum zu glauben, dass dieser ehemals leuchtende Stern, der von zahlreichen weiblichen Fans auf Händen getragen worden war, nun für immer erloschen war. Immerhin, in seinen Songs würde er weiterleben. Und seine Erben, wer auch immer das war, konnten die Sektkorken knallen lassen. Halt. Das war es. Hier lag der Knackpunkt.

19

Polizeiobermeister Roland Zrenner saß seit Stunden an seinem Rechner in der KPI Fünfseenland vor den Toren Münchens. Immer, wenn es darum ging, mehr über Gewohnheiten oder Lebensverhältnisse von Mordopfern oder Tatverdächtigen zu eruieren, wandten sich die Kollegen vertrauensvoll an den routinierten Rechercheexperten. Ihm blieb für gewöhnlich nichts verborgen, deswegen hatte er in der KPI auch den Spitznamen »Trüffelschwein«. Privat hasste er nichts mehr, als im Leben anderer herumzuschnüffeln. Aber in seiner Funktion als Ermittler vermochte er sich nur so ein genaues Bild über Personen verschaffen. Um seine Arbeit professionell verrichten zu können, war eine gewisse Distanz vonnöten. Aus mehrjähriger Erfahrung wusste er, dass der Schlüssel für so manche Aufklärung eines Tötungsdelikts in der Privatsphäre des Opfers begründet lag. Nicht selten sogar in der Intimsphäre.

Im Nu hatte er Carinas Smartphone und Notebook geknackt und sich anhand Browser-History und *Windows*-Registry einen Überblick über ihre digitalen Aktivitäten verschafft. *Spotify*- und *Microsoft*-Konto, Shopping-Surfen auf Bewertungs-, Vergleichs- und Reiseportalen – alles im grünen Bereich, noch nicht mal Single- beziehungsweise Partnerbörsen. Auch ihr Social Media-Profil war unauffällig: hier ein Strandselfie aus Jesolo, da eines aus

Venedig. Keine Nacktbilder. Keine Erpressungspostings. Kein Hinweis auf irgendwelche zweifelhaften Aktionen.

Plötzlich stutzte Zrenner: Laut Terminplaner hatte die Italienerin in drei Wochen einen Notartermin bei *Doktor Nicolao Zoff e Partner* in Venedig – wozu? Baptists Nachfrage bei der dortigen Kanzlei brachte Klarheit: Ricci Bianco wollte seiner langjährigen Vermögensverwalterin Doktor Lasalle das Mandat entziehen; parallel wollte er Carina – für den Fall seines Ablebens – die Villa Bianco in Duna Verde sowie sein gesamtes Edelmetallvermögen vererben. Hatte der Sänger eine Vorahnung gehabt, als er das veranlasste? Oder war genau dieser Plan, das Testament zu ändern, zu seinem Todesurteil geworden? Wie auch immer, das waren wichtige Infos, die Sigi Schwaiger vor Ort unbedingt wissen musste!

»Puh, 200.000 Eier nur an Goldmünzen, da muss eine alte Frau lange für stricken«, murmelte Zrenner.

Solang Bianco das alles aus freien Stücken veranlasst hatte – und danach sah es aus –, war daran nichts auszusetzen. Zweifellos hatte das aber auch Neider auf den Plan gerufen. Als erfahrener Backgroundfahnder wusste Zrenner nur zu gut, dass manche Zeitgenossen ihr gesamtes Hab und Gut fremden Menschen vermachten, die liebevoll für sie sorgten. Eine sehr nachvollziehbare Einstellung. Nur dass diese viel zu gutgläubigen Menschen in den letzten Tagen ihres Lebens manchmal ihr blaues Wunder erlebten, etwa indem der Erbfall allzu überraschend eintrat. Scheinbar zufällig. So wie hier. »Pikant, pikant.«

Was gab Interpol über Carina Moretti her? Ihren Vater hatte sie nie kennengelernt, jedenfalls stand »unbekannt« in allen Akten. Weitere Recherchen bei internationalen

Schul-, Melde- und Finanzbehörden ergaben folgendes Bild: mittlerer Schulabschluss 2013. Über eine internationale Pflegeagentur kam sie nach Wien und München; dort Physio-Ausbildung mit Diplom 2017. Seitdem war sie bei verschiedenen ambulanten Gesundheitsdiensten im In- und Ausland beschäftigt, zuletzt bei *Vita Cura,* dem größten Healthcare-Fullservice an der oberen Adria.

Zu guter Letzt checkte Zrenner noch Enzo Terzis Alibi beim Gesundheitsdienst *Salute* und staunte nicht schlecht: Zwar war Terzi tatsächlich zum Vorstellungsgespräch gewesen, dieses hatte aber nur 45 Minuten gedauert, nämlich bis 13.55 Uhr. Das hieß, dass Terzi bis 15 Uhr kein Alibi hatte. Theoretisch hätte er in dieser Zeit bequem zur Villa Bianco fahren können, laut Google Maps betrug die Entfernung gerade mal 25 Minuten.

Zrenner griff zum Telefon. Er erreichte Schwaiger, als dieser gerade seine Taschen zum Auto trug, um umzuziehen. Er hatte seine Zelte im Schmuddel-Resort abgebrochen und wollte noch schnell eine Liste alternativer Unterkünfte abchecken, ehe er Isabelle zum Livemusik-Event abholte.

»Schön, deine Stimme zu hören, Rolli. Leg los!«

»Erstens: Terzis Alibi könnt ihr knicken. Der Termin dauerte nur kurz, und so ganz genau lässt sich Biancos Todeszeitpunkt ja nicht bestimmen, wenn ich unsere hochverehrte Frau Doktor korrekt verstanden habe.«

Schwaiger pfiff durch die Zähne. War dem schwerfälligen Terzi ein Edelmetallraub, gar ein Giftmord zuzutrauen? Eher nicht. Andererseits hatte er schon Pferde vor der Apotheke kotzen gesehen. Vielleicht konnte eine DNA-Probe Aufschluss geben!

»Okay. Und Bianco selber?«, wollte Schwaiger wissen.

»Wollte alles seinem Physio-Engelchen vererben.« Er machte eine Kunstpause, ehe er fortfuhr. »Hat aber nicht mehr geklappt, der Notartermin wäre in drei Wochen gewesen.«

Schwaiger verschluckte sich fast. »Sag das noch mal!«

»Gern. Er wollte seine Vermögensverwalterin, eine gewisse Doktor Viktoria Lasalle, in den Wind schießen. Keine Ahnung, wie diese Beauty das hingebogen hat. Aber notarmäßig ist sich's nicht ganz ausgegangen für Carinchen.« Klang da Schadenfreude beim Kollegen durch?

»Und wer erbt jetzt?«

»War nicht leicht rauszufinden, aber wir haben hier ja unsere Möglichkeiten: ein Verein namens *Trinity International e.V.* Die sitzen in Villach, Kärnten.«

»Tu felix Austria. *Trinity*, nie gehört. Was machen die so?«

»Warum fragst du nicht einfach diese Doktor Lasalle, die sollte das ja am allerbesten wissen. Sie logiert übrigens bei dir ums Eck im Hotel *Concordia* … nur als Tipp am Rande.«

»Weiß ich doch«, brummte Schwaiger. Er ärgerte sich über sich selbst, dass sie es noch nicht geschafft hatten, die Vermögensverwalterin zu vernehmen. Das konnte der Dreh- und Angelpunkt ihrer weiteren Ermittlungen sein. Er nahm sich vor, gleich morgen früh das Gespräch zu suchen. Außerdem musste er dringend mit Lucci Kontakt aufnehmen. »Über welche Summen reden wir da?«

»Die Villa solltest du ja am besten selber beurteilen können: Laut *Immoportal* dürfte sie um die zwei Komma fünf Millionen Euro wert sein.«

Schwaiger schluckte erneut. »Ansonsten?«

Zrenner nippte an seiner Kaffeetasse. »Tja, bei Künstlern ist natürlich stets an Verwertungsrechte zu denken, neuerdings speziell die digitalen. Da stehen gigantische Summen im Raum.«

»War's das?«

»Fast. Sparvermögen Fehlanzeige, aber laut Bank existieren Kaufbelege über eine erhebliche Anzahl an Goldmünzen: Maple Leafs, Eagles, Krügerrands, Philharmoniker, alle gängigen Formate. Dazu Silber, Platin, Palladium. Das Zeug behält seinen Wert über jede Währungsreform hinweg. Schließfach war jedoch keines angemietet.«

»Vielleicht sollten wir uns auch solche Schätzchen zulegen«, witzelte Schwaiger.

»Ich bleib da mal lieber bei den zweibeinigen. Die Metalle bringen kein Glück, wie du ja siehst. Oder willst du sie dir unters Kopfkissen legen und nachts streicheln?«

Schwaiger ächzte. An einen ähnlich verzwickten Fall konnte er sich nicht erinnern. Wenn Ricci Bianco nicht so plötzlich das Zeitliche gesegnet hätte, wäre diese Carina in wenigen Wochen per Notarbrief einfach so von einem auf den anderen Tag Millionärin geworden – keine schlechte Perspektive. Das erklärte auch, weshalb sie so aufgelöst gewesen war. Für den Täter oder die Täterin war sie zur unberechenbaren Konkurrenz geworden. Ganz offensichtlich hatte da jemand die Notbremse gezogen, bevor das Testament notariell geändert werden konnte. Nur wer? Diese ominöse Verwalterin Doktor Lasalle? Die Agentin Elisabeth Spielberger? Die geschäftstüchtige Healthcare-Chefin Roberta Ruffini? Der tapsige Masseur Enzo Terzi? Jemand anderes bei *Cura vita*? Oder ein Adlatus von diesem *Trinity e. V.*?

Zrenner fasste zusammen: »Tja, das Mädel hätte sich demnächst ein ultracooles Leben auf den Malediven machen können. Oder Luxuspaläste für die komplette Family erwerben. Oder Altenheime bauen. Hätte …«

»Wer zu spät kommt, geht leer aus. Merk's dir!«

»Philosoph?«

20

»Tz, tz, dass du sogar im Urlaub gegen das Böse ankämpfen musst!« Ma hatte noch nie verstehen können, dass ihr Sohn als Kripobeamter sich auch außerhalb der Dienstzeit mit Verbrechen beschäftigte. So stolz sie auf ihn war, so traurig war sie auch darüber, dass er, wie sie fest glaubte, mit diesem Beruf und diesen Arbeitszeiten wohl nie eine vernünftige Partnerin finden würde. Welche ordentliche Frau tat sich das schon an?

»Mach dir keine Sorgen, Ma!«, besänftigte sie Schwaiger, der eigentlich vorhatte, noch kurz nach Jesolo rüberzufahren, um im Parco Pegaso auf historischer Römerstätte einen Entspannungslauf zu machen. Seit Jahren liebte er diese weitläufige Parkanlage mit den hübsch angelegten, breiten halbschattigen Wegen, wo er selbst Hundebesitzern nicht in die Quere kam. Das ging sich nicht mehr aus. »Im Übrigen treffe ich gleich eine Kollegin aus Bayern, die hier Urlaub macht ... sie ist auch im Fall drin.«

»Aus Bayern? Auch im Fall drin?« Ma jauchzte fast. »Passt bloß auf euch auf! Mit der Mafia ist nicht zu spaßen.«

»Du kennst mich doch. Schönen Abend.« Mafia! Er legte auf und schüttelte den Kopf. Immer diese strapaziösen Mutter-Sohn-Gespräche. Sie ließ es sich nicht nehmen, in unregelmäßigen Abständen überfallartig bei ihm anzurufen. Aktuell schien sie wieder eine besonders mitteilungsbedürftige Phase zu haben.

Schwaiger blies Luft aus. Der Lärmpegel in seiner Urlaubsanlage war gerade mal wieder sehr hoch, so konnte er sich nicht konzentrieren. Kurz vor dem Abendessen ließen die Kids und Jugendlichen es auf dem nahe gelegenen Spielplatz und im Pool noch mal so richtig krachen. Sie spritzten, jauchzten und johlten und hatten deutlich hörbar ihren Spaß. Er musste dringend hier raus, das stand fest. So würde er keinen klaren Gedanken fassen können.

Mit einem Auge überflog er auf dem Smartphone Adriahotel-Webseiten, die in den letzten Jahren wie Pilze aus dem Netz schossen. Doch alle infrage kommenden Unterkünfte waren jetzt in der Hochsaison entweder ausgebucht, hoffnungslos überteuert oder befanden sich an den unmöglichsten Locations. Sein klarer Favorit war die *Pensione Rafaele*, doch die kam nicht infrage, da er seiner Kollegin nicht auf die Pelle rücken wollte. Sie würde es garantiert als übergriffig empfinden, wenn er sich dort einbuchen würde, das konnte er nicht bringen.

Brandheiß fielen ihm Mamma und Papa Loo ein. Dass er nicht gleich darauf gekommen war! Klar, das war die Lösung. Die Loos waren ein urgemütliches einheimisches Ehepaar, das Schwaiger seit fast drei Jahrzehnten kannte. Als er mit seinen Eltern zum ersten Mal in den 1990er-Jahren hier Urlaub machte, hatten sie die Lombardis kennengelernt – das war der Beginn einer langjährigen Freundschaft gewesen. Sein Vater stand mit Luigi Lombardi, genannt »Papa Loo«, beim internationalen Strandfußballturnier in Bibione, das sie haushoch gewannen, im selben Team. Auch die Frauen fanden einen Draht, kochten allabendlich um die Wette und tauschten regionale Rezepte aus. Bis heute schrieben sie sich Weihnachts- und Ostergrüße. Ein Anruf genügte … und Schwaiger hatte seine ruhige Alternativunterkunft im Gästezimmer der Lombardis. Keine zwei Kilometer entfernt von seinem aktuellen Trubelhotel, und das mitten in Caorle-Altstadt. Besser konnte er es nicht treffen. Die Lombardis waren beide inzwischen Anfang 70, aber noch rüstig und herzlich wie eh und je. Das einzig Nervige war, dass er jede Menge Fragen beantworten und albumweise alte Fotos anschauen musste, doch diese Kröte schluckte er gerne. Zum Ausgleich gab es schmackhafte Spaghetti Bolognese à la Mamma Loo sowie eine Flasche Vino Lambrusco, auf dem geräumigen Südwestbalkon mit Blick auf die untergehende Abendsonne serviert. Viel besser konnte man es nicht treffen. Und nachdem er lange genug auf die Managerin seiner vermeintlichen Luxury-Apartment-Fehlbuchung eingeredet hatte, entließ diese ihn aus dem Vertrag und versprach sogar, ihm noch einen Teil der abgebuchten Summe zurückzuüberweisen – wann genau, ließ sie freilich offen. Negozia italiana ...

Schwaiger legte sich auf sein Bett und hing den Gedanken nach. Irgendwann rief er Adriano Lucci auf dessen Privatnummer an. Zu seiner Erleichterung zeigte sich der Kollege hocherfreut über die Kontaktaufnahme und war sofort kooperativ. Ganz anders als neulich in Carinas Wohnung. Es stellte sich heraus, dass Luccis Abteilung seit Monaten unterbesetzt war, weil seine Ermittlungspartnerin Simona als Jungmutti ausfiel und sich weit und breit kein Ersatz fand. Schnell entwickelte sich ein gutes Gespräch, bei dem die Fahnder verschiedene Optionen diskutierten und das weitere Vorgehen absprachen. Sie vereinbarten engsten Austausch und ein Treffen in den nächsten Tagen. Schließlich wünschten sie sich einen angenehmen Feierabend.

Schwaiger war erleichtert. Er grübelte. Nicht nur der Fall, auch diese Isabelle gaben ihm Rätsel auf. Zuerst hatte sie sich gegen den spontanen Urlaubsfall gesträubt – das war ungewöhnlich. Oder nur Show, um sich wichtig zu machen? Sie benahm sich völlig anders als die Polizeikolleginnen, die er bislang kennengelernt hatte. Schon gar nicht entsprach sie jenem wichtigtuerischen Klischeebild, das von Ermittlerinnen in TV-Krimiserien gezeichnet wurde. Sie war bescheiden und eine überaus klar fokussierte Beobachterin. Vielleicht verfügte sie über jenen sechsten Sinn, den er sich selbst immer wünschte! Doch außer dass sie Halbfranzösin war und bei ihrem Vater aufgewachsen war, wusste er nichts über sie. Das musste sich ändern.

Er konnte es sich nicht genau erklären, aber sie zog ihn an. Dabei gehörte sie so gar nicht in sein Beuteschema, doch wie weit war er damit bisher gekommen? Außer zu ein paar leidenschaftlichen, aber letztlich unverfänglichen Romanzen, die man an einer Hand abzählen konnte, hatte es nie gereicht. Immer, wenn eine Verbindung zu einer Frau zu eng zu werden drohte, hatte er Reißaus genommen. Nie hatte er Verantwortung übernehmen wollen. Was wohl auch daran lag, dass er mit seinem Beruf verheiratet war. Doch wie er es auch drehte und wendete, diese Isabelle hatte sein Interesse geweckt: Sie war eine Frau, die man nicht an jeder Straßenecke fand. Und sie sah gut aus. Garantiert würde Ma hin und weg sein, falls sich vielleicht was ergeben sollte. *Falls ...*

21

Auf der Autofahrt nach Lido di Jesolo informierte Schwaiger seine Kollegin über seine Gespräche mit Zrenner und Lucci. Als er von dem geplanten Notartermin in drei Wochen erzählte und wegen eines anderen Autos hinter Eraclea scharf bremsen musste, verschluckte Isabelle sich an ihrem Apfel, den sie beim Hotelbüfett stibitzt hatte. Dieser Fall nahm ungeahnte Dimensionen an: das einfache Mädel um ein winziges Haar als Millionenerbin! Wenn … ja, wenn da nicht etwas dazwischengekommen wäre. Oder jemand.

Auf der 13 Kilometer langen Via Andrea Bafile in Jesolo Centro Ovest steppte der Bär. Alle Urlaubsgäste schienen gerade gleichzeitig unterwegs zu sein. Schwaiger versuchte es parallel zur Shoppingmeile über die Via delle Nereidi und die Via Aquileia, doch auch hier kamen sie nur im Schneckentempo vorwärts, weil immer wieder Touris kreuz und quer über die Fahrbahn liefen. Gefühlt jedes zweite Autokennzeichen war aus Österreich, die anderen 50 Prozent kamen aus Deutschland, Slowenien und Italien. Nicht wenige parkten aus Verzweiflung über fehlende Abstellmöglichkeiten einfach in zweiter oder dritter Spur. Die Polizia schien sich null daran zu stören oder hatte bereits aufgegeben. Gerade kamen sie an den protzigen *Torri Drago*-Wolkenkratzern vorbei, die genauso gut ins Frankfurter Bankenviertel gepasst hätten und für eine Urlaubsregion irgendwie deplatziert wirkten.

»Willkommen auf Europas längster Freiluft-Shopping-meile: 1.300 Geschäfte, Restaurants, Bars, Diskotheken und Eisdielen. Manche nennen Jesolo das adriatische New York«, dozierte Schwaiger nicht ohne ironisches Grinsen. »Schon zu römischer Zeit war hier Halligalli. Wegen seiner Lage zwischen den Flüssen Piave und Sile entwickelte es sich seinerzeit zu einem wichtigen Umschlagplatz – nicht zuletzt auch für Piraten. Und dass es auch heute noch Ganoven anzieht, haben wir ja gemerkt.«

Geschlagene 15 Minuten mussten sie mehrmals um die Piazza Brescia herumkurven, da alle Parkplätze ein-schließlich des *Aquileia Parking Sas Di Alberto Gerotto* hoffnungslos überfüllt waren. Schließlich fand Schwaiger doch noch einen Mini-Stellplatz in einer Nebenstraße; dieser befand sich jedoch in einer eingeschränkten Hal-tezone, was sie freilich erst beim Aussteigen bemerkten. Egal.

Kavaliermäßig hielt Schwaiger Isabelle die Tür zur quir-ligen *Temple Bar* auf – das Lokal an der völlig überlaufenen Strandzone von La Spiaggia di Jesolo auf Höhe des *Capan-nina Beach* war proppenvoll. Auf der Innenbühne gab eine Viermannband mit auf sexy gestylter Sängerin Kostpro-ben ihres Könnens. Sie interpretierten Popsongs aus den 1980ern und 1990ern, gerade Irene Caras Welthit »What a feeling« aus dem Dancemovie *Flashdance*. Alle Tische waren weiß-blau, rot-weiß-rot und grün-weiß-rot in den bayerischen, österreichischen und italienischen Landesfar-ben dekoriert. Da sie keinen freien Tisch fanden, quetsch-ten sie sich zu einem verliebten Jungpärchen dazu, das knutschend an einem Italo-Tisch saß und keinerlei Notiz von ihnen nahm. Von der Inhaberin Elisabeth Spielberger war weit und breit nichts zu sehen.

Schwaiger und Isabelle bestellten zwei Biere und sahen sich im Lokal um. Eine Mega-Musikdisco mit allerlei Schnappschüssen internationaler Top-Popstars an den Wänden. Die Band performte *Supertramps* Jahrhunderthit »Raining again« und kam der Originalversion erstaunlich nahe. Eine kleine angetrunkene Urlauberinnengruppe tänzelte oben ohne auf den Bänken und schien das für das Normalste der Welt zu halten.

Isabelle zeigte auf eine Seitenwand: Biancos Konterfei prangte dort lebensgroß in verschiedenen Posen: Live-Auftritte, ein Interview auf dem legendären Sofa bei Thomas Gottschalk, bei der Überreichung der Goldenen Schallplatte – Szenen aus deutlich besseren Tagen.

Etwas gestresst, aber dennoch mit einem Lächeln auf den stark geschminkten Lippen, knallte die Bedienung die Getränke auf den Tisch. Isabelle stieß mit ihrem Kollegen an. »Guck mal, wer da drüben ist.«

Er folgte ihrem Blick … und schaute in das Gesicht von Evelin Petry, die zwei Tische weiter saß. Ihm wäre das nie aufgefallen, doch Isabelle hatte ihre Augen anscheinend überall. Ihre Blicke trafen sich. Carinas Nachbarin war ebenso überrascht. »Hallo! Das ist aber eine Überraschung!«

»So sieht man sich wieder«, schrie Schwaiger gegen die Musik an. »Sind Sie öfters hier?«

Sie brüllte zurück. »Hin und wieder, wenn mir zu Hause die Decke auf den Kopf fällt. Das mit Carina zieht mir momentan den Boden weg, ich bin völlig durch. Da muss ich unter Menschen, um auf andere Gedanken zu kommen. Musik ist eine meiner Leidenschaften.«

»Wie sind Sie eigentlich nach Jesolo gekommen? Ich meine, als Reiseleiterin?«

Sie lachte auf. »Der Liebe wegen. Aber das ist lange her. Nachdem es mit meinem Ex auseinander ging, bin ich trotzdem hier kleben geblieben, das Klima ist einfach angenehmer als in Franken. Ich bin so eine Art Kosmopolitin. In Salzburg habe ich mal ein paar Semester Schauspiel studiert. Ist aber auch eine gefühlte Ewigkeit her, aus dieser Zeit kenne ich übrigens Frau Spielberger.« Ihre Miene wurde ernst. »Haben Sie schon was rausgefunden? Mir lässt die Sache keine Ruhe, seitdem habe ich keine Nacht mehr ruhig geschlafen.«

Schwaiger wich aus. »Wie gut waren Sie mit Carina befreundet?«

Sie hielt kurz inne. »Befreundet? Wie man sich nachbarmäßig halt so kennt. Naja, vielleicht ein bisschen besser.« Das konnte alles und nichts heißen, deshalb schob sie nach: »Wir haben hin und wieder Tee getrunken und uns unterhalten. Sie interessierte sich sehr für meine Arbeit als Reiseleiterin. Wollte noch viel von der Welt sehen.«

»Haben Sie eigentlich Schwerpunktländer bei Ihren Reiseführungen?«

»Nein. Oft mache ich mehrtägige Alpenüberquerungen. Manchmal buchen mich große Touristikunternehmen als Freelancerin, wenn jemand ausfällt. Griechenland neulich war eher die Ausnahme.«

»Sprachen Sie mit Carina auch über Ricci Bianco? Oder über ihren Job?«

»Hin und wieder. Carina liebte ihre Arbeit. Doch einmal erwähnte sie, dass sie sich im Team gemobbt fühlte.«

Isabelle spürte, wie ihr Adrenalin durch die Adern schoss. »Von wem?«

»Namen hat sie keine genannt.«

Hm, konnte man das glauben? »Hat sie mal ihre Chefin erwähnt? Signora Ruffini?«

»Ja. Mit ihr lief es wohl nicht rund. Auch sonst schien es die eine oder andere Unstimmigkeit gegeben zu haben, speziell mit einer österreichischen Kollegin. Aber das sind ja alles keine Gründe, um …«

»Wissen Sie, worum es da ging?«

»Um Ricci Bianco. Den wollten alle betreuen, weil der halt großzügig war.«

»Welchen Eindruck hatten Sie insgesamt von Carina?«

»Einen sehr angenehmen. Sie wollte später vielleicht auch mal als Reiseleiterin arbeiten. Sie war unternehmungslustig und interessierte sich für fremde Kulturen. Mir tut es in der Seele weh, dass sie nicht mehr unter uns ist. Vielleicht hat sie sich in irgendwas verstrickt gehabt, keine Ahnung. Aber eigentlich kann ich mir das gar nicht recht vorstellen bei ihr.«

»Tja«, machte die Kommissarin, »hat sie nie etwas angedeutet? In einem Nebensatz vielleicht?«

Sie dachte kurz nach, schüttelte aber den Kopf. »Ich zermartere mir schon die ganze Zeit den Kopf, aber mir fällt nichts ein. Beim besten Willen nicht. Ich gehe immer wieder alles durch. Aber ich finde keinen Anhaltspunkt. Es ist so furchtbar.«

»Hat sie Ihnen erzählt, dass Bianco sie als Erbin einsetzen wollte?«

Sie fiel fast vom Stuhl. »Nein, davon wusste ich nichts.«
Ungläubiges Kopfschütteln. »Das ist ja heftig. Sind Sie
sicher?«

In diesem Moment tauchte in der Durchgangstür neben
dem Tresen die geschmeidige Elisabeth Spielberger auf. Für
einen Sekundenbruchteil trafen sich ihre Blicke. Schwin-
genden Schrittes tänzelte die Besitzerin zu ihnen herüber.

»Wie ich sehe, sind Sie meiner Einladung gefolgt.«
Geschäftstüchtig gab sie den Kommissaren die Hand, Eve-
lin Petry begrüßte sie per vertrautem Handzeichen. »Die
Getränke gehen natürlich auf Kosten des Hauses.«

»Kommt überhaupt nicht infrage. Wir zahlen selbstverständlich.«

»Wie Sie wollen. Sind Sie hier, um die gute Musik zu
genießen? Oder ermittlungstechnisch?«

»Cooler Sound«, gab Schwaiger ausweichend zurück,
»wenngleich die meisten dieser Songs noch vor unserer
Zeit waren.«

Sie guckte wie ein Pinguin im Solarium. »Nun, gute
Musik ist ja zum Glück zeitlos. Aber die 1970er und
1980er-Hits waren richtige Seelenfänger, da jauchzten alle
Sinne gleichzeitig: *Bee Gees, Barclay James Harvest, ELO,
Pink Floyd.* Bei dem heutigen Techno-Gehämmer und
Synthie-Gejaule wird einem ja teilweise schlecht. Wobei
es auch da Ausnahmen gibt. Eine *Dua Lipa* oder eine *Rita
Ora* haben echt gute Stimmen und bewegen sich klasse.«
Sie blinzelte den Fahndern verschwörerisch zu. »Sie sind
Kinder der 90er, stimmt's?«

»Allerdings.« Spontan fielen Isabelle ein paar Namen
ein. »*Hall & Oates, Simply Red, Guns N' Roses, Ace of
Base.*«

»Nicht zu vergessen *Madonna, Phil Collins, Shakira*«, ergänzte Schwaiger, »allen voran the *King of Pop*.«

Die Besitzerin nickte wehmütig. »Ja, der unvergessene Jacko, das ewige Kleinkind. Ich durfte einige seiner Konzerte live miterleben, da träume ich heute noch von. Für einen Künstler gehört verdammt viel Disziplin dazu, auf dem Teppich zu bleiben. Die Labels verdienen sich dusselig, dabei ist vieles gar nicht im Sinne der Sänger. Derzeit sind die digitalen Verwertungsrechte der letzte Schrei. Goldgräberstimmung. *YouTube, Amazon, Spotify* und so. Da sind Wahnsinnssummen im Spiel, das glauben Sie gar nicht.«

Evelin Petry stand auf, klopfte zweimal auf den Tisch. »Also dann noch einen schönen Abend! Ich pack's mal wieder, ich geh noch ein wenig am Meer spazieren, da bekomm ich den Kopf frei.« Sie klatschte alle ab, zum Abschied blickte sie den Kommissaren tief in die Augen. »Ich hoffe, dass Sie diesen Fall lösen werden. Wenn jemand das schafft, dann Sie!« Ohne sich umzusehen, schritt sie zur Theke, um zu bezahlen.

Aus den Lautsprechern ertönte »All over the world« des *Electric Light Orchestras*, die Sängerin animierte zum Mitklatschen. Schwaiger nahm einen Schluck und wandte sich an Elisabeth Spielberger. »Wie haben Sie Ricci Bianco eigentlich kennengelernt?« Er musste schreien, um sich verständlich zu machen.

Die Besitzerin holte kurz Luft. »Vor rund zwei Jahrzehnten, durch Zufall. In Dublin. Er und seine Kumpels machten Musik in der Fußgängerzone, tingelten als Rock'n'Roller durch Klubs. Meinen Schuppen hier habe ich nach der dortigen legendären *Temple Bar* benannt, die war mal ein Mekka der europäischen Musikszene. Aber ich will jetzt nicht in Erinnerungen schwelgen, damals war auch nicht alles eitel Sonnenschein. AIDS, Kalter Krieg, Tschernobyl. Jede Zeit hat ihre Themen.«

Die Österreicherin rieb sich die Hände vor ihrem voluminösen Busen. Verlegenheit? Unsicherheit? Schwaiger versuchte, ihr Alter zu schätzen. Die tiefen Gesichtsfalten machten sie zweifellos älter, verliehen ihr einen verlebten Touch, die aufgespritzten Lippen rissen einiges raus. Sie konnte 55, aber auch schon 60 Jahre oder älter sein, der Künstlerstress hatte zweifellos Spuren hinterlassen. Ihre schlanke Figur hatte sie immerhin behalten.

»Was gibt's Neues von Ihrer Seite?«, lauerte Elisabeth Spielberger. »Wissen Sie, mir geht Riccis Tod wirklich sehr nahe. Wenn man 20 Jahre lang zusammen Erfolge feiert … und auch jeden seiner Abstürze habe ich hautnah miterlebt.«

Schwaiger wich aus. »Erzählen Sie uns mehr über ihn. Wie tickte er? Sie kannten ihn doch am besten. Was waren seine letzten Hoffnungen und Ziele, als er sich zurückzog? Künstlerisch wie menschlich?«

»Hoffnungen? Ziele?«, echote sie. Sie griff sich einen freien Stuhl vom Nebentisch und machte ein Gesicht, als dächte sie zum ersten Mal darüber nach. Das italienische Pärchen hatte gezahlt und war im Begriff zu gehen.

»Da bin ich überfragt.« Sie machte eine Kunstpause. »Ich habe ihn ins Schlagerpopbusiness geholt. Damals ist einem Plattenproduzent, den ich gut kannte, über Nacht ein Leadsänger ausgefallen. Ricci erwies sich als Goldkehlchen, im Nu klingelte die Kasse. Er sang sich die Hitparaden rauf und runter. Hatte was Spezielles an sich, was bei der Damenwelt super ankam. 90 Prozent seiner Fans sind … waren weiblich.«

»Klingt doch klasse«, warf Isabelle Martin ein. »Doch wieso wendete sich dann das Blatt? Die letzten Jahre blieb der Erfolg ja komplett aus, so wie wir das verstanden haben.«

Sie verzog das stark geschminkte Gesicht. »Er lebte seiner Zeit hinterher. Heute topp, morgen hopp. Nach der Jahrtausendwende war sein Zenit überschritten – ›Adria blu‹ und ›Mit dir am Strand von Niemandsland‹ waren seine letzten Top-Songs, danach kam nichts mehr. Sollte er die alten Fans bei der Stange halten? Oder sich weiterentwickeln. Nur wohin? Das Dilemma vieler großer Bands: *Foreigner*, *Pink Floyd*, *Supertramp*, alle sind daran zerbrochen, irgendwann konnten die kreativen Köpfe nicht mehr miteinander, weil sie in unterschiedliche Richtungen wollten. Schwupps bist du schneller runter von der Bühne, als du schauen kannst. Manche wollen es einfach nicht anders.«

Als sie »schwupps« sagte, fegte sie mit dem Ellbogen einen Stapel Bierdeckel zu Boden. Lachend bückte sie sich. Schwaiger nutzte die Pause, um nachzuhaken. »Und Riccis Abstürze?«

»Seine Erfolge veränderten seine Persönlichkeit. Die Fans wollten immer noch den alten Ricci, den gab es aber schon lange nicht mehr, er zerstritt sich mit seinem Kreativteam und soff wie ein Loch. Später dann Koks. Bis wir ihn zu einer Therapie in einer Kärntner Spezialklinik überreden konnten. Seitdem ging es wieder aufwärts. Doch dann erlitt er eines Abends auf der Bühne einen schlimmen Zusammenbruch. Sein Immunsystem war so angeschlagen, dass noch Multiple Sklerose hinzukam. Im letzten Jahr hatte er zwei langwierige Schübe, er musste Unmengen Cortison schlucken, um die Nervenentzündungen einzudämmen. Aber es ist natürlich eine chronische Erkrankung, daran hatte er schwer zu knabbern. Er wurde depressiv.«

»Das brachte sicherlich schmerzhafte finanzielle Verluste mit sich.«

Stöhnen. »Als ob Geld das Wichtigste wäre!« Sie zögerte. »Anfangs war es ja noch okay, die Leute identifizieren sich auch mit leidenden Künstlern, das macht sie so anfassbar. Nur wenn Sie immer wieder Auftritte abbrechen müssen, bucht Sie irgendwann keiner mehr. Wir mussten Eintrittsgelder zurückerstatten, das war hart ... und hinterließ tiefe Spuren in der Künstlerseele. Zuletzt litt er sehr unter der Einsamkeit hier. Eigentlich hatte er sich mit dieser Villa einen alten Wunschtraum erfüllt, doch fehlte es ihm an familiärem Rückhalt. Es gab niemanden, an den er sich wenden konnte ... außer an mich und vielleicht noch seine Vermögensverwalterin Doktor Lasalle. Aber die sitzt in München. Zum Glück hatte die die Kohle gut angelegt, als das Business noch lief.«

»Nicht zu vergessen seine Lieblingsbetreuerin Carina«, stellte Isabelle trocken fest.

Sie lachte laut auf. »Ach die! Die können Sie vergessen.«

»Wieso? Als wir sie kennenlernten, wirkte sie sehr ... besorgt um Herrn Bianco«, warf Isabelle ein.

»Typische Südeuropäerin.« Das klang klar abwertend.

»Heißt?«

»Besorgt gegen Bares. Sie wissen schon ... Ist es nicht außergewöhnlich, dass ein älterer Herr seiner Masseurin so mir nichts dir nichts alles hinterherschmeißt?«

»Wie kam das aus Ihrer Sicht zustande?«

Spielberger schnaubte, Achselzucken. »Sie kennen doch das Sprichwort: ›Frauen, die nichts dafür nehmen, sind unbezahlbar – aber selten.‹ Eines Tages schneit das junge Ding herein, und innerhalb von ein paar Wochen ist der alte Herr wie ausgewechselt.«

»Sie wollen damit sagen, dass …?«

»Vielleicht lassen Sie mal ein wenig Ihre Fantasie spielen! So komplex ist das gar nicht: reicher Patienten-Oldie und blutjunger heißer Feger …«

Isabelle verzog das Gesicht, er zog eine regelrechte Grimasse: »Verstehe ich Sie richtig, dass Sie Erbschleicherei unterstellen?«

»Stopp!« Elisabeth Spielberger hob energisch die Hand. »Legen Sie mir nichts in den Mund!«

Während sie das sagte, nahm sie ein Pillendöschen mit Rosenmuster aus ihrer Hosentasche und warf zwei Tabletten ein. »Meine Migräne. Pflanzliche Spezialmischung. Ein Hoch auf die Homöopathie. Besser als der Pharmamist aus Fernost.«

Isabelle ließ ihren Blick über die Tische schweifen, die alle mit gut gelaunten Urlaubern besetzt waren, Alkohol floss reichlich – die Coverband hatte inzwischen das Genre gewechselt. Die Leute grölten ausgelassen »You're my heart, you're my soul« von Schlagertitan Bohlen und Jürgen Drews' »Bett im Kornfeld«. Im Minutentakt gewagte Seitwärtsschlenker, doch das Ding rockte. Partystimmung drinnen und draußen. Die Dünenterrasse mit Romantikausblick auf die nächtliche Adria hatte es in sich. Abtanzen unter freiem Nachthimmel bei frischer Salzluft.

»Kompliment für die Location. Klasse Konzept.«
Schwaiger meinte es ehrlich.

»Thanks.« Kurzes Lachen. »Manchmal wird's mir fast
zu viel, in den Sommermonaten ist es ständig rappelvoll,
da komme ich kaum zum Durchschnaufen. Inzwischen
habe ich 15 Angestellte.«

»Noch mal zurück zu *Ihrer* Rolle, Frau Spielberger. Was
genau war Ihr Part als Agentin?«

»Da fungiert man als Trüffelschwein im Hintergrund.
Man organisiert Auftritte, Verträge, PR-Termine ... nicht
zuletzt ist man Seelentröster.«

»Mit der Musik als solcher hatten Sie demnach nichts
zu tun?«

»Teils, teils. Hin und wieder gibt man schon Tipps. Aber
am kreativen Prozess ist der Agent nicht beteiligt. Das ist
ausschließlich Sache des Künstlers.«

»Und wie viel verdienen Sie da so?« Isabelle wollte es
jetzt genau wissen.

»Das ist sehr verschieden, in der Regel ist man am Erfolg
seines Schützlings beteiligt.«

»Wie hoch ist da so der Share?«

»Ich nehme zwischen 15 und 25 Prozent aller Tantiemen. Es gibt aber auch welche, die nehmen 40 oder 50 Prozent, das ist jedoch eher die Ausnahme. Und nicht grade
ein Zeichen von Seriosität.«

»Das heißt, Sie machen auch dann noch Ihren Schnitt,
wenn Ihr Schützling gar nicht oder nicht mehr auftritt?«

»Schon. Aber nur, sofern dessen Songs weiterlaufen.
Oder gedownloadet werden. Voraussetzung ist, dass die
Verwertungsrechte das hergeben. Bei Herrn Bianco war
das durchaus der Fall.«

»Entschuldigen Sie meine Neugier. Aber ist das Agentengeschäft eigentlich hart umkämpft? Ich meine, gibt es da viel Konkurrenz?«

»Und wie. Jeder in der Branche neidet dem anderen den geringsten Erfolg. In den Verhandlungen mit den Labels geht es brutal zur Sache, da wird um jedes halbe Prozent geschachert. Im Tantiemenbusiness kommen Sie sich vor wie im Krieg. Wenn Ihnen einer was anderes erzählen will, glauben Sie es nicht!«

»Stichwort Digitalrechte«, hakte Schwaiger nach. »Wie war es damit bei Ricci Bianco bestellt.«

»Wie gesagt, richtig gut. Wir haben rechtzeitig die Claims abgesteckt. Dieser Markt boomt, da lässt sich richtig Asche machen. Aus meinen früheren Tätigkeiten bei großen Plattenfirmen verfüge ich über die entsprechenden Kontakte. Das kommt mir bei den Digitaldeals zugute.«

Während sie sich unterhielten, kam eine Gruppe Urlauber mittleren Alters ins Lokal. Österreicher und Deutsche. Sie blieben unschlüssig stehen, wippten rhythmisch mit; dass sie keine Plätze fanden, schien ihnen egal zu sein.

Ein stark tätowierter Typ an einem etwas weiter entfernten Tisch rief Frau Spielbergers Namen, grüßte per Handzeichen. Sie sah etwas unsicher drein. »Also, wenn es Ihnen nichts ausmacht, würde ich gerne wieder los, ich werde verlangt ... Sie können mich aber jederzeit anrufen, wenn ich Ihnen noch irgendwie helfen kann.«

»Natürlich. Vielen Dank für Ihre wertvollen Infos. Schönen Abend noch.«

»Finden Sie diesen hinterhältigen Mistkerl, der Ricci ...!« Sie wischte sich eine imaginäre Träne ab. Die Kommissarin stutzte: War das nicht eine Spur zu gekünstelt? Zudem hatte sie denselben Spruch schon neulich bei *Vita cura* rausgehauen ... Skeptisch sah sie der Restaurantchefin nach, wie diese verdächtig flink hinter dem Tresen in der Durchgangstür verschwand. Kurz darauf lugte sie mit einem kleinen Plastiktütchen wieder hervor und ging hinüber zu dem jungen Mann, der ihr vorhin zugewunken hatte, dieser steckte es ein. Was wohl da drin war? Schutzgeld? Drogen? Wurde hier gedealt? Isabelle fühlte sich abgestoßen von dieser Businessfrau, doch sie wusste nur zu gut, dass sie sich nicht von Gefühlen leiten lassen durfte.

Die Fahnder standen auf und zahlten, sofort konkurrierten mehrere neue Gäste um ihre Plätze.

Sie flanierten die belebte Strandpromenade Lungomare Mike Bongiomo hinunter in Richtung Porto Piave vecchia, wo sie sich bei einer der zahllosen Gelaterias zwei ansprechend dekorierte Spaghetti-Eisbecher mit Amaretto gönnten. Dass sie fast zehn Minuten in der Warteschlange stehen mussten, störte sie nicht. Der Abend war herrlich lau.

»Homöopathie ... dass ich nicht lache!« Die Kommissarin schleckte. »Das waren knallharte Psychopillen, ich habe das Imprint gesehen. Wer weiß, woher sie das Zeug bezieht. Oder über was für obskure Quellen diese Dame generell so verfügt. Die ist mit allen unheiligen Wassern gewaschen. Hast du das Tütchen gesehen?«

»Allerdings. Du denkst doch nicht etwa ... Dottore Vanni als Medi-Dealer?«

»Würde dich das wundern? Sie ist hier bekannt wie ein scheckiger Hund, kennt Krethi und Plethi. Der Doc genauso. Zusammen könnten die hier durchaus was aufziehen, was nicht jeder wissen muss.«

Schwaiger musste lachen. »Gut gesagt. Was hältst du sonst von ihr?«

Die Kommissarin hielt den Kopf schief. »Da muss ich mich schon sehr zwingen, objektiv zu bleiben. Dass sie mir nicht gefällt, hast du ja sicherlich gemerkt.«

»Du hast es diesmal gut versteckt. Was genau gefällt dir denn nicht?«

»Ihre knallharte Art. Dazu übelst aufgetakelt. Beides ist nicht mein Ding. Der Laden ist ohne Frage eine Goldgrube, so was kommt nicht von ungefähr. Da muss man beißen können. Bei sich selbst und anderen.«

»Eben. Und genau deswegen hätte sie extrem viel zu verlieren. Außerdem hat sie an Bianco bestens verdient, vergiss das nicht!«

»Schon. Doch was Carina angeht, war Eifersucht im Spiel. Hat man ja unschwer durchgehört.«

Er zuckte die Schultern. »Wenn's dich beruhigt, lasse ich ihr Profil von den heimischen Kollegen durchchecken. Schulden, Betäubungsmittelverstöße, Pipapo. Zufrieden?«

Sie nickte. »Ob die wohl was miteinander hatten: die Spielberger und der Bianco?«

»Früher vielleicht. Wieso hast du sie nicht gefragt?«

Isabelle grübelte. Jeder Polizeischüler wusste, dass aus dem Ruder gelaufene Eifersuchtsdramen keine Seltenheit waren … aber Schwaiger hatte schon recht: War das nicht eine Spur zu offensichtlich?

Der Touristenlärm von der Vergnügungsmeile drang kaum hierher, am breiten Nemo Beach auf Höhe des *Chiosco Primavera* ließ es sich gut aushalten. In der ersten Meerreihe klappten sie sich zwei Liegestühle auf und blickten in den hell erleuchteten Nachthimmel. Schwaiger dachte laut: »Morgen früh krallen wir uns diese Vermögensverwalterin. Ist es okay, wenn ich dich wieder abhole? Außerdem werden wir Lucci treffen.«

Sie nickte gedankenverloren. War das gerade alles nur ein Traum? Würde sie irgendwann aufwachen und es sich herausstellen, dass sie fantasiert hatte? Nein, das hier war kein Film, das war Realität. Sie hatte Blut geleckt. Und sie würde nicht eher wieder nach Hause zurückkehren, ehe dieses Rätsel gelöst war. Ihre Erschöpfung hatte sich verzogen, zumindest war sie erst mal verschoben.

»Am liebsten würde ich jetzt eine Runde schwimmen«, bemerkte Schwaiger.

»Hast du denn deine Badehose dabei?«

Schelmisches Grinsen. »Die hab ich immer drunter.«

»Ich meinen Bikini auch.«

»Worauf warten wir dann noch?«

Die Abkühlung tat gut. Nachts im Meer schwimmen, wenn sonst kein anderer im Wasser war, das hatte was. Und es verband. Als sie luftgetrocknet waren, klappten sie die Liegestühle zu und gingen zurück.

»Guck mal!«, Isabelle zeigte auf ein schreiendes Plakat an einer Litfaßsäule kurz vor ihrem Parkplatz. »Heute spielen um 22.30 Uhr beim großen Sommerfestival von *Union Lido* die Topstars Mark Forster und Andreas Bourani – hochsommerliches Bardentreffen vor Zehntausenden Fans auf einer gigantischen Freiluftbühne direkt am Meer. Mit Mitternachtsfeuerwerk.«

Schwaiger blickte auf die Leuchtreklame mit der Digitaluhr: 22.20 Uhr. Hm, das würde sich noch ausgehen. »Hättest du denn so spontan Lust?«

Isabelle tüftelte. »*Union Lido,* Europas größtes Campingresort, lebendige Kulturgeschichte des Adriatourismus. Wer das nicht gesehen hat, kennt die obere Adria nicht« – so hatte sie es auf der Handy-App gelesen. Sie hatte schon oft Urlaub hier gemacht ... aber *Union Lido* kannte sie nur von außen.

»Wie sieht's aus?«, drängte Schwaiger.

Sie rang noch mit sich. »Es scheint noch Restkarten an der Abendkasse zu geben, allerdings kein Schnäppchen: 69 Euro pro Person.«

»Man gönnt sich ja sonst nichts.«

»Na, dann los. Aber ich zahle selber.«

Er lachte. »Davon gehe ich aus, ich bin ja nicht Krösus.«

22

Das Freiluftfestival erwies sich als Reinfall. Die vollmundig angekündigten Topstars traten erst um 23 Uhr auf und wirkten ausgepowert, vorher wechselten sich lautstarke

Techno-DJs und halbnackte hochhackige DJanes aus Slowenien ab. Das Veranstaltungsareal war überlaufen, es ging kaum einen Schritt vor oder zurück, und längst nicht alle Besucher waren älter als 18 – die nachlässige Security und die Handvoll Polizeikollegen schienen überfordert. Die süßlichen Gerüche von Gras ergaben mit der salzigen Meeresbrise ein eigenartiges Gemisch. Die Sanitäter hatten alle Hände voll zu tun.

»Unglaublich!«, wunderte sich Isabelle, nachdem sie mehrfach von Betrunkenen angerempelt wurde. »In Deutschland wäre so eine Veranstaltung überhaupt nicht zulässig. Doch hier scheint niemanden zu interessieren, was die Ferienkids konsumieren.« Als sie im dichten Gedränge von einer Gruppe Alkoholisierter scheinbar zufällig an intimen Körperzonen berührt worden war, hatte sie genug.

Kurz vor Mitternacht verließen sie das Gelände. Ein paar 100 Meter entfernt ließen sie sich im feinkörnigen Sand nieder, der inzwischen angenehm abgekühlt war. An einer Strandbude hatten sie sich zwei Handpizzen mitgenommen. Isabelle biss herzhaft in ihre Quattro stagioni. »Außerdem hört man die Musik bis hierüber.«

»Du meinst die Bässe.« Er hatte sich ganz klassisch für eine *Salami Diavolo* entschieden – die war schon immer seine erste Wahl gewesen oder *Penne Arrabiata*.

Ein paar Meter weiter hatte sich eine etwa zehnköpfige Gruppe auf Steinen niedergelassen. Sie hatten sich mehrere Riesenpizzen und Pastaportionen aufgeteilt und ließen sich über das Festival aus.

»Vor 20, 30 Jahren war das alles ein paar Nummern kleiner«, meinte einer. »War nicht die schlechteste Zeit damals.«

»Vor allem nicht so eine tierische Abzocke. Und nicht so eine Kifferei.«

Isabelle schätzte die Männer und Frauen auf etwa 45 bis 60 Jahre. Einer hatte eine Gitarre dabei, er schlug leise ein paar Akkorde an und summte Status Quos »Whatever you want«.

Eine Frau zupfte den Gitarrenspieler am Hemdkragen und bemerkte: »Seit der Jahrtausendwende boomt es hier zu stark. Man muss ja nur mal schauen, was an schrägen Hotelschuppen da so alles hochgezogen wurde. Das steht dem Ballermann auf Malle kaum nach. Und wie die Immopreise explodiert sind. Lediglich Corona hat 2020 die Preise leicht zurückgeholt. Aber nur kurz.«

»Nur sehr kurz«, ließ sich eine andere mit McKinley-Rucksack vernehmen. »Die wilden Jungen stehen halt auf Massenveranstaltungen, da muss es partymäßig krachen und mega abgehen. Die Pandemie hat die gar nicht interessiert, auch wenn es ein paar Kilometer weiter in Bergamo Tausende Opfer gab.«

»Dabei wäre das eine gute Möglichkeit gewesen, mal wieder etwas auf den Boden zurückzukommen«, gab die andere zurück. »Ich erinnere mich noch an die frühen Gigs von Ricci Bianco, ich war ja damals in der Roadie-Crew. Das waren Zeiten. Aber jetzt ist er nicht mehr da.«

»Gesoffen wurde früher aber genauso, auch gekifft«, grinste der Gitarrentyp nonchalant und stimmte leicht schräg Eddy Grants »Give me hope Joanna« an. »Der Bianco war auf seine Weise Kult. Ist der in den Sommermonaten nicht wochenlang am Stück aufgetreten?«

Isabelle und Schwaiger bekamen lange Ohren. Die Kommissarin drehte den Kopf etwas, um besser zu hören … und glaubte ihren Augen nicht zu trauen. Waren das nicht ...? Dort drüben auf dem Weg ... keine zehn Meter von hier ... die Zwillinge.

»Chiara? Lara?«, rief sie hinüber. Die beiden jungen Frauen schauten herüber ... und gestikulierten. »Isabelle! Cosa stai facendo qui? Was machst du hier?«

Sie kamen herüber. Als sie Sigi Schwaiger erblickten, zögerten sie etwas. Isabelle winkte sie ran.

»Wir genießen gerade eine Nachtpizza ... und lauschen dem Meer. Setzt euch zu uns!«

»Grazie. Con piacere.«

Isabelle stellte ihren Kollegen und die Zwillinge gegenseitig vor. Letztere schienen zu überlegen, ob sie die Zweisamkeit störten sollten. »Man sitzt nicht jeden Abend mit zwei berühmten deutschen Kommissaren am Strand«, meinte Lara trocken. Die anderen drei lachten.

»Habt ihr früher eigentlich mitbekommen, dass Ricci Bianco hier aufgetreten ist?«, erkundigte sich Isabelle, um jeglichen Zweifel zu zerstreuen, dass die beiden willkommen waren.

»Certo, logico«, antwortete Chiara eifrig. »Man nannte ihn hier nur ›Mister Union Lido‹. Sechsmal pro Woche röhrte der vor 40.000 Leuten. Aber wir waren nur drei-, viermal da.«

»Hat damals auch diese Lilly mitgesungen? Seine Duettpartnerin?«

»Anfangs schon. Irgendwann ist die aber ausgestiegen.«

»Wisst ihr zufällig, was aus der geworden ist?«, fragte Schwaiger.

»Da sind wir überfragt. Viele seiner Erfolgssongs stammten wohl aus ihrer Feder. Jedenfalls waren die beiden sehr, sehr lange Zeit die Lido-Bosse.«

»Habt ihr auch mitbekommen, wie es mit Bianco abwärts ging?«

»Nicht wirklich«, meinte Lara. »Irgendwann hatten sich unsere Interessen verlagert. Wir mussten mehr und mehr im Hotel mithelfen.«

»Verstehe.« Isabelle blickte enttäuscht. Sie hatte gehofft, dass die Zwillinge mehr wüssten.

Der Gitarrenspieler nebenan legte das Instrument zur Seite. Seine Begleiterin erklärte: »Entschuldigen Sie, Sie wollten was über Ricci Bianco wissen – vielleicht kann ich helfen. Wissen Sie, das Publikum hier hatte sich verändert. Generationenwechsel. Wenn ich mich drüben so umsehe, fällt das überdeutlich auf. Ricci ist parallel dazu abgeschmiert, der kam damit nicht klar. Zuletzt hat der nur noch seinen Erfolgen hinterhergelebt.«

»Was heißt das genau?«, erkundigte sich Isabelle.

»Na, Dauercrashs. Einmal hatte er einen schweren Anfall auf der Bühne. Vor Tausenden Fans.«

»Was denn für einen Anfall?«

Jetzt meldete sich die Dame, die erwähnt hatte, dass sie zu Biancos Roadie-Crew gehörte. »Sie wollen es wohl ganz genau wissen, was? Haben Sie das denn nicht mitbekommen? Stand in allen Medien.«

Isabelle sah fragend zu Schwaiger und den Zwillingen hinüber, diese zuckten mit den Schultern.

»Beim *Maglietta Bagnata*-Contest in Bibione fing er plötzlich wie irre zu zittern an. Wir hatten auf eine Panikattacke getippt. Er wurde direkt von der Bühne in die Klinik nach Udine gebracht. Herzinfarkt. Davon gibt es sogar ein Video, wollen Sie sehen?« Sie zog ihr Smartphone heraus und spielte die *Youtube*-Sequenz ab. »Ich war damals in der Garderobe hinter der Bühne und bereitete alles für die Pause vor, als er urplötzlich umkippte. Das war vielleicht ein Schock!«

»Darf ich fragen, wie Sie heißen?«, erkundigte sich Isabelle Martin.

»Wofür wollen Sie das denn wissen, junge Frau?«

»Nur so. Wir recherchieren.« Diese Bemerkung ließ einiges offen.

»Soso, Presse!«, lachte sie. Noch ehe jemand widersprechen konnte, sprudelte es aus ihr heraus: »Ich bin die Ela Pregler aus Rosenheim und war hier in Lido damals eine Saison lang sein Mädchen für alles. Als er zusammenklappte, war mir klar, dass ich mir ein neues Engagement suchen musste. Zum Glück wurde ich schnell fündig, damals war ich noch jung.« Alle lachten.

»Immerhin hatte der sein Geld schon verdient«, meinte die Dame weiter. »Nur mental kam er halt überhaupt nicht klar … verständlich.«

Die Fahnder hörten gespannt zu. Sie mussten einfach Biancos Mörder oder seine Mörderin finden, das waren sie ihm posthum schuldig – da wollte sich doch ganz offensichtlich jemand nachträglich an seinem Erfolg gesundstoßen. Nur wer? An eine Zufallstat hatten sie ja von Anfang an nicht geglaubt.

»Hatten Sie danach nochmals Kontakt zu ihm?«, erkundigte sich Schwaiger.

»Nie. Er verschwand total in der Versenkung.«

»In letzter Zeit soll er sich aber um 180 Grad gewandelt haben, wie man hört«, warf eine Frau mit norddeutschem Akzent leise ein, die sich bisher zurückgehalten hatte. »Angeblich hatte er sich einer Esoterik-Vereinigung angeschlossen … so wie der Cat Stevens oder der John Lennon.« Sie deutete mit der Hand die Scheibenwischer-Bewegung an, als hätte sie dafür null Verständnis.

»So geht's dahin. Einer weg, zwei neue da, so ist das Showbiz. Den angesagten Ravern, die aktuell gehypt werden, wird es nicht anders gehen.«

Vom Festivalgelände wummerten grelle Rhythmen herüber, unterlegt mit wabernden Synthesizer-Sequenzen. Die Rucksackdame sagte lautstark in die Runde: »Für mich gibt's trotzdem nichts Besseres. Jesolo, Lignano, Caorle und Bibione und alles dazwischen ist doch die geilste Zone der Welt. Basta.«

Die andere applaudierten. »Gut gesprochen. *Union Lido* ist und bleibt *Union Lido*. Forever.«

»Das hören wir gern«, freuten sich Chiara und Lara wie aus einem Munde. »Wir sind hier aufgewachsen und führen mit unseren Eltern nicht weit entfernt eine Pension. Wenn Sie mal eine stilvolle landestypische Unterkunft suchen …« Die Gruppe wirkte sehr interessiert und steckte die angebotenen Visitenkärtchen ein.

»Ich kann das *Rafaele* jedenfalls sehr empfehlen«, meldete sich Isabelle abschließend zu Wort. »Weit und breit das schönste Hotel.«

Die Kommissare tauschten noch Telefonnummern mit Michaela Pregler aus und verabschiedeten sich. Gegen 0.30 Uhr fuhren sie völlig erschöpft, aber um einiges schlauer, zurück. Ein paar Stunden Erfrischungsschlaf waren dringend nötig.

23

Isabelle hatte nur wenige Stunden geschlafen. Ihre Gedankenkreisel waren nach dem Musikevent mit Wucht zurückgekehrt, bescherten ihr einen Albtraum nach dem anderen – mehrmals schreckte sie schweißgebadet mit Panikattacken auf. Ihr Arzt hatte ihr geraten, dann so tief wie möglich in den Bauch zu atmen ... was jedoch fast nichts brachte. Erst im Morgengrauen fand sie ein wenig zurück in den Halbschlaf. Dafür wurde nun das junge österreichische Pärchen im Nebenapartment aktiv. Gestern hatte sie sie kurz gesehen: Das Mädel war übergewichtig und nicht sonderlich attraktiv, doch ihren spitzen Schreien nach zu urteilen hatte sie gerade einen Heidenspaß. Die Kommissarin pochte gegen die hellhörige Zwischenwand, doch das stachelte die beiden nur noch mehr an. Isabelle überlegte: Wann hatte sie eigentlich das letzte Mal richtig hemmungslosen Sex gehabt? Das musste Lichtjahre her sein, jedenfalls längst bevor sie zur Polizei kam. Ihr fiel ein lange zurückliegender One-Night-Stand ein. Mit Anfang 20 hatte sie beim *Simply red*-Abschiedskonzert in der Münchener Olympiahalle einen Kerl aus Wien kennengelernt. Zuerst hatten sie leidenschaftlich geknutscht, nach Mitternacht waren sie auf den Olympiaberg geklettert und hatten es in der lauen Sommernacht unter freiem Himmel gemacht. Ihre Schreie waren damals gewiss noch lauter gewesen als die der Nachbarin nebenan. Die folgenden Tage hatte sie permanent in der Angst gelebt, schwanger zu sein oder sich mit AIDS angesteckt zu haben, was sich gottlob als Fehlalarm herausstellte. Wie hieß der Typ damals doch gleich? Sie kam partout nicht drauf. Und im Folgejahr hatte sie in einem Anflug von hochsommerlichem Übermut drüben in Bibione einen Strandgehilfen vernascht, nachdem der sie angemacht hatte, weil sie nachts geschwommen war und einen Liegestuhl benutzt hatte ... oder sich vernaschen lassen, je nachdem, wie man es drehte. Sie fand den schwarzen Lockenkopf so attraktiv, dass sie einfach seine Hand genommen und spontan auf ihre Brust gelegt hatte. Parallel hatte sie ihn gekniffen. Der Kerl war so was von sprachlos gewesen, alles Weitere ging dann in Sekundenschnelle ... Sie musste laut lachen, als sie daran dachte. Das waren noch sorglose Zeiten gewesen! Danach hatte sie nur ein paar lose Beziehungen gehabt, aber die waren allesamt leidenschaftslos gewesen und hatten nie länger als ein paar Wochen gedauert. Vor allem war sie in der Zwischenzeit erwachsen geworden. Sigi Schwaiger spukte ihr durch den Kopf – der war eigentlich durchaus ihre Wellenlänge, und der gestrige Abend mit ihm war echt schön gewesen, aber momentan war sie einfach nicht in der Stimmung für irgendwelche Spielchen, schon gar nicht so spontane wie früher. Da sie sowieso keine Ruhe fand, machte sie sich einen Spaß, indem sie sich an die Wand lehnte und im Takt der beiden ebenfalls zügellos mitstöhnte. Schließlich brüllte sie ihren nicht vorhandenen Orgasmus so laut heraus, dass die anderen beiden urplötzlich verstummten. Immerhin war jetzt Stille in der Pension.

Die ganze Zeit spukte ihr durch den Kopf, was sie über Ricci Bianco erfahren hatten. Sollte sie ihren Aufenthalt nicht doch besser abbrechen, nach Hause fahren? Oder doch noch nach Skandinavien? Immerhin hatte Schwaiger sie nie zu irgendetwas gedrängt. Selbst jetzt war sie immer noch frei auszusteigen. Sie hatte ja noch nicht mal ihren Chef informiert ... sie hatte keinen Bock auf dessen Reaktion, hörte ihn schon lästern: »Liebe Frau Martin, wieso müssen Sie in Italien ermitteln? Sind Sie zu wenig ausgelastet? Soll ich Ihnen mehr Fälle zuteilen? Sind Ihnen Ihre Befindlichkeiten zu Kopf gestiegen?« – So oder ähnlich würde der reagieren. Doch sie würde nicht umhinkommen, ihn in Kenntnis zu setzen, wenn ... allein schon um dienstrechtlich abgesichert zu sein. O Mann!

Weitermachen! Nicht aufgeben! Da war noch eine zweite Stimme in ihr, die gegen das irreale Kopfkino ankämpfte. Du kannst jetzt nicht auf Wellness machen und so tun, als sei nichts vorgefallen! Bist du nicht mal Polizistin geworden, um Schlimmes aufzuklären? Also rein, wo es weh tut. Durchhalten. Konfrontieren. Alles geben. Andernfalls würde die Angst gewinnen ...

Was mochte Carina wohl so kurz vor ihrem Tod an die medizinische Fakultät nach Venedig geschickt haben? Eine medizinische Probe? Gab es noch eine »zweite«, geheimnisvolle Carina jenseits von *Twitter*, *Facebook* und Co.? Führte sie ein Doppelleben? Wie war sie überhaupt an Bianco geraten? Das war doch kein Zufall ...

6.30 Uhr morgens. Sie schleppte sich unter die eiskalte Dusche. Das frische Wasser auf ihrer nackten Haut schien einiges fortzuspülen ... die kreisenden Gedanken ließen etwas nach. Am Frühstückstisch fühlte sie sich wie gerädert, aber auch neu motiviert. Vielleicht konnten sie Biancos Finanzverwalterin aufs Glatteis führen, irgendwann musste sich doch mal jemand verplappern …

Da sie nach dem Frühstück noch etwas Zeit hatte, legte sie sich angezogen auf einen Liegestuhl am Pool und schaltete ihr Handy an. Von den Zwillingen war weit und breit nichts zu sehen. Bei einem Onlineportal stieß sie auf eine Promi-Site. Für Schlager- und Pop-Promis schien die Adria ein Eldorado für Zweitwohnsitze geworden zu sein – so wie früher Mallorca oder Südfrankreich. Simpler marketingtechnischer Grund: die geografische Nähe zur deutschsprachigen Hauptzielgruppe … da konnten sie Stars zum Anfassen sein, mit spontanen Twitch-Sessions und Autogrammkonferenzen: Patrick Kelly, Tim Bendzko, Mark Forster, Andy Borg, Yvonne Catterfeld, Lena Meyer-Landrut, Helene Fischer waren nur einige Namen …

Um 7.30 Uhr hupte Schwaiger, er schien kein bisschen müde zu sein. Sie fuhren zum Beau Beach di Caorle, wo das *Five-stars-Concordia* malerisch eingebettet in einer vorgelagerten Halbbucht lag – hier urlaubte Biancos Managerin standesgemäß mit Meer-Rundumblick, Schwaiger hatte sie am Vortag telefonisch angekündigt.

»Willst du …?«, bot er seiner Kollegin an, »oder …?«

Isabelle musste keinen Moment überlegen. »Dein Ding. Ich werde mich aber einschalten.«

»Nur zu. Bevor ich ihr zu sehr auf die lackierten Zehen steige.«

Doktor Viktoria Lasalle saß in der klimatisierten Hotelhalle, vielmehr: Sie thronte. Im adretten beigefarbenen Sommerkostüm hob sie sich nicht nur von den Urlaubsfamilien ab, sondern auch von dem langweiligen Sessel,

scheinbar ziellos blätterte sie in einer Immobilienhoch-
glanz-Gazette. Ihre Brille, die an einer Schnur hing, war
ihr auf die Nase herabgerutscht ... oder trug sie das Ding
bewusst so? Wie eine viktorianische Gouvernante!, befand
Isabelle.

Als sie hochsah, entdeckte sie den Besuch. Isabelle
spürte ein Grummeln in der Magengegend, da waren wieder massenhaft Stresshormone am Werk. Oder lag was
vom Frühstück quer?

»Viktoria Lasalle. Rechtsanwältin und Berufsbetreue-
rin. Im Drittberuf Vermögensberaterin, ich habe meine
Kanzlei in München-Nymphenburg.« Das Aufschneider-
sprüchlein hatte sie zweifellos schon x-mal aufgesagt. Ging
es nicht noch eine Spur größer?

»Exquisite Adresse.« Schwaiger hielt es für angebracht,
sich schmeichelnd heranzutasten. Mit einer gebieteri-
schen Geste bot sie den Kommissaren zwei Plätze links
und rechts an ihrem halbhohen Glastischchen an, sie blieb
zentral in der Mitte. Kommunikationsschach.

»Ein starkes Stück, dass die Goldmünzensammlung
immer noch nicht aufgetaucht ist«, kam sie direkt auf
den Punkt. Der Tonfall hatte sich in Richtung Zickigkeit
verschoben. »Gestern hatte ich ein Gespräch mit einem
gewissen ... wie hieß er doch gleich? Commissario Lucci.
Ich musste ihm erst mal Druck machen.« Sie machte eine
bedeutungsvolle Pause. »Eines ist sonnenklar: Wenn hier
nicht schnell Ergebnisse geliefert werden, sehe ich mich
gezwungen, meine Beziehungen spielen zu lassen. Auch
wenn Ricci nicht mehr lebendig wird, aber so geht das
nicht! Die italienische Polizia muss schon ihre Arbeit
vernünftig machen und nicht irgendwelche subalternen

Beamtenanwärter schicken.« Der letzte Satz klang angekratzt.

Schwaiger musste schmunzeln. Gut, dass Lucci das nicht hören konnte. Wieder dieser anklagend-degoutante Tonfall. »Ich will nicht alles zweimal erzählen müssen, meine Zeit ist kostbar. Was brauchen Sie denn noch?«

Hoppla, hoppla! Ihm missfiel, wie die Anwältin das Gespräch an sich riss, das galt es zu korrigieren.

»Wie haben Sie eigentlich von Ricci Biancos Tod erfahren?« Er richtete sich auf, gleichzeitig schob er den Brustkorb vor. Er wollte auch optisch die Rollenverteilung deutlich machen – sie waren diejenigen, die die Fragen stellten, sonst niemand. Die Anwältin schien tatsächlich etwas verunsichert.

»Frau Ruffini und Frau Spielberger hatten mich informiert. In der Heimat gab es noch dringende Geschäfte zu erledigen. Aber jetzt habe ich mich freigeschaufelt.«

»Frau Doktor Lasalle, haben Sie einen Verdacht, was die Goldsammlung angeht?«

Sie antwortete eine Spur zu schnell. »Das fragte Ihr Kollege auch schon. Diese leicht bekleidete Masseurin hatte doch schon immer reges Interesse daran. Zuerst hatte ich geglaubt, dass sie sie genommen hätte. Aber sie ist ja ebenfalls tot. Und man hat nichts bei ihr gefunden, richtig?«

Schwaiger ging nicht darauf ein. »Könnten Sie sich sonst jemanden vorstellen? Eine Person aus Herrn Biancos Umfeld?«

»Für die Mitarbeiter vom Gesundheitsdienst würde ich meine Hände nicht ins Feuer legen. Bei solchen Summen könnte ein kleiner Therapeut schon mal schwach werden.« Unwillkürlich dachte Isabelle an Enzo Terzi.

»Andere Frage: Was halten Sie von Biancos Agentin? Wie gut kennen Sie sie?«

»Frau Spielberger? Wie kommen Sie denn auf die?«

»Nur so.«

»Jetzt hören Sie mir mal zu!« Erregt sprang Doktor Lasalle auf, der Rezeptionist sah zu ihnen herüber. »Frau Spielberger und ich sind seit vielen Jahren ein eingespieltes Team. Wir kennen uns schon sehr lange, haben ein paar Semester zusammen studiert. Ich Jura, sie Pharmazie. Sie hat abgebrochen, um sich ganz ihrem Steckenpferd, dem Musikbusiness, widmen zu können. Und ihr Erfolg über die ganzen Jahre hinweg gibt ihr absolut recht. Das ist völlig abwegig, was Sie da ...«

Da hatten sie voll ins Wespennest gestochen. Sie registrierten, dass Elisabeth Spielberger Pharmazie studiert hatte. Eine unbedachte Äußerung? Oder ein Fehler?

Isabelle schien es gesprächstaktisch wenig sinnvoll, die Dame zu sehr zu reizen. Sie warf Schwaiger einen Blick zu, doch der war so richtig in Fahrt. Mit tiefer Stimme hörte sie ihn weiterfragen: »Wieso hat Ihnen Herr Bianco eigentlich das Mandat entzogen?«

Das saß. Mit einem Mal hockte sie kerzengerade, als hätte sie einen Besen verschluckt. Ihre anfängliche Selbstsicherheit war wie weggefegt. Verlegen räusperte sie sich. »Woher wissen Sie ...?«

»Spielt keine Rolle.« Schwaiger durchbohrte sie förmlich mit seinem Blick. »Er wollte nicht mehr von Ihnen vertreten werden, korrekt?«

Ihr Gesicht bekam hektische rote Flecken. »Das war nur eine Laune von ihm. Wir hatten minimale Meinungsverschiedenheiten, wie sein Geld gewinnbringend angelegt werden sollte. Er wollte weder in Aktien noch in Immobilien, dabei gibt es für Tagesgeld ja Minuszinsen. Noch mehr Edelmetalle zu kaufen, hielt ich für unsinnig. Er machte einen Glaubenskampf daraus, dabei ist er mit meinen Empfehlungen immer gut gefahren. Das hätte sich alles wieder eingerenkt, ganz sicher.«

»Wie kommen Sie darauf? Den Vertrag mit dem Gesundheitsdienst hat er ja auch gekündigt.«

»Mein Gott, so war er halt. Sprunghafte Künstlerseele. Er konnte emotional sein, aber er wusste ganz genau, was er an uns hatte. Ich habe ja nicht nur sein Kapital verwaltet, sondern alles von ihm ferngehalten: Finanzamt, Künstlersozialkasse, Postverkehr. Einfach alles. Er wäre völlig aufgeschmissen gewesen ohne mich. Organisation war nicht seine Stärke. Anders gesagt: Er war ein Chaot.«

Sie presste die Handflächen zusammen, was auf ein hohes Stresslevel hindeutete. Schwaiger hatte sie definitiv auf dem falschen Fuß erwischt.

Die Kommissarin setzte noch eins drauf: »Nur dass er diesmal fest entschlossen war, es durchzuziehen. Es stand ja bereits ein Notartermin in Venedig. In drei Wochen wäre alles fix gewesen, Carina wäre Alleinerbin geworden. Mit allen Konsequenzen.«

»Das wissen Sie also auch.« Sie ächzte, nervös äugte sie mehrfach zwischen den Ermittlern hin und her.

»Frage: Wer erbt das ganze Vermögen? Vor allem: wie viel?« Sie wussten es ja bereits, aber sie wollten es nochmals aus dem Mund der Anwältin hören.

In Isabelles Bauch grummelte es zunehmend, Koliken durchschnitten ihren Unterleib. War der Wurstsalat vom

Buffet verdorben gewesen? Sie nahm einen großen Schluck Wasser.

Doktor Lasalle schien die Frage unangenehm. Sie flüsterte fast: »Eine Stiftung namens *Trinity International*. Summa summarum rund vier Millionen Euro, wenn man Immobilien und sonstige Anlagen zusammennimmt. Über den Daumen gepeilt. Dazu noch *GEMA*, *Youtube*, Fanartikel, das lässt sich alles nicht auf Euro und Cent genau beziffern. Wird von mir gemanagt.«

Nicht schlecht! Schwaiger und Isabelle pfiffen tonlos durch die Zähne. Ein erstklassiges Mordmotiv, keine Frage.

»Wofür steht *Trinity*?«

»Das ist eine weltweit agierende transspirituelle Gemeinschaft.«

Schwaiger erstarrte. »Was heißt das? Eine Sekte?«

»Sekte!« Das Wort explodierte zwischen ihnen wie eine Handgranate. »Wie das klingt! Eine Weltanschauung. Ein überkonfessioneller Zusammenschluss wohlmeinender Menschen, die an die Verbesserung der Welt durch gemeinschaftliches Gebet und Tun glauben. Trinity bedeutet Dreieinigkeit – gemeint ist das Dreigestirn von Körper, Geist und Mensch, Gott und Universum. Alles hängt miteinander zusammen. Die Gemeinschaft engagiert sich für eine Welt ohne Drogen und Krieg. Nennen sie es meinetwegen Freikirche.«

Also doch! Ein Zusammenschluss metaphysischer Spinner, interpretierte Schwaiger. »Sind Sie da Mitglied?«

»Wenn es Sie beruhigt, knappe Antwort: Nein. Bin ich nicht. Zufrieden?«

»Wie kam Herr Bianco gerade auf diese Organisation?«

»Vor geraumer Zeit machte er eine erfolgreiche Alkoholtherapie in einer Einrichtung dieser Gesellschaft in Kärnten, Frau Spielberger hatte das vermittelt, seitdem war er clean. Die Rückfallquote nach den *Trinity*-Seminaren ist äußerst gering, unter zehn Prozent. Ein Wahnsinnswert. Das bekommen Sie bei den staatlichen rentenfinanzierten Rehakliniken bei Weitem nicht.«

»Mit welchen Methoden wird dort gearbeitet?« Die Kommissarin hatte kürzlich eine TV-Reportage gesehen – dabei ging es darum, dass pseudospirituelle Gruppierungen das Geschäft mit Suchttherapien für sich entdeckt hatten und in dubiosen Entzugskliniken, die Tarnorganisationen waren, Gehirnwäsche betrieben. Eine besonders perfide Masche, wie sie fand. Die Opfer wurden komplett aus ihrem sozialen Umfeld und aus Familienverbänden herausgerissen.

»Da verweise ich Sie an Herrn Reinstadler. Er ist der Seelsorgeleiter, er wird Ihnen Rede und Antwort stehen.« Sie kramte in ihrer Handtasche und nestelte eine regenbogenfarbene Visitenkarte heraus.

»Seelsorgeleiter« – nicht schlecht. Und sie hat direkt Adresskärtchen von diesem Klub dabei, registrierte Schwaiger. Er las: »Jakob Reinstadler, Betriebswirt VWA«. Soso, der Herr Seelsorger war Manager im Hauptberuf.

Doktor Lasalle ergänzte: »Sie könnten ihn morgen in der Villa Bianco antreffen. Herr Reinstadler ist natürlich sehr gespannt, was Ricci seiner Vereinigung hinterlassen hat. Nie und nimmer hätte er damit gerechnet, auch wenn die beiden befreundet waren.«

Schwaiger schüttelte den Kopf. »Und doch hat er es sich noch anders überlegt ...«

»Er hatte eben einen Narren an dieser kleinen Italiene-rin gefressen. Man weiß ja, wie so was läuft.«

»So, wie denn?«

»Ach, kommen Sie. Ich hätte ihm das noch ausgeredet, doch da kam ja sein Ableben dazwischen. Wer konnte das denn voraussehen? Wenn ich eines in aller Bescheidenheit sagen darf: Dank meiner Arbeit hat sich sein Vermögen über die ganzen Jahre sukzessive vermehrt, sogar über die Finanzkrise 2009 und die Coronakrise 2020, als alle Bör-senkurse crashten. Das soll mir erst mal einer nachmachen. Er hat sehr von mir profitiert.«

»Das sagten Sie bereits. Dennoch wollte er nicht mehr mit Ihnen. Nochmals: weshalb? Und sagen Sie bitte nicht wieder: minimale Meinungsverschiedenheiten!«

»Drehen Sie es, wie Sie wollen. Schuld war nur diese halbnackte Hobbynutte, die ihm den Kopf verdrehte. Weiß der Kuckuck, was die ihm zwischen Fitness und Fickmich eingesäuselt hat: zweiter Frühling oder was weiß ich.«

Schwaiger konnte ein leichtes Grinsen nicht unterdrü-cken. »Sie hat ihn also nur ausgenutzt?«

»Ich will ja gar nicht unterstellen, dass sie es von Anfang an darauf anlegte, doch … Himmelherrgott, wie viel Fan-tasie brauchen Sie denn? Dafür muss ich wirklich keine Polizeifachhochschule besuchen.«

Ähnliches hatte ja schon am Vorabend Elisabeth Spiel-berger angedeutet, nur wollte die Kneipenbesitzerin nicht ganz so deutlich werden – vielleicht ein geschickter Schachzug, um sich selber aus der Schusslinie zu nehmen!?

Die Fahnder hatten Carina ganz anders eingeschätzt gehabt, doch wie gut kannten sie sie? So ein kurzer Ein-druck konnte täuschen.

Der Hotelkellner erkundigte sich, ob sie noch etwas trinken wollten, Doktor Lasalle bestellte eine große Flasche Nobel-Mineralwasser.

»Damit wissen Sie alles«, sagte sie leise und eine deutliche Spur kleinlauter als zu Beginn. Die Juristin schob den Beamten einen vorbereiteten Ordner hin. »Hier habe ich alles über Ricci lückenlos dokumentiert, wie von Herrn Lucci gewünscht. Sie werden sehen, dass ich nichts zu verbergen habe. Sie können den Ordner mitnehmen und durchsehen, er hält jeder Prüfung stand.«

»Davon sind wir überzeugt, Frau Doktor.« Isabelle hatte noch eine letzte Frage: »Wieso war Herr Bianco eigentlich so scharf auf Goldmünzen? Gab es dafür einen besonderen Grund?«

Sie keckerte wie eine Krähe. »Er ging vom unmittelbar bevorstehenden Totalzusammenbruch des Finanzsystems aus, zuletzt kaufte er exzessiv Goldbarren wie Schokoladenkekse. Bei dieser Carina rannte er mit seinen Verschwörungstheorien offene Türen ein. Als ich Signora Ruffini davon berichtete, wurde sie sofort aktiv. Frau Moretti bekam eine arbeitsrechtliche Abmahnung.«

Isabelle verstand nur Bahnhof. »Eine Abmahnung? Wofür genau?« Davon hatte Roberta Ruffini nichts erwähnt.

»Ganz einfach: Eine Therapeutin hat keine Geschenke anzunehmen. Berufsethos. Wenn sich jemand nicht daran hält, schädigt das den Ruf des gesamten Unternehmens. So was geht gar nicht.«

»Heißt das, sie nahm Goldmünzen als Trinkgeld?«

»Wenn Sie so wollen, ja. Zumindest Silber.«

Die Fahnder schluckten. Doch wo waren die ganzen Klunker abgeblieben? Jedenfalls nicht in Carinas Wohnung. Die Polizisten tranken ihre Gläser aus und standen auf. »Seit wann wussten Sie, dass Herr Bianco sich auch von Signora Ruffini trennen wollte?«

»Wieder so eine Schnapsidee. Signora Ruffini rief mich vor einigen Tagen an. Ich habe noch versucht, es ihm auszureden, ohne Erfolg. Er wollte sich nur noch von Carina versorgen lassen. Das muss man sich mal vorstellen, dabei brauchte er professionelle Hilfe.« Sie schüttelte den Kopf.

»Das war's von unserer Seite, Frau Doktor Lasalle. Wie lange werden Sie noch hierbleiben?«

Sie blickte auf ihre Armbanduhr, Isabelle erkannte eine *Rolex Lady-Datejust*, den Klassiker der Oberen Zehntausend. »Hängt davon ab, wie ich weiterkomme. Da ist viel Verwaltungskram: Abos kündigen, Musiklabel und Banken informieren, erbrechtliche Formulare ausfüllen, Strom und Gas abbestellen, mich mit dem Notar kurzschließen, Verträge stornieren, Restzahlungen erledigen, Beisetzung vorbereiten, zum Standesamt, Makler treffen, Inserate vorbereiten und so weiter.«

»Lassen Sie sich nicht aufhalten.« Schwaiger stand auf, gab Doktor Lasalle die Hand. »Wir haben auch noch einiges vor. Und damit meine ich nicht Strandurlaub.«

24

Schwaiger startete den Golf eine Spur zu schwungvoll, das Auto hoppelte. Der Meerblick hier war atemberaubend, doch er hatte keinen Sinn dafür.

»Diese Megäre kann ruhig merken, dass wir keinen Kaffeeklatsch machen, sondern ernsthaft ermitteln ... und dass wir an ihr dran sind.«

»So hat gewiss schon lange keiner mehr mit ihr geredet. Du hast sie verunsichert, vielleicht macht sie im Stressmodus einen Fehler. Wäre nicht das erste Mal.« Sie legte ihre Hand auf seinen Unterarm. Er nahm seinen Mut zusammen und strich ihr mit der anderen Hand eine vorwitzige Haarsträhne aus der Stirn – sie schien es zu genießen, jedenfalls zuckte sie mit keiner Wimper. Wenn das kein Fortschritt war ...

»Warum werde ich das dumpfe Gefühl nicht los, dass wir überall nur herumgereicht und für dumm verkauft werden?«

»Weil es exakt so ist.«

Beide hingen ihren Gedanken nach. Nach einiger Zeit brach Schwaiger das Schweigen: »Wie wäre es mit einem Kreativausflug nach Padua? So jung kommen wir dort nicht mehr hin.«

Er schielte auf den Beifahrersitz. Über das Gesicht seiner Kollegin huschte ein Lächeln. Sie rang noch mit sich. »Sollten wir nicht lieber mit diesem *Trinity*-Reinstadler reden?«

»Läuft uns nicht weg. Der ist erst morgen in der Villa Bianco.«

»Stimmt.« Kurzes Zögern. »Somit hätten wir tatsächlich Zeit ... Kennst du den Weg zum *Orto botanico*?«

»Das Navi kennt ihn.«

25

»Was geht ab, Sis?«

»Alles im grünen Bereich. Selber?«

»Dito.«

»Na dann.« Lauerndes Zögern. »Du hast doch was!«

»Hm. Wer hat wohl diese Beauty-Masseurin auf dem Gewissen, was denkst du?«

»Wüssten wir doch alle gern.«

»Wirklich? Über manche Dinge breitet man besser den Mantel des Vergessens. Hab ich mal so gelernt.«

»Vielleicht weiß ja einer mehr als die anderen. Oder eine?«

»Niemand kann in andere reinschauen.«

»Eben. Rein interessehalber: Wo warst du eigentlich zu dem Zeitpunkt, als sie ... du weißt schon?«

Herzhaftes Lachen am anderen Ende. »Im Bett. Mit meinem Lover. Wenn du's so genau wissen willst. Heißer Typ.«

»Wie schön für dich ... und für ihn. Dann bist du ja fein raus. Gratulation.« Zweifellos schwang da eine Portion Spott mit. »Hoffentlich hat er es dir gut ... besorgt!«

»Mach dir da mal keinen Kopf. Jedenfalls kann er bezeugen, dass ich brav war.«

Hämisches Lachen. »Böse Mädchen kommen nicht in den Himmel ...«

»Wie darf ich das verstehen?«

»Dass es früher oder später jeden von uns trifft. Und dass es dann gut ist, wenn man ein reines Gewissen hat. Wobei ... dann ist es auch schon egal.«

»Hast du heute deinen philosophischen Nachmittag?«

»Im Ernst: Wer kommt bei der Beauty infrage?«

»Da würden mir spontan einige einfallen. Genau wie bei Ricci.«

»Mir auch. Eine ganz besonders.«

»Name?«

»Komm schon! Wie war das denn mit ›Mit dir am Strand von Niemandsland‹? Wer hat denn ...?«

»Sei vorsichtig mit solchen Äußerungen! Da geht's um immens viel Kohle. Und Ehre. Vor allem, wenn nicht alles geregelt ist.«

»Eben, aber diese Urlaubsermittler fischen im Trüben. Fast wäre mir ›Hobbyermittler‹ rausgerutscht.«

»Woher sollen die Backgroundwissen haben? Noch

dazu außerhalb ihrer bayerischen Heimat. Denen sind die Hände gebunden.«

»Vielleicht sollte jemand einen kleinen Tipp geben! Einen klitzekleinen … anonym, versteht sich. Ricci hat das nicht verdient. Mich stört, dass sich da jetzt jemand ins Fäustchen lacht.«

»Mich auch. Obwohl … als der noch seine wilden Feste gefeiert hat, da war er nie mein Fall, der prahlerische Gockel.«

»Meiner auch nicht, doch zuletzt war er wie ausgewechselt.«

»Die Lasalle wusste genau, dass Ricci ihr blind vertraute. Das hat sie ausgenutzt.«

»Sein Fehler. Bis seine Beauty-Braut alles aufgedeckt hat. Das muss für ihn wie eine Offenbarung gewesen sein. Und ein Riesenschock.«

»Aber die Hübsche hat jetzt auch nichts mehr davon. Wie gewonnen, so zerronnen. Nix mit Happy End.« Gespieltes Schluchzen am anderen Ende. »Wann sehen wir uns? Auf einen spritzigen Rotwein … gern auch zwei.«

»Spritzig ist immer gut.«

Keckerndes Lachen. »Wie doppeldeutig!«

»Pass auf dich auf. Vorsicht kann nie schaden.«

»Heißt?«

»Dass die böse Tante oder der böse Onkel auch eins und eins zusammenzählen kann … Wer zweimal killt, macht es auch ein drittes Mal. Emotionen sind da 1A Brandbeschleuniger.«

»Wem sagst du das. In diesem Sinne. Grüße an deinen Lover.«

26

Während der Fahrt nach Padua zogen düstere Wolken an dem bis dahin azurblauen Himmel auf. Zum ersten Mal seit ihrer Ankunft kletterten die Temperaturen um die Mittagszeit nicht über die Marke von 30 Grad. Schwaiger schaltete die Klimaanlage aus und öffnete das Fahrerfenster einen Spalt. Sie genossen den leichten Fahrtwind.

Bevor sie in Richtung San Dona di Piave auf die A4/ E70 einbogen, machten sie noch einen Abstecher in die Caorle vorgelagerte Lagune mit den legendären *Casoni*, die Fischerhütten, wo einst Hemingway residiert hatte. Hier auf dem circa 7.000 Hektar großen Areal vermischte sich das Süßwasser der Flüsse Lemene und Livenza mit salzigem Meereswasser und bildete eine atemberaubende mediterrane Landschaft. In dem Naturschutzgebiet vor den traditionellen Schilfhütten konnten sie unzählige Wasservögel und Schildkröten beobachten sowie seltene Orchideenarten oder Strandflieder bewundern. Über Stege wanderten sie durch dichtes Schilf entlang schattiger Bäume parallel zum Wasser. Nach einem kurzen Kaffee-Stopp in Sandro Bozzas weithin bekannten *Cason Grottolo* fuhren sie weiter.

Als sie am Ortseingang von Padua an einer roten Ampel minutenlang warten mussten, poppte auf Schwaigers Smartphone plötzlich eine E-Mail auf – Absender unbekannt. Er klickte auf den Link und wurde zu einem

Youtube-Video von Ricci Bianco von 1998 weitergeleitet:
»Adria blu« im Duett mit seiner damaligen Gesangspartnerin Lilly. Sonst nichts.

»Nanu, welche Dumpfbacke schickt denn so was?«,
ärgerte er sich und schloss den Clip. Weg damit. Inzwischen
hatte sich der Stau aufgelöst. Den Rest der Strecke zum
Orto botanico fuhren sie schweigend. Seltsam, diese Mail …

Sie bezahlten je vier Euro Eintritt und waren beein-
druckt von der kunstvoll angelegten botanischen Parkanlage. Gemütlich schlenderten sie an der Koniferensektion
mit den mehreren 100 Jahre alten Nadelbäumen und annä-
hernd 6.000 Pflanzenarten entlang bis zum sorgsam angelegten Alpin-Steingarten. An der Mediterranabteilung fing
es zu tröpfeln an. Innerhalb kürzester Zeit steigerte sich
der Sprühregen zu einer heftigen Sommerdusche. Schwaiger zog seine Kollegin unter eine Rotbuche, deren Blätter
etwas Schutz boten. »Ohne Schirm sind wir gleich bis auf
die Haut durchnässt«, murmelte er. »Wollen wir nicht besser zurückgehen?«

»Bloß nicht.« Sie löste sich sanft aus der halben Umarmung. »Die Berieselung tut den Pflanzen gut. Soll es
nach der Hitze der letzten Tage doch schütten, wir sind
nicht aus Zucker. Diesen zwielichtigen Eisenhut möchte
ich schon gern noch zu Gesicht bekommen.« Während
der letzten Worte zwickte es wieder bedrohlich in ihrem
Unterleib, doch sie biss die Zähne zusammen. Wenigstens
ließ der Regen nach, kurz darauf hörte er ganz auf, ebenso
plötzlich, wie er gekommen war.

Vor einer halbhohen Stängelpflanze mit kräftig blauen
glockenförmigen Blüten blieb Schwaiger abrupt stehen.
»Buon giorno, Corpus delicti. Reizvolles Geschöpf.«

Isabelle beugte sich hinunter. Sie las: »Aconitum napellus. Aus der Familie der Hahnenfußgewächse.«

»Hasenfuß ... was?«

Beide prusteten vor Lachen. Verstohlen bewunderte Schwaiger ihre völlig durchnässte, tadellose Figur von der Seite. Schön, dass sie zusammen Spaß haben konnten!

»Nicht anfassen!«

»Für wen hältst du mich?«

Wie hatte die Giftexpertin gesagt? Giftige Pflanzenbestandteile wurden von Geheimdiensten gern eingesetzt, da sie mustergültig wirkten, das Opfer quälten ... und kaum nachzuweisen waren. Wie abtörnend!

Schwaiger ging die seltsame Mail von vorhin nicht aus dem Kopf. War ihm das Gesicht dieser Lilly nicht irgendwie bekannt vorgekommen? Nur von woher? Zu dumm, dass er etwas übereifrig den Papierkorb geleert hatte, um in seinem Account Platz zu schaffen ...

27

Als sie zurückfuhren und Schwaiger das Autoradio anschaltete, verzog seine Partnerin auf dem Beifahrersitz erneut schmerzhaft das Gesicht.

»Alles gut bei dir? Du hast schon mehrmals gezuckt.«

»Passt schon. Akutes Bauchzwicken. Vergeht wieder.«

»Hättest du nicht vielleicht noch Lust auf einen Abstecher ins *Noventa di Piave Designer Outlet*? Da gibt es tolle Nobelmarken zu unschlagbaren Preisen. Ist ganz hier in der Nähe. Einzigartiges Shoppingerlebnis.«

Unter normalen Umständen hätte Isabelle sich das nicht entgehen lassen, doch jetzt wollte sie nur noch ihre Ruhe. »Ein andermal vielleicht.«

Schwaiger zuckte die Schultern. »Gerade habe ich ein Apothekenschild gesehen ...«

Isabelle biss die Zähne zusammen. »Ich lege mich im Hotel ein bisschen hin, dann wird es rasch besser.«

Zurück in Caorle, stach ihnen auf dem stark befahrenen Corso G. Chiggiato ein weißer Smart mit der Aufschrift »Vita cura« ins Auge. Ein bekanntes Gesicht stieg aus: Elly Ambrosi. Die Österreicherin, die sich in ihrer Gegenwart beim Teammeeting mit einer Kollegin einen verbalen Schlagabtausch geliefert hatte. Welch Zufall!

Schwaiger bremste scharf, blieb in zweiter Reihe stehen. Er schaltete die Warnblinkanlage ein, sodass seine Kollegin aus dem Auto springen konnte. Hinter ihnen hupten Autos. Nicht sein Problem.

»Frau Ambrosi!«, schrie Isabelle aus Leibeskräften gegen den Verkehrslärm und das Hupkonzert an, ihre Magenverstimmung war praktisch vergessen. »Hallo! Ich muss Sie dringend was fragen.«

Die Angerufene drehte sich um. Elly Ambrosis Begeisterung hielt sich in Grenzen, als sie die Kommissarin erblickte. »Jetzt ist es leider ganz schlecht. Meine Patienten warten, ich habe heute für jeden gerade mal ein paar Minuten ...«

Schon wieder jemand, der sie billig abspeisen wollte – entsprechend verschnupft zickte sie zurück. »Ist Ihnen eine offizielle Vorladung bei der Questura lieber?«

Schwaiger kritzelte etwas auf einen gelben post-it-Zettel und klebte ihn an die Innenseite des Seitenfensters. »Nicht abwimmeln lassen!!!«, las Isabelle vom Bürgersteig aus. Drei Ausrufezeichen. Sie warf ihm einen bösen Blick zu. Was glaubte dieser Raupensammler eigentlich? Dass sie zum ersten Mal eine Vernehmung durchführte? Ostentativ drehte sie ihm den Rücken zu ... er begriff und zockelte weiter, um in einer Seitenstraße einen Abstellplatz zu suchen.

Elly Ambrosi zierte sich: »Halten Sie sich bitte kurz, wir haben Land unter bei *Vita cura*, alle Dienstpläne müssen neu geschrieben werden. Des reinste Chaos ... und jetzt fällt auch noch Belma aus, die Chefin hat ihr Sonderurlaub gegeben. Sie musste kurzfristig nach Kroatien, ihr Vater ist krank.«

»Frau Fazlagic? Ihre spezielle Freundin?«

»Sie ist nicht meine spezielle Freundin«, gab sie patzig zurück. »Im Team sind wir jetzt nur noch zu viert – keine

Ahnung, wie wir das schaffen sollen. Sogar die Chefin ist im Einsatz, wir haben heute 30 Patienten zu versorgen. Geht eigentlich gar nicht.«

In Isabelles Kopf ratterte es: Weshalb brauchte diese Belma ausgerechnet jetzt arbeitsfrei? Bei so was wurde sie immer skeptisch.

»Sie mögen Frau Fazlagic nicht.« Das war mehr eine Feststellung als eine Frage.

»Mich stört, wenn eine ständig Extrawürste braucht. Dass sie uns gerade jetzt im Stich lässt, finde ich beschissen!«

Isabelle nahm den Bogen auf. »Sie deuteten beim Meeting an, dass Carina durch Herrn Biancos Tod schneller an ihr Erbe kommen konnte ... darüber regte Frau Fazlagic sich total auf. Hat ihr Spontanurlaub damit zu tun?«

»Das hab ich doch nur im Affekt rausgeplaudert«, ruderte die Österreicherin zurück. »Ich weiß schon, dass Carina nichts Tödliches verabreicht hat. Obwohl ich mich über sie geärgert habe.«

»Wieso?«

Sie wand sich ein wenig. »Ach, sie hat Ricci am empfindlichsten Punkt gepackt: den verrückten Theorien, darauf ist sie eingestiegen. Seit sie von seiner Goldsammlung wusste, hat sie freundlichkeitsmäßig noch mal was draufgelegt, das gerissene Luder.«

Missgunst taugte durchaus als Mordmotiv! Isabelle bekam lange Ohren.

»Was wollen Sie damit sagen?«

»Vergessen Sie's. Ich trauere um sie, aber auf meine Weise. Klar?«

»Hand aufs Herz: Waren Sie neidisch?«

»Was wollen Sie hören? Alle waren das. Am meisten der Terzi. Aber deswegen sind wir keine Mörder. Keiner von uns im Team.«

Enzo Terzi? Hatte er nicht gesagt, dass er sich bestens mit Carina …

»Stopp! Wie meinen Sie das mit Herrn Terzi?«

»Dem war das gar nicht recht, dass Carina sich bei Ricci so reinkniete, weil …«

»… weil er selber in Carina verknallt war?«, kombinierte Isabelle lauernd. »Nach unseren Informationen haben die beiden öfters Kaffee zusammen getrunken.«

»Kaffee!? Da muss ich jetzt aber echt lachen. Die waren ein Paar. Ist allerdings schon eine Weile her. Zuletzt war das nur noch platonisch, aber alte Liebe rostet nicht.« Erneute Pause. »Der Enzo kann sehr impulsiv sein.«

»Das ist jetzt ganz wichtig: Würden Sie ihm zutrauen, dass er aus Rache oder falsch verstandener Eitelkeit …?«

»Ich will niemanden beschuldigen, schon gar keinen Kollegen, dem ich in die Augen schauen muss, das können Sie von mir nicht erwarten. So was fliegt einem schnell um die Ohren. Nicht mit mir.«

Inzwischen war Schwaiger dazugestoßen, die letzten Sätze hatte er noch mitbekommen. Die Kommissarin hielt den Kopf schief. Hatte Enzo Terzi womöglich in rasender Eifersucht zuerst seinen Widersacher getötet und anschließend seine Ex-Freundin über die Klinge springen lassen? Zweifellos ging ihm Carinas enges Verhältnis zu dem wohlhabenden Herrn gegen den Strich – ein Schlag gegen seine männliche Ehre. Dazu kam noch, dass sein Alibi beim Bianco-Mord mehr als dünn war. Dennoch: Zwei kaltblütige Giftmorde traute Isabelle dem sensiblen

214

Terzi irgendwie nicht zu, der hatte so tollpatschig, so zappelig, fast schon hilflos gewirkt. So einer war kein Giftmörder. Der doch nicht ...

»Wo waren Sie eigentlich zu den fraglichen Zeiten, Frau Ambrosi?«

»Bei Riccis Tod war ich bei meinem Bruder in Sankt Pölten, beim zweiten Todesfall hatte ich zwölf Patienten hintereinander, ich hatte noch nicht mal Zeit für eine Kaffeepause – steht alles in Ihrer Liste.« Elly Ambrosi zögerte einen Moment. »War's das? Ich müsste dann wieder ...«

»Für den Augenblick. Wenn Ihnen noch was einfällt, melden Sie sich!«

Elly Ambrosi verschwand um die nächste Straßenecke. Die Kommissarin war irritiert: Wie war diese Äußerung zu Terzi zu deuten? Sie müsste sich schon sehr in ihrer Menschenkenntnis täuschen, wenn ausgerechnet der ... Andererseits: Die wenigsten Mörder sahen wie Mörder aus! Hatte Doktor Faltermeier nicht ausdrücklich gesagt, dass Männer genauso gut infrage kämen ...

»Und jetzt?«

Isabelle fragte sich, ob es jetzt nicht allerhöchste Zeit war, mit Lucci Kontakt aufzunehmen. Sie hatten mehrere Tatverdächtige und brauchten dringend professionelle Spurenabgleiche mit den Tatorten, das ging nur mit Laborunterstützung.

Wieder durchzuckten Schmerzattacken ihren Unterleib. Sie verzog das Gesicht und stützte sich auf dem Autodach ab. Schwaiger legte seine Hand sanft um ihre Hüfte.

»Hoffentlich keine Lebensmittelvergiftung, Noroviren oder Salmonellen sind äußerst unangenehm. Wer weiß, wie es in der Hotelküche um Hygiene bestellt ist.«

»Passt schon.« Sie zog seine Hand weg, dabei empfand sie seine Berührung als wohltuend. Als er »Vergiftung« sagte, durchzuckte es sie. In Gedanken ging sie durch, was sie heute zu sich genommen hatte. Ausschließlich Delikatessen vom Buffet: Kaffee, Obst, Wurst, Käse, Brötchen – alles hatte wie immer geschmeckt. Oder war wieder alles psychosomatisch? Sie hatte das früher schon gehabt, dass ihr Magen in Extremsituationen sauer reagierte. War es wieder soweit?

»Wird schon«, beschwichtigte sie. Ihr Kollege musste nicht alles wissen. Sie atmete ein paarmal kräftig ein und extralang aus wie ein Blasebalg. Sie merkte, wie sie anfing zu hyperventilieren. Das flaue Gefühl verstärkte sich.

28

Nach der Mittagsruhe fühlte sich Isabelle ein wenig besser. Mit flauem Gefühl machte sie sich auf den Weg zur *Prince Beach Bar*, wo sie gegen 15.30 Uhr mit Schwaiger verabredet war. Er genoss seinen mit Smarties verzierten Eisbecher in einer Clown-Schale, sie nippte tapfer am Kamillentee. Da riss sie Dua Lipas »Levitating« – Schwaigers aktueller Klingelton – aus der entspannten Stimmung. Neben ihnen hatte ein Eisverkäufer mit seiner Glocke gebimmelt, sodass er den Klang nicht sofort hörte. An der Strippe war Doktor Faltermeier, er stellte den Lautsprecher laut.

»Sitzen Sie auf Ihren Ohren?«

Er überhörte die Spitze. »Frau Doktor, gibt's was Neues?«

»Nochmals: Sitzen Sie gerade?«

»Schon.«

»Mit Sicherheit am Strand, wie ich Sie kenne. Richtig?«

»Äh, ja, das heißt ...« Er verdrehte die Augen.

»Dann bleiben Sie sitzen, denn was ich Ihnen jetzt sagen werde, könnte Sie umhauen.«

Schwaiger war die direkte Ausdrucksweise der Ärztin gewohnt, aber er war doch immer wieder verblüfft. »Ich stehe ... äh, sitze gerade voll auf dem Schlauch.«

»Sie wollten doch wissen, was in dem Päckchen war, das Beauty-Carina an das medizinische Labor nach Venedig geschickt hat.«

Mit einem Mal war er voll da. »Machen Sie es doch nicht so spannend. Ist das Teil angekommen?!«

»Jep. Wir haben das gute Stück in Augenschein genommen ... und nicht schlecht gestaunt. Das Päckchen enthielt eine hübsche kleine Speichelprobe.«

»Warum wundert mich das jetzt nicht sonderlich!« Etwas in dieser Art hatte er schon vermutet gehabt. Die Ermittler tauschten vielsagende Blicke aus. »Würden Sie uns freundlicherweise verraten, was ...«

»Die Proben waren von Carina ... und einer anderen Person.«

Isabelle neben ihm verdrehte theatralisch die Augen.

»Jetzt lassen Sie sich doch nicht alles aus der Nase ziehen! Wie lautete der Analyse-Auftrag?«

»Um es kurz zu machen: Carina war Ricci Biancos Tochter.«

»Waaas? Nein!« Schwaiger fiel fast das Telefon aus der Hand.

»Eben doch. 99,9 Prozent Übereinstimmung in allen ausschlaggebenden genetischen Parametern. Die Analysen sprechen eine klare Sprache.«

»Ich hätte einiges vermutet, aber nicht das.«

»Tja, das Leben ist voller Überraschungen, Holmes.«

»Das erklärt einiges. Speziell das innige Verhältnis der beiden. Kein Wunder, dass sie so aufgelöst war, als wir sie trafen. Als ob es ihr das Herz zerrissen hätte.«

»Wie werden Sie weiter vorgehen?«

Schwaiger überlegte. »So unauffällig wie möglich. Jedenfalls werden wir das nicht jedem auf die Nase binden.«

»Wie gesagt, Baptist erwartet rasche Erfolge. Besonders von Ihnen. Lucci weiß es auch schon, er will Sie treffen. Ich verabschiede mich dann mal wieder in den oberbayerischen Dauerregen. Sehen Sie zu, dass es bei diesen beiden Gifttaten bleibt. Eine dritte Malaise wäre das Letzte, was wir noch brauchen.« Weg war sie.

Unwillkürlich schluckte Schwaiger. Vor allem die beiden letzten Sätze der Ärztin gaben ihm zu denken – daran hatte er noch gar nicht gedacht. Wer konnte wissen, was in einem Mörderhirn vorging? Stand womöglich noch jemand auf der Abschussliste? Sie brauchten dringend einen Treffer. Schnellstmöglich.

»Was denkst du, Isabelle: Hat Ricci es gewusst?«

»Gespürt vielleicht. Nix mit Hobbynutte. Ein Rätsel weniger.«

29

Zur selben Zeit

»Dieser deutsche Staatsschützer ist anscheinend komplett in den Ferienmodus abgetaucht. Hat meine freundliche Mail einfach weggeklickt.«

»Frechheit!« Da klang Ironie durch. »Vielleicht hättest du besonders freundliche Grüße dazuschreiben sollen! Oder es war nicht eindeutig genug.«

»Deinen Sarkasmus kannst du dir schenken!«

»Wahrscheinlich war ihm die Videoqualität zu schlecht. Der ist Besseres gewöhnt. Ultra-HD und so.«

»So was schimpft sich Staatsmacht. Dass ich nicht lache. So ein Null- und Nixchecker!«

»Versuch es doch mal bei ihr ... seine Kollegin scheint ein helleres Köpfchen zu sein. Schon rein optisch betrachtet.«

»Wegen der brünetten Lockenpracht?«

»Unter anderem. Aber auch südlich des Köpfchens ist da einiges gut geraten.«

»Witzbold. Ich glaub, ich lass es. Wenn ich etwas gar nicht brauche, dann sind das nervige Aussagen, Interviews, Protokolle, Gegenüberstellungen. Schade um die Lebenszeit. Die sollen selber ihre Hausaufgaben machen. Ich nehme jetzt erst mal ein ausgiebiges Bad an einer idyllischen Strandlocation. Den Kopf frei schwimmen.«

»Gönn ich dir. Idylle dürfte aber schwierig werden in dem aktuellen Touritrubel.«

»Keine Sorge, ich kenne ein paar ruhigere Einstiegsstellen.«

»Pass nur auf, dass du nicht versehentlich auf einen Spiderfisch trittst, die lauern dort bevorzugt. Der Stich macht höllische Schmerzen. Ist mir neulich passiert. Zum Jaulen.«

»Ich dachte, diese Viecher gibt's nur an der Nordsee.«

»Von wegen. Auf keinen Fall den Einstich kühlen oder einschmieren! Nur heiß abduschen oder mit dem Fön erhitzen, das macht dem giftigen Sekret den Garaus. Ich dachte, ich geh drauf. Hatte schon mit allem abgeschlossen.«

»Danke für den brillanten Tipp. Vielleicht schwemmt uns das Meer irgendwo zusammen, Bro. Man sieht sich.«

30

Als sie von der *Prince Bar* am Meer entlang zurück nach
Caorle-Zentrum gingen, blieb Isabelle plötzlich stehen
und starrte aufs Wasser hinaus. »Irgendwie werde ich das
Gefühl nicht los, dass des Rätsels Lösung viel einfacher
ist, als wir uns das vorstellen können. Wir sehen den Wald
vor lauter Bäumen nicht. Da gibt es jede Menge Akteure
mit Motiven, aber irgendetwas übersehen wir. Die ganze
Zeit hänge ich an dem Erb- beziehungsweise Eifersuchts-
motiv fest. Überleg doch mal: Die Spielberger und die
Lasalle haben den schwächelnden Bianco unter ihrer Fuch-
tel, plötzlich taucht out of the blue diese Carina auf, auf
die ihr Schützling voll abfährt. Das passt so gar nicht in
ihr Konzept. Als wir zum ersten Mal bei *Vita cura* waren,
saß die Spielberger mit Roberta Ruffini im Büro, weißt du
noch? Wenn das nicht konspirativ war …«

»Konspirativ?«, wiederholte Schwaiger leise, »naja …«.

»Sag selbst, was hatte die Agentin dort zu suchen? Dazu
hat sie Pharmazie studiert und wirft sich Psychopillen
ein … Womit haben wir es hier zu tun? Mit zwei Gift-
morden. Vielleicht hatte sie sogar Riccis Hits komponiert
und diese mit ihm geträllert, du weißt schon: diese ominöse Lilly. Das könnte eine Kurzform für Elisabeth sein.«

»Hm, sollte sich rausfinden lassen.« Schwaiger nickte.
»Doch vergiss eines nicht: Die Spielberger hat weder einen
Cent Schulden noch ist sie in der Vergangenheit durch

Drogendelikte aufgefallen, das haben meine bayerischen Kollegen recherchiert. Noch nicht mal Steuern hat sie hinterzogen, was in ihrer Branche als Sport gilt.« Isabelle hatte zweifellos feine Antennen. Doch hier war er nicht überzeugt.

Sie ging nicht darauf ein. »Vielleicht war es auch anders. Ich hole mir jetzt diese Belma Fazlagic zum Interview. Nicht auszuschließen, dass die mit dem Glitzergold abgehauen ist und einen auf Balkan-Highlife macht.«

»Stimmt, das hätten wir schon längst tun sollen. Kranker Vater? Da lachen die Hühner! Denk nur an ihre Reaktion beim Meeting! Die wusste sofort, dass Carina keinen Suizid begangen hatte. Gut möglich, dass die noch mehr weiß.«

»Das haben wir gleich.«

Isabelle setzte sich in den Sand, nestelte ihr Notebook aus der Handtasche, öffnete *Skype* und stellte eine Verbindung mit Belma Fazlagic' Account her. Beim siebten Versuch nahm die Kroatin das Gespräch an. Die Verbindung nach Umag auf die andere Seite der Adria ruckelte, aber sie hielt.

»Endlich kommen wir zusammen, Frau Fazlagic«, eröffnete die Kommissarin das Gespräch vorwurfsvoll. »Sie haben sich ja sehr eilig aus der Schusslinie genommen. Apropos: Wie geht es Ihrem kranken Vater?«

»Meinem kranken …?« Sie schaute reichlich verdattert. »Ach so, äh, ja … schon besser.«

Sollte es den geringsten Zweifel gegeben haben – jetzt war sonnenklar, dass dies ein Vorwand gewesen war. Wovor hatte die Kroatin Angst? Oder besser: vor wem? Schwaiger setzte sich neben seine Kollegin, achtete aber penibel darauf, nicht im Bild zu erscheinen. Ein Gespräch von Frau zu Frau würde mehr bringen.

Isabelle zog die Augenbrauen hoch, »Reden wir Klartext, Frau Fazlagic: Warum brauchten Sie so plötzlich Sonderurlaub?«

»Ich … ich wollte nicht, dass mir das Gleiche passiert wie Carina. Diese Leute kennen kein Pardon.«

»Wen meinen Sie damit? Sagen Sie mir, was Sache ist! Jetzt!« Für kurze Zeit produzierte das Notebook nur ein verzerrtes Standbild. Hoffentlich brach die Verbindung nicht ab! Zwischen Caorle und Umag lagen gerade mal 150 Kilometer. Im nächsten Augenblick bewegten sich die Gesichtszüge auf dem Display wieder halbwegs flüssig, um danach ganz stehen zu bleiben. Wenige Sekunden später war die Leitung tot. Isabelle versuchte es noch mehrmals, aber die *Skype*-App brachte keine Verbindung auf die andere Seite der Adria mehr zustande.

»Herrgott nochmal!«, ereiferte sie sich. »Da gondelt man zum Mars, aber eine simple Glasfaserconnection unter dem Meer zwischen zwei Nachbarländern geht nicht.«

Schwaiger hielt den Kopf schief. »Ich denke eher, diese Belma hatte keine Lust auf Kommunikation. Sie lässt uns abblitzen.«

»Kann man ja ändern.« Isabelle war auf 180. Schwungvoll knallte sie das Notebook zu, mit der flachen Hand schlug sie auf das Gerät. »Wenn der Prophet nicht zum Berg kommt, dann eben umgekehrt. Wir fahren rüber, die Adresse haben wir ja auf der Liste.«

»Aber nur *mit* Lucci!« Schwaiger sah auf seine Armbanduhr. 17 Uhr. Feierabendverkehr.

»Funk ihn an. Über einen Kroatien-Feierabend-Abstecher wird er sich freuen.«

Lucci war tatsächlich auf dem Heimweg, doch er war sofort dabei. Keine zehn Minuten später stellte er den Streifenwagen vor der Bar ab und grüßte kumpelhaft per Handshake, Isabelle umarmte er zusätzlich. »Sorry für neulich, da hatte ich nicht meinen besten Tag«, sagte er leise.

»Alles gut«, gab sie zurück. »Wir sollten keine Zeit verlieren.«

»Nach Kroatien wollte ich schon länger mal wieder«, scherzte Lucci. »Allerdings fahren wir besser mit eurem Golf. Offiziell dürfen wir dort ohne Amtshilfeantrag noch nicht mal eine Schildkröte befragen, ihr kennt das ja von hier. Die Grenzbeamten verstehen keinen Spaß.«

»Logisch.«

Wenige Minuten später fuhren sie auf die E70 in Richtung Triest auf. Im slowenischen Koper machten sie eine Trink- und Tankpause. Die Straße in Richtung Kroatien wurde zunehmend schlechter und der Verkehr dichter, sie kamen nur schleppend vorwärts. Vor dem Grenzübergang Plovanija staute es sich kilometerlang, die kroatischen Zöllner nahmen ihre Sache übergenau. Anschließend waren es nur noch wenige Minuten ins romantische Tennisstädtchen Umag. Auch die Straßen wurden wieder leerer, der Meerblick über die Steilküste, an der die Straße verlief, war atemberaubend.

»Wir müssen nicht ins Zentrum, sie wohnt außerhalb. Zambratja scheint ein verschlafener Vorort zu sein, irgendwo zwischen Fünfsternehotel *Kempinski* und dem ATP-Stadion.«

Kurze Zeit später parkten sie vor einer in die Jahre gekommenen Villa, die dringend eine Generalrenovierung nötig hatte. Ein älterer Mann bewässerte mit einem Schlauch den Vorgarten, argwöhnisch beäugte er das Trio.

»Herr Fazlagic?«, rief Schwaiger über den Zaun.

»Da. Tko si ti?«

»Wir suchen Ihre Tochter Belma. Dringend.«

Argwöhnisch äugte der alte Mann über den Zaun. »Wer sind Sie?«

»Kriminalpolizei.«

Er erschrak. Einen Moment lang zögerte er, dann mauerte er: »Die ist nicht da.«

Da erschien im Eingangsbereich die junge Frau. »Lass mal, Papa!«, sagte sie ruhig. »Geht in Ordnung. Sie sind wegen Carina da.«

»Überraschung, Frau Fazlagic! So sieht man sich wieder.« Isabelle gab sich keine Mühe, ihre Gereiztheit zu verbergen. Augenblicklich zog sich der Vater in den Schuppen zurück.

Die Kommissarin kam direkt auf den Punkt. »Ihre Kollegin Carina und Ihr gemeinsamer Patient Bianco wurden aus dem Verkehr gezogen, um es mal flapsig auszudrücken. Wir müssen diese Fälle aufklären, ehe es weitere Tote gibt. Dazu brauchen wir Ihre Hilfe. Also?«

Die junge Kroatin wirkte angespannt. »Kommen Sie rein.« Sie deutete auf drei Klappstühle in der Wiese. »Nehmen Sie Platz, bitte.«

Die Fahnder setzten sich, Belma ließ sich ihnen gegenüber im Gras nieder. Sie räusperte sich. »Als Carina bei Ihnen Anzeige erstattete, war das ihr Todesurteil.«

»Okay. Wem kam sie in die Quere?«

»Das wissen Sie doch selber: Signora Ruffini, Frau Lasalle, nicht zuletzt diesem ominösen Reinstadler. Auch Ambrosi und Vanni. Die alle hatten Mordmotive.« Sie fing an zu weinen. »Alle waren sie hinter der Kohle von dem Bianco her.«

»Irgendwann erwischte Carina Ihre Chefin in flagranti beim Abrechnungsbetrug. War's so?«

»Exakt. Signora Ruffini sammelte Versicherungskarten ein und übergab sie dem Dottore. Der lieferte postwendend unterschriebene Rezepte zurück, und Signora Ruffini rechnete diese ab. Über die Jahre sind wir da leicht bei fünfstelligen Beträgen. Carina war geschockt, als sie das rausfand. Sie hat mich eingeweiht.«

»Hat sie Ihre Chefin erpresst?«

»Nein, aber sie hat es Ricci und mir erzählt. Er hat sich furchtbar aufgeregt, wollte Anzeige erstatten und alle Verträge mit *Vita cura* und Doktor Lasalle stornieren. Als Carina ihm auch noch steckte, dass die mit diesem Esoterik-Guru ein Verhältnis hat, war er geschockt. ›Noch nie in meinem Leben bin ich so betrogen worden!‹, regte er sich auf. Der konnte sich gar nicht mehr beruhigen. Wir hatten Angst, der bekommt einen neuen Infarkt.«

Isabelle fielen fast die Ohren ab. »Noch mal zum Mitschreiben: Frau Doktor Lasalle ist die heimliche Geliebte des *Trinity*-Bosses? Sind Sie sich da ganz sicher?« Das hatte die Anwältin im Gespräch mit keiner Silbe erwähnt, ja, sie hatte betont, nicht Mitglied in diesem obskuren Verein zu sein.

»Ja, klar. Carina hatte beide händchenhaltend am Strand gesehen und das Beweisfoto Ricci gezeigt. ›Wenn ich besser in Form wäre, würde ich dem Luder eigenhändig den Hals umdrehen‹, hat er geschrien. Daraufhin wollte er sein Testament ändern und alles Carina geben, nur bekam er so schnell keinen Notartermin. Da mussten diese Leute express handeln.«

»Wieso haben Sie uns das nicht gleich gesagt?«, blaffte Isabelle sie an, sie sprang auf. »Stattdessen tauchen Sie einfach unter!« Demonstrativ wandte sie sich ab. Der Fall setzte ihr emotional mehr zu, als sie wahrhaben wollte – was war das für ein seltsamer Klüngel, wo alle möglichen Leute sich am Vermögen eines abgestürzten Sängers gesundstoßen wollten!

Alles war gesagt. Schwaigers Daumen zeigte nach oben, was so viel hieß wie »Passt«.

Sie verabschiedeten sich und fuhren zurück. Die Männer saßen vorne, Isabelle starrte hinten aus dem Fenster, sie grübelte. Hatte die Kroatin wirklich alles gesagt, was sie wusste?

31

Schwaiger schlief in dieser Nacht nur wenige Stunden. Als er abends in sein Zimmer gekommen war, hatten die Lombardis ihn abgefangen. Er berichtete von ihrem Kroatien-Trip, Papa und Mamma Loo zogen die Stirn in Falten. Sie wussten, dass Riccis frühere Gesangspartnerin Lilly irgendwo an der Oberadria lebte. Vielleicht wäre ein Gespräch mit ihr hilfreich! War sie womöglich gar der Schlüssel? Sie versprachen, sich umzuhören, ob jemand ihre Adresse wusste. Irgendwann hatten sie eine dicke Chiantiflasche aufgemacht, italienische Musik angestellt und wie zu alten Zeiten Karten gespielt, bis sie lange nach Mitternacht ins Bett fielen.

Am nächsten Morgen telefonierte Schwaiger lange mit einem Freund in München. Dieser war auf dem Weg ins Grünwalder Stadion, wo ihr gemeinsamer Lieblingsverein *TSV 1860 München* ein Vorbereitungsspiel für die neue Drittliga-Saison zu absolvieren hatte – wie sehr er ihn beneidete. Doch hier war noch etwas zu erledigen, vorher würde er nicht abreisen. Außerdem hatte sich noch Ma gemeldet, um ihm mitzuteilen, dass sie vorhabe, zum Pfarrfest zu gehen – wofür er überhaupt kein Ohr hatte. Kaum hatte er aufgelegt, blinkte das Telefon schon wieder. Lucci war dran.

»Sigi, ruf Isabelle an, wir müssen uns sofort sehen. In einer halben Stunde im *Centro Civico* von Caorle. Es ist dringend. Ciao.«

Schwaiger drückte die Stopp-Taste seines Smartphones, informierte Isabelle und griff sich den Ordner von Doktor Viktoria Lasalle vom Schreibtisch – beim oberflächlichen Durchblättern hatte er nichts auf den ersten Blick Verdächtiges gefunden. Das hätte ihn auch gewundert.

Obwohl sie zehn Minuten vor der vereinbarten Zeit im *Centro Civico* waren, lehnte Lucci schon an einem Dreiertisch vor der Imbissstand und nippte an einer *Birra Peroni* – um diese Uhrzeit. Hektisch tippte er auf seinem Handy herum, er wirkte angespannt.

»Grazie, dass ihr gekommen seid«, begann der Italiener und schüttelte ihre Hände. »Leute, dieser Fall schmeckt mir ganz und gar nicht«, erklärte er. »Schon mal was von *Trinity International e. V.* gehört?«

»Allerdings. Was wisst ihr über die?«

Lucci spuckte aus. »Dieser österreichische Clan ist in den letzten Jahren hier schon ein paarmal mit Erbschaftsdeals aufgefallen, es wurde bereits ermittelt. Der Knackpunkt ist, dass sie bestens über ihre Rechte Bescheid wissen. Man bewegt sich stets im legalen Rahmen, das macht es so schwer, sie zu greifen. Jedenfalls sind wir schon länger an denen dran.«

Auch wenn ihm kein Lächeln über die Lippen kam, so fiel der Kommissarin auf, dass Adrianos hübsche schwarze Locken perfekt zu der dunkelgrünen, eng sitzenden Uniform passten; sein naturgewelltes Haar endete unmittelbar über der Schulter, wo eine Narbe durchschien. Die Lockenpracht war deutlich länger als bei Sigi, der einen kurzen, gestuften Blondschopf hatte.

»Was genau treiben diese *Trinity*-Figuren?«, erkundigte sie sich und nahm einen kräftigen Schluck vom stillen Mineralwasser gegen ihre wieder stärker werdenden Schwindelgefühle. Sofort fühlte sie sich etwas besser.

Lucci lachte, aber es klang verspannt. Wie gebannt starrte er aufs Meer hinaus, als läge dort die Lösung des Falles. »Wisst ihr, meine mamma und meine sorella sind Krankenschwestern, von denen höre ich Dinge, die ich lieber nicht wüsste. Die italienische Gesundheitsindustrie ist korrupt bis ins Mark, das weiß seit Covid 19 ja jeder. Das konnte damals alles nur deshalb so aus dem Ruder laufen, weil das System an allen Ecken krankt. Italiens Pandemie-Pläne sind seit Jahrzehnten nicht mehr aktualisiert worden. Und das Schlimmste: Auch aus Corona hat man nichts gelernt.« Er machte eine kurze Pause. »Also, ganz unten im Gesundheitssektor reißen sich Physios, Pflegekräfte, Logopäden für ihre Patienten auf. Eine Stufe darüber, wo was abzurechnen ist, fangen die schwarzen Schafe an. Wer heute noch in Drogengeschäften macht, ist dumm, weil es viel einfacher und lukrativer ist, bei Leistungsabrechnungen zu bescheißen. Das Risiko, erwischt zu werden, ist gleich null.«

»Also ist die Ruffini kein Einzelfall«, stellte Schwaiger klar.

»Ambulante Intensivpflege ist ein Markt mit zig Milliarden Euro, an dem viele mitverdienen. Jeder kann in Italien einen Intensivdienst eröffnen, eine spezielle Ausbildung ist dafür nicht erforderlich. Sogar ihr beide könntet einen aufmachen, ihr müsstet nur Pseudopersonal einstellen, am besten osteuropäisches oder afrikanisches, das keine Fragen stellt. Die Angehörigen wissen oft gar nicht, wem sie da ihre Liebsten anvertrauen. Würde sonst ja keiner machen.«

»Sorry, aber was hat das mit unserem Fall zu tun?«

»Un secondo. In Venedig wurde kürzlich ein Syndikat ausgehoben, das massenhaft Kohle aus den Sozialkassen abzog. Was diesen Betrug so immens teuer machte, war die Tatsache, dass diese Verbrecher mit Menschen arbeiteten, die angeblich – ich betone: angeblich! – im Koma lagen und so rund um die Uhr im eigenen Haus Intensivpflege finanziert bekamen. Um die zu versorgen, müssen die Kassen zwischen 15.000 bis 25.000 Euro im Monat ausgeben. Da wurden entsprechende Familien gesucht und sogar Laien angelernt. Die ›Patienten‹ waren überhaupt nicht krank.«

»Aber das müsste doch bei Kontrollen auffallen«, warf Schwaiger ein. Andererseits wunderte ihn nach dem Gespräch mit Roberta Ruffini gar nichts mehr.

»Als die Kostenträger Unterlagen verlangten, sah alles völlig in Ordnung aus. Ihre Dokus fuhren sie in ihren SUVs im Kofferraum herum. Das italienische Gesundheitssystem ist ein gigantischer Selbstbedienungsladen. Als sie aufflogen, hatten sie schon eine halbe Million Euro ergaunert und auf Schwarzgeldkonten auf den Cayman Islands gebunkert. Und jetzt dürft ihr raten, zu wem diese Jungs gehörten.«

»Sag bloß: *Trinity International?*«

»Exakt. Strohmänner. Aber *Trinity* hat sich sofort distanziert. Natürlich ist das nur die Spitze des Eisbergs, in der Regel läuft alles ein paar Nummern kleiner ab, so wie bei *Vita cura.* Unsere Spezialisten stellen gerade deren Buchführung auf den Kopf, die sind aber nur ein Minifisch.«

Isabelle überschlug, was das für sie bedeutete.

Lucci berichtete weiter: »Ruffini und ihre Leute sind sauber, was die Giftmorde angeht. Abrechnungsbetrug ist das eine, Tötung das andere. Diese Leute machen sich ihr blühendes Business nicht selber kaputt, indem sie killen. Deshalb: Unser Giftmischer stammt aus der Musik- oder Showbranche. Allerengstes Umfeld von Bianco.«

Isabelle kaute an ihrem Fingernagel. »Also doch die Spielberger. Oder die Lasalle.«

»Ihr wisst ja inzwischen, dass Carina Riccis Tochter war. Aber der oder die Täter wussten das natürlich nicht.« Er machte eine Kunstpause und trank aus. »Weshalb ich euch hierherbestellt habe: Wir werden jetzt gleich diesen *Trinity*-Boss festsetzen, da hätte ich euch gern dabei. Reinstadler ist in der Villa Bianco für uns wie auf dem Präsentierteller, das habe ich überprüft, als ich herkam.«

»Sagtest du nicht gerade, der Mörder stammt aus der Musikszene?«

»Schon. Aber die Lasalle ist seine Geliebte. Die beiden stecken unter einer Decke. Wir können ihr nichts nachweisen, aber dieser saubere Herr weiß etwas. Er wird 100-prozentig reden, wenn es für ihn eng wird. Ich will ihn unter Druck setzen.«

Schwaiger hatte Zweifel. »Ob der sich so einfach festsetzen lässt?«

»Wetten?« Lucci wedelte mit einem internationalen Haftbefehl. »Soeben frisch ausgestellt. Wir haben Riesenglück, dass er vor Ort ist. Das müssen wir ausnutzen.«

»Hä, wie hast du denn den Staatsanwalt überzeugt? Haftbefehl wegen Doppelmord? Respekt.« Isabelle wunderte sich. »Oder weißt du mehr als wir?«

»Wer sagt denn ›Mord‹? Der Haftbefehl lautet auf schweren Betrug. Und wartet nur ab, der wird singen wie ein Vogel, wenn ich ihm noch die Morde anhänge.«

Er winkte dem Kellner und bezahlte die Getränke.

»Falls er in der Villa war, ist er geliefert. So wahr ich Lucci heiße.«

»Und falls nicht, haben wir alle Lacher auf unserer Seite.«

»Abwarten. Für einen anderen geht der nicht in den Knast. Seid ihr mit an Bord?«

»Was für eine Frage. Jetzt, wo's interessant wird!«

32

Vor der Villa Bianco stand ein dunkler Edel-SUV mit Kärntner Kennzeichen quer über zwei Stellplätze – augenscheinlich der fahrbare Untersatz von *Trinity*-CEO Jakob Reinstadler. Schwaiger schätzte den Marktwert des Hybridgefährts auf rund 100.000 Euro. Da wusste jemand nicht wohin mit der Kohle.

Ein hochaufgeschossener, vollschlanker Mann um die 60 im dunkelbraunen Trachtenanzug öffnete die Haustür, als er sie anmarschieren sah. Das Gesicht zierte eine teure Hornbrille. Keine Spur von Überraschung oder Erstaunen in seiner Mimik.

»Buon giorno. Treten Sie nur ein. Ich habe Sie erwartet.« Diese gespielte Freundlichkeit schmeckte Schwaiger gar nicht. Scheinbar locker blickte der Gastgeber zwischen den Ankömmlingen hin und her, seine Bärchenkrawatte kam Isabelle reichlich albern vor. »Frau Doktor Lasalle bereitete mich bereits darauf vor, dass jemand von der Polizei vorbeischauen würde. Aber dass Sie gleich als Trio kommen …«

Du Fuchs!, ärgerte sich die Kommissarin. Spiel doch nicht den dummen August, du weißt ganz genau, was Sache ist! Die Frage wird nur sein, was wir dir oder deiner Busenfreundin nachweisen können. Inständig hoffte sie, dass die Kollegen sich im Griff hatten, denn der *Trinity*-Chef legte ein so überhebliches Gebaren an den Tag, als fühle er sich komplett unantastbar – eine knifflige Situation. Wenn sie etwas aus ihm herauskitzeln wollten, was gerichtsverwertbar sein sollte, würden sie extrem behutsam vorgehen müssen. Am allerliebsten hätte sie das aalglatte Aas sofort eingebuchtet. Sein protziger Siegelring stieß sie total ab. Sie spürte, wie ihre Emotionen schon wieder mit ihr durchzugehen drohten, doch sie hatte sich im Griff.

Lucci zeigte seine Zähne. »Wie ich sehe, besichtigen Sie Ihr zukünftiges Anwesen. Sind Sie damit nicht etwas vorschnell?«

»Wieso? Die Villa ist ermittlungstechnisch doch freigegeben. Frau Doktor Lasalle hat den Schlüssel, wo ist das Problem?« Er knetete die Handknöchel. »Aber Sie haben natürlich recht. Noch gehört unserer Gesellschaft die Villa nicht, die Testamentseröffnung kommt noch … wie mir Frau Doktor Lasalle mitteilte, gibt es noch die eine oder andere kleine bürokratische Hürde. Aber das sind nur Formalia.«

Reinstadler knipste die Klimaanlage an und holte von nebenan drei Flaschen Mineralwasser – keiner der Beamten nahm das Getränk an. Selbstgefällig dozierte er: »Ich will hier sowieso nicht einziehen, doch als Workshop-Location ist die Villa ideal. Aber nicht, dass Sie jetzt was Falsches denken … ich bin untröstlich wegen des plötzlichen Ablebens meines guten Freundes Ricci, das müssen Sie mir glauben. Umso mehr freut es mich, dass er *Trinity International e. V.* so großzügig bedacht hat. Er war uns sehr verbunden, doch das ist eine lange Geschichte. Er wollte, dass wir anderen ebenso helfen wie ihm.«

»Lassen Sie hören! An Rührstorys sind wir immer interessiert«, meldete sich Schwaiger zu Wort, der bis jetzt kein Wort gesagt hatte.

Reinstadler blickte etwas verunsichert durch seine Brille, dann berichtete er. »Ricci kam vor zwei Jahren zu uns, weil ihm Probleme über den Kopf gewachsen waren, wenn ich es mal so nennen darf. Eigentlich möchte ich das nicht breittreten. Schweigepflicht, Sie verstehen?«

»Die ist hiermit feierlich aufgehoben, Herr Bianco weilt ja in einer anderen Welt«, ließ sich Lucci knurrend vernehmen. Er wusste nur zu gut, dass er am längeren Hebel saß. Andererseits durften sie den Bogen nicht überspannen. Isabelle analysierte die Körpersprache – zweifellos hatte Reinstadler bereits an Selbstsicherheit eingebüßt.

»Was wollen Sie denn wissen?«

»Erstens: Wie läuft eine Alkohol- oder Drogenentzugstherapie bei Ihnen ab?«

Abwehrend hob er die Hände. »Wir arbeiten mit erstklassigen Experten zusammen. Und bitte: keine Therapie! Davon sprechen wir nicht. Wir bieten Lebens- und Glaubensseminare an. Zu uns kommen viele Künstler, weil sich herumgesprochen hat, dass wir effektiv helfen. Wir zählen zahlreiche Superstars zu unseren Klienten – sie alle haben über uns zu ihrer Mitte gefunden. Vielen konnte durch unsere Seminare geholfen werden. Wir arbeiten nach dem Grundsatz: Jeder Mensch sucht etwas … und wenn er dieses gefunden hat, ist er mit sich und der Umwelt im Reinen. Das ist das Rezept gegen jede Art von Sucht.«

»Und was war das gewisse Etwas, das Ricci Bianco suchte?«

»Wie alle Suchtpatienten sehnte er sich nach Harmonie und Seelenwärme. Deshalb halten diese bedauernswerten Menschen sich zwanghaft irgendwo fest, Flasche oder Stoff – das aber bewirkt das Gegenteil, denn das Mittel saugt die letzte noch verbliebene Energie aus einem heraus. Der Schlüssel heißt schlicht und einfach Liebe. Zu sich selbst und zu anderen. Liebe heilt alles.«

»Frau Doktor Lasalle hat den Kontakt zu Herrn Bianco hergestellt. Korrekt?«

Er druckste herum. »Ja. Sie hat uns empfohlen, weil Ricci etwas gegen seine … weil er etwas für sich tun wollte. Und diese Entscheidung erwies sich als goldrichtig. Er war zuletzt voller Energie, wollte nach der Hüft-Reha sogar neu durchstarten.«

»Und wie genau formen Sie diese ›suchenden‹ Menschen um?«

»Tz, tz, ›umformen‹ – was für ein Ausdruck! Der Ansatz in unseren Workshops ist, dass wir diesen Menschen einen festen Halt anbieten: in der Natur, im Universum, in sich selbst. Dieser Halt drückt sich in einer vertrauensvollen Begegnung mit einem universellen DU aus, etwas, das größer ist als wir selbst ... in der völligen Hingabe daran. Der Schlüssel heißt Achtsamkeit. Dieses spirituelle DU greift da ein, wo wir Menschen keinen Ausweg mehr sehen, weil wir blind sind. Aber es gibt diesen Ausweg, worauf wir uns vertrauensvoll verlassen dürfen. ER bietet sich uns in grenzenloser Liebe an, ER ist immer da, das ist ja auch die tiefere Wortbedeutung des biblischen Jahwe. Das heißt übersetzt ›Ich bin der Ich-bin-da‹. Um Ihre nächste Frage gleich vorwegzunehmen: Wir sind offen für alle Religionen und Weltanschauungen, wir sind in keiner Weise gebunden. Insbesondere diskriminieren wir niemanden. Darin unterscheiden wir uns von den großen Amtskirchen.«

Reinstadler hatte die Arme pathetisch ausgebreitet wie ein Priester beim Hochgebet. Isabelle fragte sich, ob der Typ selber glaubte, was er da absonderte?

Er predigte weiter: »Wenn die Patienten sich diesem großen DU überlassen, fallen sie nicht mehr ins Bodenlose, sondern werden aufgefangen. Von der unendlichen Power des ganz anderen, des Mit-Fühlenden. Diese Liebe, die von dieser Kraft ausgeht, ist tiefer und unvergänglicher als alle Formen menschlicher Zuneigung. Unvergleichlich im wahrsten Wortsinne. Die Menschen, die unsere Seminare und Workshops besuchen, spüren – oft zum ersten Mal in ihrem Leben – dass sie etwas wert sind, ganz unabhängig von ihrer Leistungsfähigkeit.«

»Verstehe«, hörte Isabelle ihren Kollegen mit ironischem Unterton einwerfen. »Noch mal zum besseren Verständnis: Ihre Klienten werden durch Frau Doktor Lasalle oder Musikagenten an Sie vermittelt und zu besseren Menschen umgepolt. Läuft so das Geschäftsmodell?«

»Das ist kein ›Geschäftsmodell‹. Noch mal: Wir betreiben kein Business, wir sind eine gemeinnützige Vereinigung Gleichgesinnter.«

»Was es nicht viel besser macht«, warf Isabelle leise ein und handelte sich einen empörten Blick ein.

»Hören Sie, uns geht es in allererster Linie um verzweifelte Seelen. Bei diesem Selbstfindungsprozess leisten wir wertvolle Unterstützung, wenn ich das in aller Bescheidenheit sagen darf.«

Hatte Doktor Lasalle nicht exakt die gleiche prahlerische Bescheidenheitsfloskel verwendet? Isabelle spürte, wie sich ihr Magen erneut verkrampfte, schon wieder kämpfte sie mit einem heftigen Würgereiz … derart hochtrabende Sprüche konnte sie auf den Tod nicht ab.

Lucci wollte es genau wissen: »Haben Sie eine psychologische Ausbildung?«

»In Österreich braucht man dafür keine Ausbildung, wir betreiben ja keine Psychotherapie, wir bieten Glaubensseminare an, das darf jeder.«

»Und was qualifiziert Sie für diese Art Seminare?«

Er plusterte sich auf. »Was mich qualifiziert? Ganz einfach: das Universum! Diese Macht allein ist es, die Hoffnung gibt und Perspektiven aufzeigt, sofern man sich öffnet. Ich bin nur der Mittler, das Medium, wenn Sie so wollen. Mit Burn-out und ähnlichen Zivilisationskrankheiten verhält es sich ganz ähnlich wie mit den genannten Süchten«, dozierte Reinstadler selbstsicher. »Solche Menschen brauchen drei Dinge: Ruhe, um zu sich finden zu können; Verständnis; schlussendlich einen tragenden Urgrund. Alles das finden sie bei *Trinity International*.«

Prost Mahlzeit! Isabelle schlug die Hände über dem Kopf zusammen. Was für ein größenwahnsinniger Seelenfänger! Wie verzweifelt mussten manche Menschen sein, um diesen Quatsch für bare Münze zu nehmen ... und um dafür Geld auszugeben!? Dass sie nach jedem x-beliebigen Strohhalm griffen!?

»Unsere Tools verzeichnen hervorragende Langzeiterfolge«, fuhr Reinstadler voller Überzeugung fort. »Die Rückfallquoten der herkömmlichen Entzugskliniken sind hoch, was nicht verwundert. Dort wird mit verhaltenstherapeutischen Mustern gearbeitet, doch es fehlt der entscheidende Faktor: die Geborgenheit. Liebe. Das ist der Angelpunkt, wo wir uns abheben – der Mensch als spirituelles Wesen. Wenn Sie das nicht mit einbeziehen, werden alle Versuche, mit sich selbst in Kontakt zu treten, Stückwerk bleiben, sie laufen ins Leere. Nur die Ur-Macht kann den schwachen Menschen tragen, denn letztlich sind wir alle schwach. Jeder von uns. Wir von *Trinity* helfen armen Seelen, die sich von ihrem spirituellen Urgrund zu weit entfernt haben, sodass sie sich mit ihm wieder vereinigen können.«

Bei den letzten Worten hatte Isabelle abgeschaltet, diese Salbaderei war ja kaum auszuhalten. Gleich würde sie sich übergeben müssen. Vielleicht hatte sie dann wenigstens Ruhe ... Sie machte den Kollegen ein Handzeichen und sprintete mit letzter Kraft nach draußen. Gerade noch schaffte sie es zu einem dichten Oleanderbusch, in den sie sich schwallartig übergab. Sofort fühlte sie sich deutlich besser. Es hatte den Anschein, als habe sie sich mehrerer verdorbener Mahlzeiten auf einmal entledigt. Sie legte sich ins zentimeterkurz geschnittene Gras und inhalierte in langen, tiefen Zügen die salzige Meeresluft. Es tat gut. Endlich war der ganze Mist draußen.

»Alles okay, Isabelle?« Schwaiger war ihr nachgegangen. Er setzte sich neben sie, sorgsam legte er den Arm um ihre Schulter.

»Ich lebe noch, wie du siehst.« Isabelle lächelte etwas gequält und setzte sich auf, wieder genoss sie die sanfte Berührung. Sie kniff ihn leicht in den Oberarm. »Gehen wir zurück, wir dürfen Adriano nicht alleine lassen. Ich will dabei sein, wenn er den Quacksalber festnimmt.«

Lucci und Reinstadler standen seitlich zur großen Fensterfront wie zwei lauernde Krieger, unweit der Stelle, wo der tote Ricci Bianco gelegen hatte. Schwaiger und Isabelle platzierten sich dazwischen. Sie ahnten, dass der Kollege innerlich kochte. Würde er Reinstadler, den er seit Langem auf dem Radar hatte, den Doppelmord nachweisen können? Oder wenigstens etwas aus ihm herauskitzeln können?

»Und wo findet diese Gehirnwäsche … Verzeihung, diese Seelsorge, statt?«, provozierte Lucci in aller Seelenruhe. »Gibt es dafür einen speziellen Ort?«

»Gehirnwäsche?« Reinstadler spuckte die Worte förmlich vor Lucci aus, er schüttelte den Kopf. »Ich muss schon sehr bitten! Uns gehört ein großes Bergbauernhof-Anwesen südlich von Villach. Reizvoll gelegen in den Karawanken. Ich muss wohl nicht extra betonen, dass das Ambiente eine große Rolle in unserem Konzept spielt.«

»Haben Sie das auch geerbt?«

»Wie meinen Sie?«

»Reden wir übers Finanzielle: Was kostet ein solcher Spaß?«, legte der Commissario nach.

Abwehrend hob Reinstadler die Hände. »Wenn es um die Gesundheit geht, sollten Kosten zweitrangig sein. Also gut, wenn Sie unbedingt eine Hausnummer hören wollen: Ein einwöchiger Gruppen-Workshop mit bis zu zehn Personen liegt bei 3.000 Euro pro Teilnehmer, für vier Wochen sind Sie mit 10.000 Euro dabei, das ist fast geschenkt. Einzelseminare sind kostspieliger, das ist ganz ähnlich wie in der freien Wirtschaft. Ich kann nicht ohne Stolz sagen, dass wir über Monate ausgebucht sind.«

»Damit ist es jetzt erst einmal vorbei«, sagte Lucci bestimmt.

»Wie meinen Sie das?«

»Dass wir Ihren Laden dichtmachen werden, die österreichischen Kollegen sind bereits im Bilde über Ihre Machenschaften.«

Er lachte laut auf. »Da werden meine Anwälte sich freuen.«

»Wie oft wurden Sie schon testamentarisch bedacht, hm? Notfalls helfen Sie eben nach. Wie bei Herrn Bianco.« Jetzt war es endlich raus.

»Vorsicht, Signor Commissario, Sie gehen entschieden zu weit! Wenn überhaupt, so erbt *Trinity International e. V.* als Hilfsorganisation, das machen das *Rote Kreuz* oder die *Diakonie* oder die *Katholische Kirche* ja auch. Jedenfalls erbe nicht ich persönlich, das ist ein Unterschied.«

»*Trinity* hat in den letzten Jahren auffällig viele Schenkungen und Erbschaften erhalten, wie wir recherchiert haben. Und zwar fast ausschließlich von Menschen aus dem Musikbusiness, die von Frau Doktor Lasalle anwaltlich vertreten wurden. Spannend, nicht?«

»Nochmals: Vorsicht! Wenn uns jemand aus Loyalität oder anderen Gründen etwas schenken möchte, nehmen wir das dankend an, aber wir zwingen niemanden dazu. Mehr habe ich dazu nicht zu sagen.« Kurze Pause. »Brauchen Sie noch etwas? Ich müsste dann wieder …«

Betont ruhig händigte der Commissario ihm den Haftbefehl aus. »Erst mal müssen Sie gar nichts, außer, uns aufs Revier begleiten. Wir werden Tests durchführen und mit den Spuren von den Tatorten abgleichen. Was Sie vielleicht nicht ahnen: Es gab Spuren von Ihnen an beiden Orten. Alles fein säuberlich extrahiert.«

Ein Bluff, natürlich. Reinstadler lachte erneut lauthals. »Das kann nicht sein. Wollen Sie mir auf Biegen und Brechen etwas anhängen? Das wird Ihnen nicht gelingen.«

»Selbstverständlich können Sie eine Armada von Anwälten zu Rate ziehen … oder Ihre Freundin Doktor Lasalle anrufen. Aber Sie müssen trotzdem mitkommen.«

Reinstadler hatte sich erstaunlich schnell gefasst. »Wofür brauche ich einen Rechtsbeistand? Bringen wir es hinter uns, Sie werden schnell feststellen, dass ich noch nie zuvor in diesem Haus war.«

Isabelle und Schwaiger warfen sich Blicke zu. So reagierte doch nur jemand, der ein absolut reines Gewissen hatte. Wusste Reinstadler, wer der oder die eigentliche Täter/in war? Hatte er den Auftrag erteilt? Würde dieser durchtriebene Typ wirklich andere ans Messer liefern?

Zu viert gingen sie nach draußen. Lucci sperrte den Streifenwagen auf. Ihr Ziel war die Questura Municipale, die Fahrt dauerte keine zehn Minuten. Für Lucci und sein Team würde es ein hartes Stück Ermittlungsarbeit werden.

Als die deutschen Ermittler mit dem Taxi zurückfuhren, murmelte Isabelle fast unhörbar: »Soll ich dir was sagen, Sigi: Dieser Eso-Guru hat weder Ricci Bianco noch Carina vergiftet … und singen wird der schon gar nicht. Jede Wette.«

Schwaiger nickte. »Klassischer Pyrrhussieg für Adriano. Trotzdem netter Versuch … bei so was ist man nicht alle Tage dabei.«

Beide gingen in ihre Unterkünfte zurück. Schwaiger ließ sich aufs Bett fallen, er musste dringend etwas Schlaf nachholen. Unter der Decke fand er einen Zettel von Mamma Loo mit einer Telefonnummer und einer Notiz. Die Person, der die Nummer gehörte, wusste angeblich, wo Riccis Ex-Duettpartnerin Lilly sich aufhielt – nicht uninteressant. Doch vielleicht war es gar nicht mehr nötig, mit ihr Kontakt aufzunehmen. Würde Luccis Rechnung aufgehen?

33

Isabelle Martin hatte sich in ihrem Zimmer noch einen
starken Fenchel-Anis-Kümmel-Tee aufgegossen und sich
ebenfalls sofort hingelegt. Wach wurde sie von einem
dumpfen Klopfen. Was war das? Sie hatte keine Ahnung,
wie spät es war. Das Wummern klang jetzt rhythmisch,
außerdem war es lauter geworden. Einige vorwitzige Sonnenstrahlen hatten sich bereits durch den blickdichten
Vorhang gekämpft und kitzelten sie an der Nase. War da
jemand an der Zimmertür? Ja, es klopfte. Mit einem Satz
sprang sie aus dem Bett und lief barfuß die paar Meter hinüber. Sie öffnete. Draußen stand Sigi, wer sonst?

»Ich wollte dich nicht aufwecken, Isabelle.«

»Hat ja super geklappt. Wie spät ist es?«

»14 Uhr.« Sie starrten einander an, sie im Schlafanzug
mit rot lackierten Zehennägeln, er in Beachklamotten mit
Turnschuhen.

»Wenn du schon wach bist: Hättest du Lust auf einen
Brunch außerhalb, irgendwo in der Lagune von Falco-
nera? Dort gibt es tolle Wanderwege.« Schwaiger grinste
frech. »Nicht, dass du dir mit dem Hotelfraß wieder den
Magen verdirbst.«

Ohne ein Wort drehte sie sich um und ging ins Bad.
Da sie die Zimmertür offen stehen ließ, nahm Schwaiger dies als Einladung einzutreten. Er setzte sich neben
dem Schreibtisch auf einen Stuhl ans Fenster und war-

tete, während sie ausgiebig duschte und sich frisch machte. Er musste sich sehr zwingen, nicht hinzuschauen, als sie sich wenige Meter von ihm entfernt umzog. Doch auch in ihrem hellen Sommerkleid zeichnete sich ihre tadellose Figur im Gegenlicht überdeutlich ab. Wegen der Hitze hatte sie keinen BH angelegt.

Eine knappe halbe Stunde später saßen sie ein paar Kilometer weiter bei Cavallino Treporti in einem bezaubernden Strandrestaurant an der Via Fausta und schlemmten sich bei fantastischem Meerblick durch die Mittagskarte. Neben ihnen waren alle Tische bis auf den letzten Platz besetzt, junge Familien und Camperpärchen im mittleren Lebensalter dominierten das Bild, der Lautstärkepegel war enorm.

»Die Enge hier ist heftig«, stellte Isabelle mit kritischem Rundumblick fest. »Campingplätze wie Sand am Meer. Caorle ist da deutlich leichtfüßiger, auch vom Publikum total anders. Trotzdem schön, dass wir hier sind, der fantastische Ausblick entschädigt für alles.«

Schwaiger nickte zustimmend und kippte seinen zweiten Latte macchiato hinunter. Isabelle kaute ein schmackhaftes Panino alla marmellata und kraulte einen getigerten Strandkater, der sich wie aus dem Nichts zu ihnen gesellt hatte und aufdringlich maunzte. »Für mich ist gerade diese Vielfalt hier das Unvergleichliche. Da kann jeder genau das Richtige für sich finden. Irgendwo im Nirgendwo.«

»Schön gesagt.« Mal wieder piepste Schwaigers Telefon in der Hosentasche – wie so oft zum falschen Zeitpunkt. Als er das Gespräch annahm, staunte er nicht schlecht. Evelin Petry war am Apparat.

»Herr Schwaiger? Ich sollte mich doch melden, wenn … äh, also, da ist jemand in Carinas Wohnung. Vorhin habe ich Geräusche gehört. Wie wenn jemand Möbel rücken würde. Und vor dem Haus steht ein grüner Mazda. Der gehört da nicht hin.«

»Haben Sie an der Tür gelauscht?«

»Ne … nein … nur kurz. Ich … ich weiß nicht, was ich machen soll, ich bin total verunsichert.«

Isabelle gab dem Kellner ein Zeichen, dass sie bezahlen wollten.

»Bleiben Sie, wo Sie sind, Frau Petry! Unternehmen Sie nichts, wir sind in fünf Minuten bei Ihnen.«

Sie sprangen auf und rannten zum Auto – dummerweise war es zugeparkt. Gerade jetzt. Ein silbergrauer Protz-Geländewagen mit Laibacher Kennzeichen stand quer davor. Mist!

»Mensch, Isabelle, vielleicht ist der Typ in Carinas Wohnung exakt unser Mann!«, zischte Schwaiger angespannt und funkte Lucci an. Der Italiener ging nicht an sein Handy. Ausgerechnet jetzt. Mist.

Sie mussten alleine los. Während Schwaiger zum Restaurant sprintete, um den Van-Fahrer ausfindig zu machen, hielt seine Kollegin wahllos wildfremde Passanten an und versuchte in einem abenteuerlichen Deutsch-Italienisch-Sprachenmix zu eruieren, wem das Vehikel gehörte. Zwei Mädchen meldeten sich: »Mama … Boutique *Ciclone*.«

Wie ein Zyklon stürmte Isabelle in den Kleiderladen und zerrte die verpeilte Slowenin vor den Augen ihrer Sprösslinge aus der Umkleidekabine buchstäblich zu ihrem Auto, immerhin hatte die Dame noch Unterwäsche an. Sie traute sich mit keinem Wort zu protestieren.

»Wie resolut du sein kannst!«, raunte Schwaiger, als sie im Wagen saßen und er mit heulendem Motor durch die Via Fausta jagte.

»Du weißt einiges nicht von mir.« Sofort hämmerte sie die Adresse ins Navi. *Google Maps* berechnete 13 Minuten für den Weg nach Jesolo, doch dank Schwaigers verwegenem Fahrstil, der auch vor der Gegenfahrbahn nicht Halt machte, schafften sie es in acht. Sie ließen das Auto auf dem Vorplatz bei der Feuerwehreinfahrt stehen und hetzten durch das Treppenhaus nach oben.

Die Kommissarin legte den Finger auf den Mund. »Langsam, Sigi! Vielleicht ist er bewaffnet, wir müssen auf der Hut sein. Vor allem leise.« Lucci ging noch immer nicht an sein Telefon, sie hinterließen eine Nachricht.

Im dritten Stock erwartete sie eine völlig aufgelöste Evelin Petry hinter ihrer halb geöffneten Wohnungstür. »Die sind schon eine knappe halbe Stunde dort zugange«, flüsterte sie. »Keine Ahnung, was die da drin suchen. Ich habe eine Mädchenstimme gehört, sie scheinen zu zweit zu sein.«

»Danke, dass Sie uns informiert haben. Gehen Sie bitte in Ihre Wohnung zurück, wir kümmern uns!«, befahl der Kommissar. Erleichtert zog sie sich zurück und schloss die Tür.

Isabelle war nicht wohl. »Sollten wir nicht lieber auf Adriano warten? Wer weiß, was uns da drinnen erwartet. Wir sind völlig unbewaffnet.« Die Kopfbilder von ihrem Streifschuss, den sie vor Monaten erlitten hatte, waren wieder voll präsent.

»So viel Zeit haben wir nicht. Er geht nicht ans Handy. Und selbst wenn … bis Adriano aus Caorle hier ist, vergeht mindestens eine halbe Stunde. Du hast ja gesehen, was verkehrsmäßig los ist. Vielleicht ist da drin jemand in Gefahr! Gut möglich, dass einer den anderen unter einem Vorwand hergelockt hat: ›Kaffeetrinken in Memoriam Carina‹ oder so. Wir müssen direkt rein – mit Knalleffekt.«

Sie war noch nicht überzeugt. Gleichzeitig merkte sie, wie eine Panikattacke in ihr aufzog. »Wie willst du das anstellen?«

»Spezialmethode: rohe Gewalt. Du gibst mir Rückendeckung!?«

»Wenn's sein muss ... aber pass auf!«

»Ich passe immer auf!« Er ballte entschlossen beide Fäuste. »Du klingelst und stellst dich vor den Türspion, damit sie denken, dass du alleine bist. Sobald die Tür aufgeht, springe ich seitlich rein. Und wenn keiner öffnet, ramme ich express die Tür ein. Okay?«

Hoffentlich geht das gut!, betete Isabelle. Dann drückte sie auf den Klingelkopf. Nichts. Sie schellte erneut. Wieder keine Reaktion. Schulterzucken. Als sie das Ohr an die Holztür legte, schien es ihr so, als habe sie auf der anderen Seite ein Geräusch vernommen. Da war jemand in der Wohnung, ganz klar.

Schwaiger gab ihr ein Zeichen, dass sie zur Seite gehen solle. Er nahm einige Meter Anlauf und warf seine linke Schulter mit voller Wucht gegen die Tür. Zum Glück bot das Holztürblatt des Altbaus nicht allzu viel Widerstand. Mit lautem Knall krachte das Ding auf, Schwaiger donnerte mit dem Schulterblatt äußerst schmerzhaft an die Dielenwand gegenüber. Sofort fasste er sich wieder, rieb sich über die lädierte Stelle, nahm Abwehrkampfstellung ein … und blickte in zwei bekannte Augenpaare, die ihn schreckerfüllt anstarrten: Belma Fazlagic und Enzo Terzi.

»Wen haben wir denn da?« Die Fahnder atmeten erleichtert auf. Gefahr ging von den beiden jedenfalls keine aus. »Sieh mal einer an. Wieso sind Sie nicht in Umag, Frau Fazlagic?«

»Was … wie? Was machen Sie hier?«

»Das fragen wir Sie. Warum haben Sie nicht geöffnet? Wird's bald?« Schwaiger war außer sich.

Zuerst fasste sich die Kroatin. »Wir … wir wollten sicher sein, ob Carina die Goldmünzen nicht doch genommen hat, deswegen sind wir hier«, stammelte sie. »Angeblich hat die Polizei ja nichts gefunden, und da dachten wir … wissen Sie, sie hatte ein paar Geheimverstecke in ihrer Wohnung. Aber hier ist nichts. Absolut null. Nicht die geringste Spur«, ergänzte Terzi kleinlaut.

»Ach, und wenn Sie es gefunden hätten, hätten Sie es behalten … und geschwisterlich geteilt?«, hakte Isabelle grimmig nach. »Oder hätte der eine den anderen elegant kaltgemacht? So wie Sie es schon mit Bianco und Carina gemacht haben?« Sie provozierte bewusst.

»N… nein! Wie kommen Sie denn darauf? Wir haben doch nicht …«, rief Terzi entrüstet.

Belma ergänzte: »Im Gegenteil, wir suchen genauso wie Sie nach dem Mörder. Das müssen Sie uns glauben! Außerdem …«

»Ja?«

»Sie hat vor einiger Zeit einen Speicheltest gemacht und an ein wissenschaftliches Labor geschickt, weil sie das Gefühl hatte, dass sie und Ricci eventuell … naja, wir haben das für ein Hirngespinst gehalten. Aber jetzt, nachdem beide tot sind, wollten wir irgendwas dazu finden. Ein Untersuchungsergebnis oder so.«

Also hatte die Italienerin sogar mit ihren Kollegen darüber gesprochen – wie leichtsinnig! Nur mit diesen beiden? Oder auch mit ihrem späteren Mörder oder ihrer späteren Mörderin! So viel Naivität war wirklich kaum zu überbieten, vermutlich war diese ihr zum Verhängnis geworden.

»Wir können Ihre Neugier stillen«, sagte Schwaiger so ruhig wie möglich. »Carina war tatsächlich Riccis Tochter.«

Die beiden standen stocksteif. »Nein! Echt jetzt?«

»99,9 Prozent.«

»Hammer! Wahnsinn!« Terzi hämmerte sich mehrmals mit der flachen Hand auf die Stirn. »Dann wird mir jetzt im Nachhinein einiges klar. Die beiden hatten von Anfang an eine Antenne.«

Belma Fazlagic hatte es komplett die Sprache verschlagen.

»Wie geht es jetzt weiter?«

»Für Sie beide gar nicht. Sie halten sich ab sofort raus, ist das klar? Wir allein kümmern uns … und ciao ciao!« Schwaiger war richtig sauer. »Abflug, aber subito!«

Mit hängenden Köpfen verließ das Duo die Wohnung. Schwaiger setzte sich auf die oberste Treppenstufe und presste Luft aus. »Mann, Mann! Hoffentlich war das richtig, die laufen zu lassen!«

»Die waren's doch nicht, Sigi. Was hätten sie davon gehabt, ihre Freundin zu killen?«

»Neid. Eifersucht. Habgier.«

»Komm schon. Wieso wären sie dann hierher zurückgekehrt? Für so was haben die überhaupt nicht die Nerven.«

Sie schränkte ein. »Und selbst wenn doch, weit kommen die eh nicht. Wo sollen sie denn hin?«

Nebenan ging die Wohnungstür auf. Die völlig verängstigte Evelin Petry glotzte durch den Spalt. »Haben Sie sie erwischt?«

Isabelle schloss behutsam Carinas aufgebrochene Wohnungstür, zum Glück war der Zylinder nicht beschädigt. »Fehlalarm. Das waren nur alte Freunde von Carina, die etwas gesucht hatten. Aber nochmals vielen Dank, dass Sie uns angerufen haben. Das war sehr aufmerksam von Ihnen.« Schwaiger zwang sich zu einem Lächeln, ehe er sich zum Gehen wandte.

»Wissen Sie schon, wer …?«

Isabelle folgte dem Kollegen durchs Treppenhaus, über die Schulter rief sie zurück: »Leider nein. Aber wir halten Sie auf dem Laufenden, versprochen.«

34

Zur selben Zeit

Die Stimme der Anruferin klang sehr bestimmt. »Ich glaube, wir haben etwas Wichtiges zu besprechen.«

Instinktiv spürte die Angerufene, dass dies eine äußerst unangenehme Unterredung werden würde.

»Pronto? Wer ist da?«

»Tut nichts zur Sache.« Schweres Atmen. »Ich weiß so einiges über Sie. Aber mir wäre es bedeutend lieber, wenn ich weniger wüsste, dann hätte ich jetzt nämlich keinen Gewissenskonflikt.«

»Ich verstehe nicht. Was wissen Sie? Was für ein Gewissenskonflikt?«

»Ich frage mich, ob ich den Sicherheitsbehörden melden muss, was ich weiß … oder ob wir das unter uns regeln können. Sozusagen gütlich. Polizia ist eigentlich nicht so mein Ding. Wer hat schon gern mit denen zu tun?«

Schräges Hüsteln. Mit einem Male wurde der Angerufenen klar: Diese Gesprächspartnerin hatte etwas gegen sie in der Hand, was sie zu Geld machen wollte. Dafür schien ihr jedes Mittel recht zu sein.

»Wie kommen Sie auf mich? Was haben Sie angeblich mitbekommen?«

»Ich beobachte schon seit Längerem Ihr Geschäftsmodell und muss gestehen, dass es mich fasziniert.«

»Ich verstehe nicht.«

»Ganz einfach: Sie machen sich an wohlhabende naive Klienten heran und stauben dann ab, dass es nur so rauscht. Und Ihr sauberer Ösi-Kumpel gleich mit.«

»Hören Sie mal: Was heißt ›ich mache mich heran‹? Und überhaupt: Ich wüsste nicht, was daran verboten sein sollte, selbst wenn es so wäre …«

»Das allein noch nicht, aber Ihre Spielchen mit Ricci Bianco waren hochkriminell.« Sie hielt inne.

»Kennen wir uns? Ihre Stimme kommt mir so bekannt vor.«

Sie ging nicht darauf ein. »Haben Sie Zeit?«

»Wie, jetzt?«

»Sofort ist immer am besten. Sie sollten ein Interesse daran haben, dass ich schweige. Großes Interesse. Grundsätzlich habe ich kein Problem damit. Und Sie haben es sich doch gerade so angenehm eingerichtet in Ihrem Leben. Habe ich recht?«

Das hatte sie in der Tat. Die letzten Jahre hatte sie richtig gut verdient, entsprechend gehoben war ihr Lebensstil. Sie verspürte eine ungeheure Wut auf diese anonyme Anruferin. Na, vielleicht war alles halb so wild.

»Was … was wollen Sie von mir?« Fieberhaft überlegte sie, ob sie einen Fehler gemacht hatte.

»Nicht am Telefon. Wie gesagt, lassen Sie uns persönlich ins Gespräch kommen. Sagen wir, in einer Stunde im *Parco naturale Valgrande* bei Bibione. Kennen Sie den Bauernhof dort? Wir werden ein paar Meter zusammen gehen und übers Business reden. Erstklassiger Ertrag für beide Seiten. Null Risiko. Win-win.«

»Ich wüsste nicht, worüber ich mit Ihnen reden sollte?« Sie zermarterte sich das Hirn, aber sie hatte nur eine sehr vage Vorstellung von ihrem Gegenüber. Aus der Branche kannte sie viele Leute flüchtig vom Sehen, aber …

»Ich will meinen Anteil. Anders gesagt: einen Teil von dem, was Sie Ricci vorenthalten haben. Es steht mir zu, wir beide wissen das. Das ist alles.«

»Ich weiß gar nichts.«

Hämisches Lachen am anderen Ende. »Soll ich Ihnen auf die Sprünge helfen? Sie haben in seinem Auftrag Goldmünzen gekauft, aber immer nur einen Teil physisch ausgeliefert und mit wertlosen Kupfermünzen aufgefüllt. Die andere Hälfte haben Sie eingesackt. Wie Sie sehen, bin ich bestens informiert. Bianco hatte davon natürlich keine Ahnung. Bis es ihm gesteckt wurde und er Sie anzeigen wollte.«

Verdammt, diese Person wusste eine ganze Menge. »Hören Sie …!«

»Nein, Sie hören: Mir geht es um einen fairen Anteil von allem, was Sie an Ricci verdient haben. Nachträgliche Tantiemen. Ich will ebenso standesgemäß leben wie Sie und die anderen alle … weil es mir zusteht.«

Schnaufen. Langes Zögern. »Also gut, ich komme. Wohin, sagten Sie?«

»*Parco naturale Valgrande*, Bibione.«

»Ich werde da sein.«

Sie musste einfach wissen, wer die Anruferin war und ob diese tatsächlich etwas Handfestes gegen sie in der Hand hatte. Oder nur bluffte.

»Schlaues Mädchen. Bis gleich, ich erkenne Sie. Das könnte der Beginn einer langen Freundschaft werden. Und kommen Sie allein!« Freizeichen.

35

Sigi Schwaiger war gerade von seinem Nachmittagsstrand-
lauf unter praller Sonne an der Lagune in seine Unterkunft
zurückgekehrt und suchte im Kühlschrank nach etwas
Trinkbarem, als sein Telefon klingelte. Adriano – endlich.

»Ciao Sigi, wo bist du gerade?«

»Vor dem Kühlschrank. Eigentlich wollte ich unter die
Dusche.«

»Später. Wir müssen uns sehen. Subito.«

Schwaiger schnupperte, alles an ihm roch nach Schweiß.

»Hast du was Neues?«

»Wir mussten Reinstadler laufen lassen, aber dafür haben
wir sie am Wickel. Die Lasalle hat soeben 10.000 Euro
abgehoben – vor einer halben Stunde.«

»Sag das noch mal!«

Der Commissario grinste. »5.000 in Bibione in der *Uni-
credit Banca Spa* in der Viale Aurora, 5.000 in Caorle. Wir
lassen seit Tagen jede ihrer Kontobewegungen penibel
überwachen, die Geldinstitute haben uns informiert. Italienisches ›Bankgeheimnis‹. Was sagst du nun?«

»Ich habe dich unterschätzt.«

»Die wollen abhauen, der Reinstadler und die Lasalle.«

»Hm, für zwei One-way-Tickets nach Ecuador sollte es
reichen. Wäre als glasklares Schuldeingeständnis zu werten.«

»Aber kein Tatbeweis. Denkbar wäre ebenso, dass *sie*
erpresst wird. Von jemandem, der genau weiß, dass sie Ricci

und Carina auf dem Gewissen hat. Und sich dieses Wissen vergolden will. Vielleicht jemand vom Gesundheitsdienst.«

»Habt ihr ihre Ordner mit den Unterlagen gecheckt, die ich dir überlassen habe?«

»Nichtssagende Abrechnungen und Quittungen, dazu Dutzende Gold- und Silbermünzenkäufe. Leider sind die Dinger noch immer spurlos verschwunden. Könnte gut sein, dass die Lasalle die hat.«

»Wo treffen wir uns?«

»Hinter dem *Hotel Concordia*. Komm auf keinen Fall in der Eingangshalle! So schnell wie möglich. Gib Isabelle Bescheid, sie muss unbedingt dabei sein.«

»A presto.«

Schwaiger duschte in aller Schnelle und holte Isabelle ab, keine halbe Stunde später waren sie am vereinbarten Treffpunkt. Lucci wartete bereits ungeduldig.

Jakob Reinstadler verdrehte theatralisch die Augen, als er die zu allem entschlossenen Gesichter der drei Polizisten vor seiner Hotelzimmertür erblickte. »Sie schon wieder? Ich dachte, es wäre inzwischen alles geklärt. Sie haben doch keine Übereinstimmung zwischen mir und den Tatorten gefunden. Ich denke, ich rufe besser meinen Anwalt an.«

Lucci zeigte die Zähne. »Nur weil Sie wegen Mangels an Beweisen auf freiem Fuß sind, heißt das gar nichts. Frage: Wo ist Ihre Lebensgefährtin, Frau Doktor Lasalle? Wir brauchen sie sehr dringend.«

»Viktoria? Nicht da. Worum geht es?«

»Das werden wir ihr selber sagen. Nochmals: Wo finden wir sie?«

»Bedaure.« Er hob die Hände. »Sie wollte einen Wanderausflug zum Süßwassersee im Parco naturale Valgrande bei Bibione machen und eventuell noch in Lignano shoppen gehen. Nach dem Trubel der letzten Tage musste sie ausspannen. Mehr weiß ich nicht.«

Lucci rümpfte die Nase. »Wohin wollen Sie beide abhauen?«

»Wie?« Reinstadler schaute völlig verdutzt. »Wir wollen doch nicht … wir bleiben noch zwei, drei Tage hier. Schwimmen, gediegen essen gehen, dann gondeln wir gemütlich nach Hause zurück – ich nach Villach, sie nach München.«

»Hören Sie auf, uns für dumm zu verkaufen!« Lucci war merklich gereizt. »Ihre Freundin hat heute 10.000 Euro abgehoben. Ich frage Sie das jetzt nur einmal: Wofür braucht sie das Geld, wenn nicht für eine Flucht? Es ist doch ganz offensichtlich, dass ihr der Boden hier zu heiß wird und sie den Abflug plant. Sie hat verstanden, dass wir ihr dicht auf den Fersen sind.«

Reinstadler lachte fast unverschämt. »Ich muss schon sagen, die italienische Polizia verfügt über eine blühende Fantasie! Nochmals: Sie macht einen Wanderausflug und wird in wenigen Stunden wieder hier sein. Dann können Sie sie sprechen. Und überhaupt sage ich ohne Rechtsbeistand gar nichts mehr.«

Isabelle stupste Adriano an und flüsterte ihm etwas ins Ohr. Er nickte.

»Rufen Sie sie an, sie soll unverzüglich zurückkommen. Wenn sie eine plausible Erklärung hat, kann sie sofort wieder gehen.« Er wollte Reinstadler lieber nicht auf die Nase binden, dass die Befragung auf dem Präsidium stattfinden würde.

Der *Trinity*-Boss schaute leicht irritiert, umgehend wählte er die Nummer seiner Partnerin. Doch diese ging nicht ran. Er tippte auf seinem Handy herum. »Hm, seltsam, sie hat die Ortungsfunktion deaktiviert. Normalerweise sind wir vernetzt ...«

»Wann, sagten Sie, wollte sie zurück sein?«, mischte sich Isabelle ein.

»Das ließ sie offen. Normal ist sie kein Naturfreak, aber es soll dort ja eine fantastische Wandergegend sein.«

Vor allem sehr einsam!, assoziierte Adriano Lucci, dem das mehrere Hektar große Waldgebiet bestens bekannt war, weil dort immer wieder illegale Deals über die Bühne gingen, vor allem nachts – doch jetzt war später Nachmittag. Was, zum Henker, hatte Viktoria Lasalle dort vor!? Wollte sie wirklich nur relaxen? Nie und nimmer. Die Dame hatte unter Garantie ein Date – mit wem auch immer. Gewiss wurde sie erpresst. Wozu hätte sie sonst 10.000 Euro abheben sollen? Die Kommissare warfen sich Blicke zu. Stummes Verständnis.

»Wir fahren sofort hin. Und Sie«, Lucci zeigte auf Reinstadler, »kommen mit!«

Isabelle und Schwaiger sprinteten das Hoteltreppenhaus hinunter, Adriano und Reinstadler hinterher. Auf dem Parkplatz ließ Schwaiger seinen Golf aufheulen und jagte das Gefährt unter erschrockenen Passantenblicken mit quietschenden Reifen vom Bürgersteig zurück auf die Fahrbahn – es war Gefahr im Verzug, keine Frage, womöglich ging es sogar um ein Menschenleben. Doch keine 200 Meter später in der Via Piemonte war Endstation: Ein Speditions-Lkw blockierte die Fahrbahn, Möbelpacker schleppten ein Klavier im Zeitlupentempo in ein Gebäude. Schwaiger hämmerte aufs Lenkrad – Himmelherrgott!

Wo blieb bloß Adriano mit dem Martinshorn? Hoffentlich hatte der nicht zu weit weg geparkt! So lange wollte er nicht warten. Nichts wie rauf auf den Gehweg – eine entgegenkommende Radfahrerin schimpfte gestikulierend, suchte Schutz in einem Hauseingang. Schwaiger wich aus, lenkte rückwärts mit einer Hand in eine Einfahrt, um eine Kollision zu vermeiden. Dabei rammte er mit dem Heck einen halbhohen Eisenpoller, der im Rückspiegel nicht sichtbar gewesen war. Er sprang aus dem Wagen, um sich den Schaden anzusehen. Die Stoßstange war an einer Stelle handtellergroß eingedrückt und der Poller hatte sich um 45 Grad nach hinten verformt ... nur Blechschaden. Ein Versicherungsfall, nicht mehr.

Jetzt vernahm er das Martinshorn. Adriano hatte die Parallelstraße genommen und jagte an ihnen vorbei, die Deutschen hängten sich dran. Eine Viertelstunde später erreichten sie den Wanderparkplatz vor den Toren von Bibione Spiaggia. Vor dem großen Schild stiegen sie aus.

In diesem Augenblick brummte Isabelles Smartphone, auf dem *WhatsApp*-Display stand eine ihr unbekannte Nummer. Sie klickte auf »Lesen« und fand denselben *Youtube*-Link wie neulich Schwaiger auf ihrem Handy: der Liveschnitt einer Fernsehshow – ein deutlich jüngerer Ricci Bianco sang seinen Hit »Mit dir am Strand von Niemandsland« aus dem Jahr 1999, das Stück war betitelt mit *Lilly und Ricci*. Nichts weiter. Kein Text, kein Kommentar.

»Wer schickt solche alten Videos rum? Und warum?« Isabelle war ratlos. »Hoffentlich kein Trojaner!«

Sie wollte das Video bereits wieder schließen, da fiel ihr etwas auf. Sie kniff die Augen zu, schaute abermals hin, zoomte. Plötzlich machte es »klickklick«. Diese Lilly ...

das war, das war doch … Ja, kein Zweifel. Riccis stark geschminkte Gesangspartnerin Lilly war keine andere als eine alte Bekannte. Zwar brauchte man etwas Fantasie, denn der Zahn der Zeit hatte nach so vielen Jahren an ihr genagt, und die Haarfarbe stimmte auch nicht mehr, und dennoch … Ihr lief es heiß und kalt über den Rücken. Spätestens nach dem zweiten Gespräch mit Terzi hätten sie schalten müssen! Verdammt! Das letzte Puzzleteil.

»Sigi! Adriano! Schaut her! Spinne ich jetzt? Was sagt ihr dazu?«

Neugierig reckten die Kollegen die Hälse nach dem Vier-Zoll-Display, das durch die Sonneneinstrahlung seitlich nur schlecht einsehbar war. Schwaiger fasste sich als Erster. »Das … das gibt's doch nicht. Da hätten wir ja auch mal draufkommen können, wir Pappnasen!«

Er kramte in seiner Hosentasche nach dem Zettel, den Mamma Loo ihm aufgeschrieben hatte. Hastig wählte er die Telefonnummer. Nach ein paar Worten legte er auf. »Jetzt ist alles klar, Leute. Kein Zweifel mehr möglich.«

Adriano schlug mit der flachen Hand so fest gegen die Autotür, dass der Wagen wackelte. »Cazzo! Cazzo! Siamo cosi dilettanti!«

»Wer hat das geschickt?«

»Anonym.«

Lucci riss sein Smartphone hoch und sprach so schnell hinein, dass Schwaiger nur Wortfetzen verstand. Der Italiener feuerte seine Worte wie Maschinengewehrsalven ab. Wenige Sekunden später ließ er das Gerät sinken. Sein Blick sagte alles.

»Wie konnten wir so blind sein! Das gerissene Luder hat uns die ganze Zeit auf falsche Spuren gesetzt … und wir sind reingefallen wie Anfänger. Garantiert trifft sie jetzt die Lasalle. Die haben was Spannendes zu besprechen. Unser letztes Puzzleteil.« Sie mussten schnell handeln.

»Das Gelände ist weitläufig, jeder muss ein Teilareal durchkämmen«, kommandierte Lucci, der hier im Pinienwald vor Jahren ein entführtes Kind suchen musste und sich seither halbwegs auskannte.

»Wie stellst du dir das vor?«

»Vermutlich wollen sie sich beim *Casone*-*Bauernhof* treffen, dort laufe ich hin. Aber es gibt noch eine Reihe weiterer möglicher Treffpunkte. Ich habe einen zusätzlichen Streifenwagen angefordert, aber das kann dauern, so lange dürfen wir nicht zuwarten.«

Schwaiger zeigte auf Reinstadler, der unbeweglich im Streifenwagen saß. »Was machen wir mit dem?«

»Ganz einfach, der wird eingesperrt.« Lucci ließ die Zentralverriegelung klicken, Reinstadlers Augen weiteten sich. »Wir drei vernetzen uns über unsere Handys. Seht zu, dass ihr eure Ortungsfunktion freigebt – ab sofort äußerste Vorsicht, amici!«

Sie testeten die *Google Maps*-Verbindung. Isabelle rutschte das Herz in die Hose, aber sie sagte nichts. Viel lieber hätte sie auf die Streifenwagenbesatzung gewartet. Ihre Angstgefühle stiegen wieder in ihr hoch, doch sie achtete nicht darauf. Vielleicht war dies die einzige Möglichkeit, einen weiteren Mord zu verhindern. Augen auf und durch. Sie versuchte, ganz tief ins Zwerchfell zu atmen, und blies hörbar Luft aus.

Sie wünschten sich gegenseitig Glück und tauchten in das Waldgebiet ein. Isabelle blieb nach 100 Metern stehen, um die *WhatsApp*-Verbindung zu den Kollegen zu checken. Alles prima, die Verbindung stand. Sie nahm allen Mut zusammen, ignorierte ihr Herzrasen. Schritt für Schritt pirschte sie sich voran …

36

Das Landschaftsschutzgebiet nordwestlich von Bibione mit seinen 360 Hektar großen Schilfflächen und mehrere 100 Jahre alten Pinien- und Eichenbeständen lag friedlich in der Spätnachmittagssonne. Früher war es ein Sumpfgebiet, heute verlief hier eine Oase der Stille, wohin sich kaum Pauschaltouristen verirrten. Üppige Fauna und Flora mit bunt blühenden wilden Orchideen und duftendem Strandflieder dominierten. Auf den Süßwasserflächen zirpten, schnatterten und zwitscherten Vögel, darunter stolze Purpurreiher, majestätische Schwäne, putzige Zwergtaucher und bunte Stockenten.

»Sie hier?« Doktor Lasalle erschauderte. »Das hätte ich mir denken können. Ich hatte gleich so eine Vermutung, als ich am Telefon Ihre Stimme hörte. Eine Gesangsstimme. Jetzt wird mir einiges klar, *Lilly*!«

»Was dagegen? Sind Sie alleine?«

»Wie Sie sehen.«

»Gut. Kommen wir also zum Geschäft. Time is money.«

»Langsam. Zuerst will ich einiges wissen ... und klar stellen.«

»Große Töne. Ich denke nicht, dass Sie sich das nach Lage der Dinge leisten können.«

»Werden Sie konkret!«

»Ach, kommen Sie! Wir wissen doch beide, dass Sie im Geld schwimmen, hochverehrte Frau Anwältin. Sie und Ihr sauberer Lifestyle-Kompagnon. Nicht, dass ich Ihnen das Geld nicht gönnen würde, Sie haben ja auch eine ganze Menge für Ricci gemacht. War es nicht so?«

»In der Tat. Aber was geht Sie das an?« Was die andere soeben gesagt hatte, brachte sie auf die Palme. »Schämen Sie sich eigentlich gar nicht? Als ob Sie eine Heilige wären!«

»Ich will lediglich an Riccis Millionentantiemen partizipieren, die mir im Übrigen zustehen. Ich war schließlich seine wichtigste Inspirationsquelle. Für den Anfang bin ich mit einer kleinen Bonuszahlung zufrieden. Das sagt man doch so in Ihren gehobenen Kreisen?« Die Person kicherte.

Doktor Lasalle dämmerte etwas, ihr kam ein schrecklicher Verdacht. »Kann es sein, dass ... dass Sie ...? Nein, das traue ich Ihnen nicht zu.« Sie hielt kurz inne, sah der Person tief in die Augen. Oder vielleicht doch? Sie schnappte nach Luft, zischte. »Sagen Sie mir nur das Eine, ich will es wissen: Haben ... haben Sie Ricci getötet?«

Eisiges Schweigen. Da wusste Doktor Lasalle, dass es stimmte. Ja, diese Person hatte Ricci auf dem Gewissen. »Und vermutlich haben Sie auch dieses Mädchen vergiftet, das zu viel wusste. Denn ich weiß ja, dass ich es nicht war. Jakob war es auch nicht. Also bleiben ja nur noch ... Sie!«

Mit einem Mal realisierte sie, dass sie selbst in allergrößter Gefahr schwebte. Wer kaltschnäuzig genug war, zwei Menschen umzubringen, der würde auch vor einem dritten Mord nicht zurückschrecken. Trotz der Hitze fröstelte sie plötzlich.

Hämisches Lachen auf der anderen Seite. »Ihre Kombinationsgabe in allen Ehren, Frau Anwältin. Nur schade, dass Sie demnächst nicht mehr in diesem hübschen, einträglichen Beruf arbeiten werden, falls ...«

»Falls was?«

»... falls wir uns hier und heute nicht einigen, denn dann packe ich über Ihre Machenschaften aus. Das war's dann mit Ihrer Konzession. Sie bekommen eine Anklage und gehen wegen schweren Betrugs ins Gefängnis. Wie wäre das?«

Doktor Lasalle wiegte den Kopf. Bluffte die andere nur? Was wusste sie wirklich? »So, denken Sie?«

»Wer weiß, was noch alles ans Tageslicht kommt, wenn die Polizei zu schnüffeln anfängt. Sicherlich haben Sie Ihre zweifelhaften Geschäftspraktiken nicht nur bei dem armen Ricci angewandt, na?«

Aha, die andere stocherte im Nebel, sie wusste wohl doch nicht alles. Das war ihre Chance. »Wer glaubt wohl einer Mörderin, was sage ich, einer Doppelmörderin? Sie haben die beiden auf dem Gewissen, Sie Teufelin! Und ausgerechnet Sie wagen es, mir die Leviten zu lesen? Im Gegensatz zu Ihnen bin ich das reinste Unschuldslamm.«

Süffisantes Lachen. »Ich habe Ihnen und Ihrem Guru-Gefährten doch einen Riesengefallen getan, so mussten Sie es nicht tun. Nur dadurch kommen Sie beide ja überhaupt in den Genuss der ganzen Erbschaft, stimmt's? Bequemer geht es doch nicht. Dafür will ich jetzt eine Kleinigkeit vom Kuchen.«

»Ich biete Ihnen 5.000 Euro an. Steuerfrei.«

»Steuerfrei?« Die andere lachte hämisch. »Dass Sie sich nicht schämen!«

»Okay. 7.000 Euro. Mein letztes Wort.«

»Hören Sie, ich will 20.000 als Vorschuss für unsere vergangenen und zukünftigen Geschäftsbeziehungen. Keinen Cent weniger. Ich habe große Pläne für den Rest meines Lebens, will mir auch mal etwas leisten können. Das zahlen Sie aus der Portokasse.«

»Mit Mördern deale ich nicht. Basta. Mein Angebot steht. Es ist großzügig, ich habe das Geld da und erhöhe nochmals. Nehmen Sie von mir aus 10.000 und verschwinden Sie auf Nimmerwiedersehen. Wir haben uns nie gesehen. Okay?«

»So billig kommen Sie mir nicht davon.« Sie machte eine längere Kunstpause. »Wenn Sie partout nicht kooperieren wollen, sehe ich mich gezwungen, der Polizei einen Tipp zu geben.«

»Gestatten Sie, dass ich lache? Ausgerechnet Sie wollen einen Tipp geben? Dann werde ich im Gegenzug aussagen, wer die beiden Pechvögel ermordet hat? Na, dämmert's? Sie sitzen definitiv am kürzeren Ast. Wer wandert dann ins Gefängnis, na?«

»Unsinn! Ich habe keine Spuren hinterlassen, zudem habe ich für hieb- und stichfeste Alibis gesorgt. Sie wollen mir ja nur was anhängen, um von sich selbst abzulenken, so sieht's doch aus. Und bis die Polizei durchblickt, bin ich längst über alle Berge.«

»Irgendwelche Spuren gibt es immer.«

»Lassen Sie das meine Sorge sein.«

»Wo hatten Sie eigentlich das Gift her? Und wieso haben Sie ihn …?«

Eiskaltes Lachen. »Ricci? Da fragen Sie noch? Ich habe ihn abgöttisch geliebt. All die Jahre habe ich immer gehofft, dass wir wieder zusammenkommen. Menschlich wie künstlerisch. Aber er hat mich abserviert. Eiskalt hängenlassen. Mich, seine jahrelange Gesangspartnerin. Seine Erfolgsgarantin. Zusammen haben wir massenhaft Erfolge gefeiert, ich war es, die seine erfolgreichsten Songs geschrieben hat. Fast alle Texte kamen aus meiner Feder. Ich wollte in Ruhe mit Ricci reden, wir hätten zusammen ein riesen Comeback aufziehen können, aber er hat mich rausgeworfen … So was tut weh.«

»Ich verstehe immer noch nicht, warum Sie ihn …? Ich meine, als Toter nützt er Ihnen doch am allerwenigsten.«

»Stellen Sie sich nur so dumm? Wir lagen doch jahrelang im Rechtsstreit, ihr habt mich damals mit Peanuts-Einmalzahlungen abgespeist, damit ich auf alle weiteren Beträge aus den gigantischen Rechteeinnahmen verzichten soll – und das waren viel mehr als nur die zwei Top-Hits, das wusstet ihr genau. Aber ich Schaf hatte mich damals darauf eingelassen. Weil ich es nicht überblickt hatte.«

»Ihr Problem. Wir hatten wasserdichte Verträge. Sie hatten seinerzeit eine Abfindungssumme erhalten. Im Gegenzug hatten Sie auf alle weiteren Ansprüche verzichtet. War es nicht so? War das nicht sogar Ihr eigener Wunsch gewesen?«

»Fakt ist, dass mein Geld verbraucht ist. Inzwischen muss ich jeden Cent dreimal umdrehen, während ihr in euren Luxuspalästen von unseren Digitalrechten rauschende Partys feiert. Auf meine Kosten. Denn ich war die Urheberin. Ohne mich wäre gar nichts gelaufen mit Riccis Bilderbuchkarriere.«

»Wie gesagt, unsere Verträge waren lupenrein. Und jetzt, nach so langer Zeit, wollen Sie …«

»… meinen fairen Anteil an den aktuellen zusätzlichen Verwertungsrechten, jawohl. Das ist nur recht und billig. Sie sollten mich nicht für so beschränkt halten! Sie machen gerade Millionen mit meiner geistigen Leistung. Ich sage nur *Youtube* und *Spotify*.«

Doktor Lasalle zitterte. »Sie … Sie miese kleine Erpresserin!«

»Nennen wir es Tantiemen-Nachzahlungen. Was anderes ist es nicht.«

Doktor Lasalle überschlug die Lage. Wie konnte sie sich aus dieser vertrackten Situation herauswinden? Ja, sie hatte auch in ihre Tasche gewirtschaftet, insbesondere bei Ricci – der war das leichteste Opfer gewesen, über die Jahre war einiges zusammengekommen. Eines war klar: Als Anwältin konnte sie nie mehr arbeiten, falls das wirklich publik werden würde. Aber sie hatte kein Kapitalverbrechen begangen, höchstwahrscheinlich würde sie mit Bewährung davonkommen, sofern sie Selbstanzeige erstattete …

»Also, wie sieht's aus? Verspätete Tantis gegen äußerste Verschwiegenheit auf beiden Seiten. Ich habe alles Recht dazu. Mit oder ohne Vertrag. Ganz, wie Sie wollen.«

»Nochmals: kein Deal mit Mördern! Sie haben sich ja sowieso schon mit der Goldsammlung schadlos gehalten.«

»Ich wiederhole mich ungern, Frau Nobelanwältin. Übrigens sind mehr als ein Drittel der Goldmünzen, die Sie in Biancos Auftrag besorgt hatten, Fälschungen. Wertlose Kupfermünzen. Wie Sie sehen, ich bin im Bilde.«

»Dann verpfeifen Sie mich halt. Für Sie als Doppelmörderin wird es ungleich schlimmer, Sie gehen zweimal lebenslänglich hinter Gitter, in diesem Leben kommen Sie nicht mehr raus. Mehr habe ich nicht zu sagen. Au revoir.«

Dann ging alles blitzschnell. Die Person griff in ihre Handtasche und zog die Spritze heraus, die sie zuvor im Auto aufgezogen hatte. In ihr glitzerte eine blassgelbliche Flüssigkeit. Reines Aconitin. Mit einer flinken Körperbewegung versuchte sie, sie ihrer Widersacherin in den Körper zu rammen, doch diese wehrte die plötzliche Attacke geistesgegenwärtig ab.

»Hey, lassen Sie das! Weg damit!«

»Ich habe nichts zu verlieren. Wenn Sie nicht zahlen wollen, müssen Sie dran glauben wie die beiden anderen.«

»Wenn Sie mich töten, bringt Ihnen das gar nichts. Ich kann ja noch nicht mal über Riccis Immobilie verfügen, aktuell wird doch noch ermittelt. Vielleicht könnte ich Ihnen später einen Anteil ... aber ich bitte Sie, hören Sie auf!«

»Sie Lügnerin! Sie sind der Kopf des ganzen korrupten Clans!«

Doktor Lasalle wedelte wild mit den Armen, schlug vehement nach der Person. Versuchte, ihr die Spritze zu entreißen. Sie wusste, dass sie vorsichtig sein musste. Wenn sie mit der Spritzenflüssigkeit in Berührung kam, würde sie qualvoll … Rasant spielte sie die Möglichkeiten durch: mit bloßen Händen kämpfen? Zu gefährlich. Sehr leicht konnte sie getroffen werden! Sich einen Ast suchen und diesen als Waffe benutzen? Schon besser. Sie sah sich um, fand aber kein geeignetes Holzstück. Fliehen? Nur wohin? Zurück zum Auto? Zu weit. Die Wegführung verlief bergauf und konnte leicht zur tödlichen Falle werden. Oder nördlich zum Bauernhof? Wenn sie Glück hatte, traf sie auf dem Weg auf Spaziergänger … Doch wenn nicht?

Sie stieß abwechselnd auf die Angreiferin ein. Beide Frauen kreischten unüberhörbar. Wenn jemand in der Nähe war, so musste er unweigerlich auf die beiden aufmerksam werden.

»Hände hoch! Alle beide!«, ertönte da eine resolute Frauenstimme scheinbar aus dem Nichts. »Schluss mit lustig! Wird's bald? Und keinen Widerstand! Ich sag's nur einmal!«

Zwei Köpfe flogen herum. Mit offenen Mündern starrten sie in die Richtung, von wo der Ruf kam. Isabelle Martin hatte in ihrem Areal nur dem Lärm folgen müssen. Jetzt stand sie wenige Meter entfernt und baute sich breitbeinig auf. Dabei zitterten ihre Knie wie Espenlaub.

»So sieht man sich wieder, Frau Petry!«, sagte sie, äußerlich so ruhig wie möglich, dabei war ihr speiübel. Sie verzog keine Miene. »Oder soll ich lieber ›Lilly‹ sagen – der Kosename für Evelin? Da hätten wir sofort schalten müssen, aber wir hatten ein Brett vor dem Kopf. Ihre Griechenlandreise war ein Fake, die gefälschten Tickets hatten Sie extra ganz prominent hingelegt, damit sie uns sofort ins Auge stechen sollten. Ja, wir sind auf Ihr Pseudo-Alibi reingefallen.«

»Herrje, die Ferienermittlerin!«, gab Evelin Petry alias Lilly höhnisch zurück. Sie machte keinerlei Anstalten, den Anweisungen der Polizistin Folge zu leisten.

»Ihre Häme wird Ihnen vergehen. Los, werfen Sie die Spritze weg – ich zähle bis drei! Eins ...«

Unter normalen Umständen hätte Isabelle – unbewaffnet wie sie war – unbedingt auf Verstärkung gewartet. Aber hier konnte jede Sekunde ein Unglück passieren. Vor allem durfte die Doppelmörderin nicht entkommen!

Evelin Petry stellte sich der Polizistin herausfordernd entgegen, lauthals schrie sie: »Hauen Sie ab, Sie Psycho-Urlauberin! Niemand braucht Sie hier!«

»Genau! Wir haben uns nur unterhalten!«, stimmte Doktor Lasalle eine Spur leiser zu. »Wir kommen alleine klar. Nachträgliche Vertragsverhandlung. Vergessen wir diese Begegnung einfach.« Isabelle fragte sich, ob sie das tatsächlich ernst meinte? Sie hasste es, für dumm verkauft zu werden.

»Den Eindruck habe ich aber überhaupt nicht!« Sie wandte sich mit fester Stimme an Lilly. »Die ›Psycho-Urlauberin‹ nehme ich persönlich übel. Letzte Warnung: Weg mit der Spritze! Ich kann auch anders. Zwei ...!«

Keine Reaktion. Die drei Frauen standen sich lauernd gegenüber. Lilly senkte den Arm mit der Spritze, ließ sie aber nicht fallen.

Was jetzt? Die Kommissarin versuchte, Zeit zu gewinnen, die Kollegen mussten doch durch das Gebrüll längst auf sie aufmerksam geworden sein. Sie fummelte ihr Handy aus der Tasche.

»Warum haben Sie zwei unschuldige Menschen ermordet?«, fragte sie so locker wie möglich, während sie Schwaigers eingespeicherte Nummer freigab. »Was haben die Ihnen getan?«

»Was verstehen Sie denn schon!« Evelin Petrys Stimme überschlug sich. »Haben Sie eine verdammte Vorstellung davon, wie sich das anfühlt, über Jahre hinweg ausgenutzt zu werden? Während andere nicht wissen, wohin mit der Kohle … und nicht die Spur eines schlechten Gewissens dabei haben? Natürlich nicht! Woher auch? Mit solchen Dingen belasten Sie sich ja gar nicht, Sie sind ja staatlich rundum versorgt, selbst wenn Sie monatelang krankfeiern!«

Das ging entschieden zu weit. Entschlossen trat die Ermittlerin auf Evelin Petry zu. Sie war jetzt voll adrenalingesteuert, die Angst war wie weggeblasen. »Letzte Warnung: weg mit dem Ding! Ich bin nahkampfmäßig geschult.« Sie deutete mit ausgestreckter Hand auf den Waldboden. »Drei …!«

Urplötzlich startete Evelin Petry einen neuerlichen Angriff, diesmal auf die Kommissarin. Wie von Sinnen hämmerte sie auf die Polizistin ein, schlug jedoch ein Luftloch nach dem anderen. Sie legte ihren ganzen aufgestauten Hass in ihre Attacken, abwechselnd stürzte sie sich auf Doktor Lasalle und Isabelle – sie war um die lukrativen Verwertungsrechte ihrer Songs gebracht worden! Ja, *ihrer* Songs! *Sie* war der kreative Kopf des Ricci-Projekts! Ohne sie wären diese jahrelangen Erfolge überhaupt nicht möglich geworden! Wenn sie der verlogenen Anwältin die Flüssigkeit injizieren konnte, würde die innerhalb kürzester Zeit qualvoll sterben. Diese nachträgliche Abrechnung war das Mindeste …

Doch Petry merkte schnell, dass sie gegen die nahkampferprobte Polizistin keine Chance hatte. Mit einer

Behändigkeit, die Isabelle ihr nie und nimmer zugetraut hätte, spurtete sie sich in Richtung Via Baseleghe zurück. Glaubte diese Komikerin allen Ernstes, sie könnte entkommen und untertauchen? Wo blieben bloß die Kollegen?

»Sigi! Adriano! Hierher!«, rief Isabelle aus Leibeskräften, sie erschrak selber über ihre Lautstärke. Die mussten sie doch hören oder orten können. Sie lauschte. Verdammt!

Nochmals versuchte sie, Schwaiger auf dem Smartphone anzufunken, und verlor dadurch wichtige Sekunden. Dabei merkte sie, dass ihr Akku leer war, das erklärte einiges. So eine Sch…!

Sie musste die Verfolgung aufnehmen. Petry hatte inzwischen einen beachtlichen Vorsprung. Die Fahnderin gab Doktor Lasalle ein Zeichen, sich nicht von der Stelle zu bewegen, und wetzte hinterher. Es war klar, dass die Doppelmörderin gegen sie keine Chance haben würde – immerhin lagen mindestens 20 Lebensjahre zwischen ihnen, und Isabelle war unter normalen Umständen die mit Abstand beste Sprinterin ihrer KPI. Es stach schmerzhaft in ihrem schussverletzten Oberschenkel und im Beckenbereich, doch sie beachtete es nicht. Als sie bereits ein paar Schritte gutgemacht hatte, blieb die andere hinter einer Wegbiegung ganz unvermittelt stehen, Isabelle wäre fast aufgelaufen. Sigi Schwaiger versperrte ihnen breitbeinig den Weg. Na endlich!

»Geben Sie auf! Das Gelände ist umstellt.«

Das war gelogen. Isabelle konnte trotz der prekären Situation ein leichtes Lächeln nicht unterdrücken.

»Wo bleibst du denn?«, schrie sie ihm ins Gesicht. »Wo ist Adriano?«

Anstatt einer Antwort hechtete Schwaiger frontal auf Lilly zu und versuchte, ihr die Arme auf den Rücken zu drehen.

»Achtung! Die Spritze!« Schwaiger rang mit Evelin Petry, hatte aber wider Erwarten Schwierigkeiten, sie zu bändigen. Immer noch schlug sie um sich und kam dabei mit der Spritze seinem Oberarm bedrohlich nahe.

Isabelle näherte sich kurz entschlossen mit zwei großen Schritten und trat mit dem Fuß zielsicher seitlich gegen die Unterarmspeiche ihrer Gegnerin, sodass die Spritze auf den Waldboden kullerte. Jetzt konnte ihr Kollege sie zu Boden drücken.

In dieser Sekunde kam Lucci seitlich angerannt, ließ die Handfesseln zuschnappen. Zu dritt nahmen sie Evelin Petry unsanft in die Mitte, was diese mit einem tigerähnlichen Fauchen quittierte. Schwaiger hob das Corpus delicti mit einem Taschentuch auf. Anschließend umarmte er Isabelle impulsiv, mehrere Sekunden drückte er sie ganz fest wie eine alte Freundin. Sie schob ihn weg.

Neben ihnen brach Evelin Petry in Tränen aus. »Er ... er wollte alles diesen *Trinity*-Erbschleichern in den Rachen werfen, später dann Carina. Ich als die zweite Hälfte von *Ricci und Lilly* sollte leer ausgehen. Als Urheber bist du das letzte Glied in der Kette. Vorher verdienen alle anderen: Agenten, Plattenfirmen, Labels, Marketingagenturen, Eventmanager, Downloadplattformen, Rechtsverdreher.«

»Sie können sicher sein, dass Signora Ruffini und Doktor Lasalle Anklagen wegen Betrug, Unterschlagung und Untreue bekommen werden. Aber Erpressung ist eine andere Hausnummer als kaltblütige Morde.«

Zu dritt führten sie Lilly und Doktor Lasalle zum Streifenwagen. Inzwischen war ein weiteres Einsatzfahrzeug mit drei Kollegen eingetroffen, sie brachten die Frauen und Reinstadler aufs Revier. Isabelle, Schwaiger und Lucci blieben zurück.

»Gutes Team, Sigi.«

»Ja, gutes Team.«

»Das war gerade noch rechtzeitig. Vielmehr auf den letzten Drücker.« Isabelle stupste dem Kollegen anerkennend in die Seite.

»Das hätte ganz schön ins Auge gehen können.« Seine lausbübisch wirkenden Gesichtszüge waren einem ernsten Blick gewichen, er wurde etwas rot. »Ohne deinen Mut und deinen Scharfsinn würden wir immer noch auf der Stelle treten. Bei dem ersten Wink mit dem Video war ich Esel im Komplett-Tiefschlaf. Wer das wohl geschickt hat?«

»Ich tippe auf Ela Pregler vom *Union Lido*-Konzert, die aus Biancos Crew, du weißt schon. Lässt sich ja feststellen.«

Lucci räusperte sich. »Darf ich stören? Habt ihr heute noch was vor?«

»Allerdings. Erst mal Handy aufladen.« Das war Isabelle. Alle mussten lachten.

Lucci sah auf die Uhr. 19.11 Uhr. Zeit für ein gepflegtes Abendessen in einem angesagten Ristorante. Oder wenigstens für eine knusprige Pizza. »Wie wär's mit einem gepflegten Dinner for three?«, bot der Italiener an. »Zur Feier des Tages.«

»Hättest du denn einen kulinarischen Tipp?«

»Mehr als Finger an meiner Hand. Spontan fallen mir *Da Romeo* oder *Cucina da Mario* ein – beide mit *Miche-*

lin-Stern. Oder *Pic Nic Rodella*. Spritziger Prosecco am Hafen Santa Margherita. Beides Toplagen. Erlesene Weinkarten. Tipp-Topp-Service inklusive, versteht sich.«

»Klingt verlockend. Entscheide du.«

»Okay, ich frage meine Glaskugel. Ihr seid meine Gäste. Schafft ihr 20 Uhr? Später haben wir ohne Reservierung keine Chance. Seht zu, dass ihr fertig werdet.«

37

Kurz vor 20 Uhr sammelte der Commissario seine Kollegen in ihren Unterkünften ein. In einem erstklassigen Strandrestaurant gönnten sie sich einen kulinarischen Querschnitt durch die schmackhafte adriatische Küche: Fisch in allen Variationen – gebacken, gegrillt, gekocht, frittiert. Dazu exquisite Wurstspezialitäten, luftgetrockneten Schinken in hauchdünnen Scheiben mit Rucola, Parmesan, Balsamico und schmackhaften Trüffeln. Als Hauptgang Linguine mit erlesenen Miesmuscheln und

Garum – einer Würzsoße bestehend aus Sardellen, Olivenöl und Kräutern, die bereits im antiken Rom hergestellt wurde, indem man die Zutaten in einer Amphore, einige Wochen der prallen Sonne ausgesetzt, zu einer beliebten Speisenzutat fermentieren ließ.

Nachdem sie Rotwein bestellt hatten, räusperte sich Lucci. Fast feierlich ließ er sich vernehmen: »Meine Kollegen haben kistenweise Unterlagen aus dem *Trinity*-Headquarter in Villach sichergestellt. Reinstadlers Privathäuser und Bankschließfächer werden gerade auf den Kopf gestellt. Dasselbe bei Doktor Lasalle. Ich bin mir sicher, dass einiges zusammenkommen wird – die Guardia di Finanza und *Europol* werden sich freuen, auch wenn es viel Arbeit bedeuten wird. Mit eurer Hilfe konnten wir einen Teil des Syndikats aushebeln. Stellt euch schon mal auf kilometerweise Dokukram und Dankestermine ein.«

Isabelle winkte ab. »Ach herrje, wir haben nur das Nötigste getan, mehr nicht.«

»Nicht so bescheiden.« Er blinzelte Isabelle zu. »Mein riesengroßes Kompliment an dich, deine Kollegen sind wirklich Glückspilze. Tu sei mega eccellente, Isabella.« Er warf ihr einen Luftkuss zu.

Wenn du eine Ahnung hättest, wie es in meinem Kommissariat wirklich zugeht!, schoss es ihr durch den Kopf. Reichlich verspannt hielt sie sich am Rotweinglas fest. Da fiel ihr ein, dass sie ja noch immer nicht … Gleich morgen Früh würde sie den Alleingang ihrem Chef beichten müssen, der sowieso keine großen Stücke auf sie als Polizistin – und schon gar nicht als Frau – hielt. Wer weiß, was da noch auf sie zukam …

Schwaiger stieß ins gleiche Horn: »Wie du dich bei Gefahr im Verzug alleine ohne Dienstwaffe in den dir völlig unbekannten Parco naturale hineingetraut hast! Das war aller Ehren wert.«

Nach dem Dessert verabschiedete sich Lucci. Ehe er wegging, zog er Isabelle fest an sich – für Schwaigers Geschmack fast eine Spur zu fest. Dann verschwand er mit seinem Polizeiwagen in der lauen Sommernacht.

Isabelle und Sigi schlenderten am kilometerlangen goldgelben Sandstrand zwischen Lido di Jesolo und Eraclea Mare und ließen sich von intensiven Düften und der sanften Meeresbrise umschmeicheln. Rücken an Rücken setzten sie sich in den noch immer lauwarmen Sand und blickten über die sanft schaukelnde kristallklare Wasseroberfläche, auf der vereinzelt Lichter aufleuchteten. Kurz darauf erschien der Vollmond scheinbar zentimeterweise in einem glühenden Rot am Horizont. Minute für Minute prägte er seinen unverwechselbaren Stempel überdeutlich in den immer dunkler werdenden Abendhimmel. Seine Farbe spiegelte sich im Wasser. Von weither war aus irgendeiner Bar *Alan Parsons* »Sirius. Eye in the Sky« zu hören. Früher Isabelles Lieblingslied.

Fast unhörbar sagte sie: »Ich weiß nicht, ob du damit was anfangen kannst, aber ...« Sie zögerte.

Nanu, was kam jetzt? »Na los, ich merke doch schon lange, dass irgendwas in dir schlummert.«

»Nun, in den letzten Monaten habe ich öfters mit dem Gedanken gespielt, ob ...«, sie zögerte, »ob ich den Dienst quittieren soll.«

Ihm fielen fast die Ohren ab. »Was? Ich höre wohl nicht richtig! Ausgerechnet du?« Ungläubig schüttelte

Schwaiger den Kopf. Was war da schiefgelaufen? »Genau genommen hast du diesen verzwickten Doppelfall fast im Alleingang gelöst: angefangen mit Carinas vermeintlichem Abschiedsbrief, der dir komisch vorkam, über jene ominöse SMS, die du sofort richtig gedeutet hast, bis hin zur der gemeingefährlichen Täterin, die du gestellt hast.«

Sie nickte nachdenklich. »Ich kam hierher, weil ich innerlich leer war. Ich wusste nicht vor und zurück ...«

Er war platt. »Wenn eine in dem Job richtig ist, dann du! Deine Courage und deine Empathie ...«

»Das tut gut zu hören, nur ...« Sie zögerte. »Es gab da mal einen Zwischenfall bei einem Einsatz, das macht mir noch immer zu schaffen.«

»Was denn für einen Zwischenfall?«

»Ach ...« Zögern. »Ich wurde angeschossen. Bei einem nächtlichen Einsatz im Milieu.« Sie sprach nicht weiter. Tränen liefen ihr übers Gesicht, die ganze Anspannung fiel von ihr ab. Doch sie schämte sich nicht. Es tat sogar richtig gut loszulassen. Wie eine nachträgliche Befreiung fühlte sich das an. Er drückte sie fest an sich. Sie entzog sich ihm.

»Ich Esel!« Er schlug sich mit der flachen Hand gegen die Stirn. »Anfangs konnte ich nicht einordnen, weshalb du so reserviert warst. Wenn ich das geahnt hätte! Du warst so furchtlos, und das mit dieser Vorgeschichte.« Sekundenlanges Schweigen. »Du musst weitermachen! Bitte! Mir zuliebe!«

Behutsam legte er seine Hand auf die Ihre, streichelte sie sanft. Jetzt ließ sie ihn gewähren. In der entfernten Bar spielten sie »Life is for living« von *Barclay James Harvest*. Einige Minuten lang sprach keiner ein Wort. Es gibt Situationen, wo Schweigen alles sagt. Wo jedes Wort eines zu viel ist. Ohne aufzusehen, flüsterte sie: »Ich werde nicht mehr an meine Dienststelle zurückkehren, das habe ich gerade entschieden. Man muss einfach wissen, wann Schluss ist.«

»Soll das heißen, dass ... dass du ...« Schwaiger setzte neu an. »Sag bitte, dass das nicht wahr ist!« Als sie seinen erschrockenen Blick sah, lachte sie und blinzelte ihm zu. »Das soll heißen, dass ich einen Versetzungsantrag stellen werde.«

Er sprang erleichtert auf. »Wow! Du hast mir eben einen riesigen Schrecken eingejagt. Komm doch zu uns ins schöne Fünfseenland vor den Toren Münchens, wir wären froh über eine solche Verstärkung. Baptist wird begeistert sein, ich ruf ihn an.«

»Um diese Zeit?«

Er lachte. »Morgen. Er hat seit Monaten eine Planstelle zu besetzen. Eine bessere Bewerberin findet er nirgends. Du wärst ein Hauptgewinn.«

Sie lächelte. »Sag mal, was schleppst du da eigentlich in deinem Stoffbeutel spazieren? Der ist mir schon beim Dinner aufgefallen, du hast ihn die ganze Zeit mitgenommen.«

»Tja, was wohl?« Da war sein ursprüngliches Grinsen wieder. »Und du willst eine Kriminalerin sein?« Sekundenlanges Zögern, verschmitzter Blick. »Ja, da ist wirklich was Besonderes drin.« Fast feierlich fasste er hinein und zog eine Frisbeescheibe heraus. Die Frisbeescheibe mit dem *FC Bayern*-Logo und dem schwarzen Löwen. O nein!

»Lust auf eine Runde, bella Signorina?«

Irgendwo hatte sie diese Frage schon einmal gehört.

»Hallo? Es ist stockfinster. Wir sehen doch gar nichts mehr.«

»Leuchtdioden.« Er knipste den Schalter an der Unterseite des Hightechteils an, augenblicklich erhellte die Scheibe die Nacht.

»Das ändert einiges.« Lächelnd erhob sie sich.

»Schwing rüber, Superbulle! Jetzt zeige ich dir, wie man richtig wirft.«

Weitere Titel finden Sie auf den folgenden Seiten und im Internet:

WWW.GMEINER-VERLAG.DE

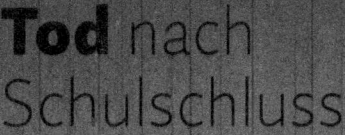

Tod nach Schulschluss

Hermann Ehmann
Münchner Kollegium
Kriminalroman
249 Seiten, 12 x 20 cm
Paperback
ISBN 978-3-8392-2373-4
€ 14,00 [D] / € 14,40 [A]

Drei Tage vor Beginn der Pfingstferien findet ein Spaziergänger die Leiche einer Lehrerin eines Münchener Vorstadtgymnasiums nahe einem idyllischen Badesee auf. Kurz darauf wird eine weitere Oberstudienrätin auf bestialische Weise beim Joggen ermordet. Nadine Lange und Simon Sonnleitner von der Kriminalpolizeiinspektion München-West werden bei ihren Ermittlungen in der elitären Vorzeigeschule mit Willkür, Mobbing und Intrigen konfrontiert, während der Täter seinen dritten Mord plant …

GMEINER SPANNUNG

WWW.GMEINER-VERLAG.DE
Wir machen's spannend